吴清汀 著

鄱湖谣

P O H U Y A O

改革开放四十年首部
揭开鄱阳湖渔岛神秘面纱的长篇小说

- 鄱湖渔鼓 · 白鹤亮翅 · 古宅博览
- 渔岛新村 · 百味鱼宴 · 视频风波

中国文史出版社

图书在版编目（ＣＩＰ）数据

鄱湖谣 / 吴清汀著. -- 北京 ： 中国文史出版社，
2018. 11
ISBN 978-7-5205-0775-2

Ⅰ．①鄱… Ⅱ．①吴… Ⅲ．①长篇小说－中国－当代
Ⅳ．①I247.5

中国版本图书馆 CIP 数据核字(2018)第 257692 号

责任编辑：全秋生
封面设计：徐　晴

出版发行　中国文史出版社
地　　　址：北京市海淀区西八里庄路 69 号　　邮编：100142
电　　　话：010－81136602　　81136603　　81136606（发行部）
传　　　真：010－81136655
印　　装：廊坊市海涛印刷有限公司
经　　销：全国新华书店
开　　本：787×1092　　1/16
印　　张：19.25　　字数：300 千字
版　　次：2019 年 3 月北京第 1 版
印　　次：2019 年 3 月第 1 次印刷
定　　价：55.00 元

目 录

CONTENTS

第一章　女大学生

鄱阳湖上的渔岛自古以来不用钟表，渔民们习惯了按照节气行事，照天气出行。修船、晒网、下湖、禁渔都严格地遵循节气。立春修整，雨水修船，惊蛰织网，三至六月是禁渔的季节，立夏、小满、芒种、夏至、小暑、大暑、秋分，都是捕鱼的好日子，冬季一般不出行。

湖心渔岛与古镇吴城隔湖相望。岛上三百来户人家，十几个自然村，杂姓，按人口多的有四大姓：杨、夏、孙、白。他们世世代代以湖为家，捕鱼为业。岛上没有学校，小学要过湖到吴城去念。

所以二十一世纪初这里出了四位大学生，真乃是古老渔岛千年来最大的喜事。当年一个小渔岛出了四位大学生，全岛庆贺，酒席整整的摆了一个星期，县政府每个人奖了一万元助学金，风光无限。

这四名大学生分别是杨、夏、孙、白四姓中各占一名。

杨姓大学生是位女孩，名叫杨春鹅。

夏姓大学生是个男孩，名叫夏鹭。

孙姓大学生又是位男孩，名叫孙秋雁。

白姓大学生巧就巧在也是个女孩，名叫白鹤。

四个孩子两男两女，男女平等各占一半。他们名字又都用了一种鄱阳湖候鸟的名字：鹅、鹭、雁、鹤，指的是渔岛人平时最喜爱的天鹅、鹭鸶、大雁和白鹤四种珍贵的候鸟。

这四名大学生毕业后，杨春鹅和白鹤两位女孩子考上了公务员，白鹤被分配在省政府机关工作，杨春鹅分配在团市委工作。两位男孩夏鹭、孙秋雁没有报名参加国家公务员考试，二人都南下分别受聘于广州和深圳两家大型民营公司从事技术部门管理工作。

一年以后，白鹤毅然放弃省政府的工作，志愿回乡当上了渔岛历史上第一位大学生女村主任。

白鹤的回乡引起了不小的震荡。不但渔岛的乡亲们不理解，连同学们都感到异常。省官不当要回乡当村主任，这不是憨巴吗？在大城市转了一圈又回到穷得叮当响的渔岛，不想出息吗？

白鹤的爹最听不得别人的碎语，他关起门来在家中闷了三天三晚，第四天他在家中摆起了四桌酒席，把乡里乡亲请满了一屋，庆贺女儿当上了村主任。

人们在地下议论，村主任是几品官？

白鹤爹端起酒杯说：古代七品官能管几号人，俺小鹤如今能管上千号人呢！我看这个官不小。

白鹤走马上任就接到县里的通知，说联合国官员菲利普亲王一行人要来渔岛观赏鄱阳湖候鸟。

从县城到渔岛，外宾的车队只能到吴城镇，从吴城到渔岛，如果是涨水季节可以乘船过去。时下正是退水的季节，从吴城到渔岛中间是一大片湖滩，烂泥。白鹤发动渔民们割来岛上的芦苇，用芦苇铺出一条通往吴城的路。为了安全起见，白鹤又指挥大伙儿把各自家中的木板搬来铺在芦苇上，这样外宾走在上面稳当。

一支轿车车队从繁华的省城疾速地驶向昌九高速公路。

青山、田园、湖泊、村庄——闪过。

奔驰轿车里坐的是国际野生动物保护协会主席菲利普亲王，他摇下车窗玻璃，欣赏着窗外美丽的景色。

车队来到艾城下了高速，减慢速度驶上了乡级公路。车队艰难地开到鄱阳湖边停下。贵宾们在省、市、县政府官员的陪同下，小心翼翼地踏上了芦苇木板湖路缓缓地向渔岛走去。

踏上渔岛，外宾们受到了白鹤组织的渔民队伍的热烈欢迎。菲利普亲王一行在白鹤的引领下来到了临时搭建的观鸟台。

贵宾兴致勃勃地登上了观鸟台，取出高倍望远镜，瞭望远处湖岛上成千成万的候鸟，在他们的镜头前出现了一幅壮丽的奇观：

无数的白鹤从湖面腾空而起，雪白的羽毛，修长的脖颈，红的脚，黄的嘴，轻灵的身姿，排成一字长蛇阵，列队百余米，翩翩起舞，犹如九天下凡的仙女，优美动人。

草地上成群结队的白天鹅、白额雁、灰鹤、白鹤、白鹳、黑鹤、大鸨、白尾鹞、红脚隼、蓝翅八色鸫、小鸦鹃等几十种候鸟在觅食、戏耍，一派珍禽王国、候鸟乐园的景象。

贵宾不时发出"OK""OK"的惊叫声。

菲利普亲王特别兴奋，他不时回过头来询问身边陪同的白鹤。白鹤不让翻译替她翻译，使用流利的英语回答了亲王的提问。

亲王很惊讶地望着这位漂亮的姑娘，您是大学生？

白鹤用英语告诉他，她是在大学毕业后回到家乡来工作的，家乡尽管目前还很穷，但很美丽，她立志改变家乡的面貌，让这座渔岛变得富裕，更加美丽。

亲王伸出大拇指，对陪同的省、市、县领导讲：真了不起！

岛上的生态植被很好，只是房屋低矮、破旧，田地荒芜，猪、鸡在外面乱跑，垃圾堆散落在屋前屋后，散发着臭气，外宾见了，耸耸肩，摊了摊手，表情尴尬。

陪同的领导见状，赶紧示意白鹤不要再带外宾向前走了，停止参观，打道回府。

临走前，一位领导把白鹤拉到一旁，悄悄对她说："这太落后了，你当了村主任，一定要尽快改变这里的面貌。下次外宾来可不能这么个样子！"

白鹤送走外宾，回来的路上心里很不是滋味。本来想让外宾到岛上参观参观渔岛独特的风光，没想到反而扫了外宾的兴趣。

回到村部，她立即把村干部招来开会。

白鹤："今天大家都看到了，外国人不远万里跑到咱们这里来看候鸟。只要咱们把候鸟保护好，会吸引更多的外国人，更多的国内游客，咱们这里的旅游业也就会发展起来。"

她喝了一口水又接着说："光看还不够，要让他们在这里玩，在这里吃，在这里住。咱们才能赚得他们更多的钱。咱们现在的首要任务就是尽快改变面貌，卫生、保卫、饭店、旅馆、商店都要尽快跟上来。找大家来商量，希望大家出出好主意。"

民兵连长赵水生讲："保护候鸟的任务很重，偷猎的人太多。民兵护鸟队要增加力量，晚上要十二个小时巡逻，补贴问题怎么办？"渔岛成立了一支由二十位青年民兵组成的护鸟队，由于这些青年人经常有人外出打工，缺员很厉害。

妇女主任余燕讲："环境、卫生这项工作咱们妇女可以采取各扫门前雪的承包办法整治好，猪、鸡、鸭这些家禽历史以来渔岛都是放养，如果圈养，工作量大，村委会要做好动员工作。"

会计说："刚才连长讲到护鸟队员的补贴问题，主任讲到建饭店、旅馆等等问题，却是要资金，现在我的账上只有几块钱。我想，要想改变咱们这里的面貌，最重要的是设法搞钱，没有钱一切都是白搭！"

对呀，渔岛世世代代穷。穷就穷在没有钱呀！

白鹤不是没有想到这个问题，她当初志愿回乡当村主任，思考的第一个问题就是要让渔岛富裕起来，世世代代摆脱贫穷，让乡亲们过上跟城市人一样的幸福生活。她心中装有渔岛发展的蓝图，她要亲手来实现这美丽的蓝图。

白鹤说："咱们没有钱，别人有钱，让有钱的人到渔岛来投资，搞建设，这就叫作借鸡下蛋。大伙儿想想，你们的亲戚朋友们谁有钱又想到岛上来投资的，咱们热烈欢迎，政策优惠，共同赢利。现在全国都在改革开放，咱们这里不能再是从前那个样子，思想要解放！"

村干部们从来没有这么考虑过问题，大学生究竟是大学生，白鹤的话在大伙儿心头燃起了希望和光明。

会议开到天黑。白鹤在回家前想到南湖滩去转一转，那儿鸟多，人却很少，偷鸟贼最容易光顾这个地方。

湖路洒满了月光，白鹤自小就喜欢走这样的路。路是由细沙和粘泥筑成的，爽水，柔软，走在上面十分舒服。路的两旁是湖草和芦苇，虫子和小鸟常在草丛中和芦苇中鸣叫和歌唱，这是渔岛特有的音乐，美妙无比。

正当白鹤在尽情地享受渔岛暮色的景色时，突然湖滩上的候鸟惊飞起来，呱呱呱四处飞跑，一支红嘴鹤"扑通"一声正好掉在白鹤的脚边。白鹤大惊，立刻将红嘴鹤抱起来，发现鹤的左翅受了重伤，伤口正流着血。她一边大声呼叫："抓偷鸟贼呀！"一边抱着受伤的红嘴鹤往候鸟保护站跑去。鸟医洗干净红嘴鹤的伤口，然后涂上消炎药，让白鹤抱回去精心护养。

几天后，红嘴鹤的伤口痊愈了，整日围着主人白鹤扑腾扑腾歌唱。

第九天，白鹤把它送到了保护站，让他们把它放归自然。谁料，红嘴鹤在空中飞了一圈又飞了回来，落在白鹤的脚边依偎着不肯离去。白鹤只好把它带回家。

一天，白鹤发现红嘴鹤不见了。她四处寻找，仍不见踪影。她动员村子里的人找，找了半天还是找不着。正在犯难时，只见红嘴鹤从湖边飞来，在白鹤面前扑腾两下又朝湖边飞去。

白鹤立即带着村民跟着红嘴鹤跑去。红嘴鹤在一间破庙前停了下来。护鸟队员小悠然头部淌着血倒在地上。大伙儿急忙把小悠然抬起来，送往医务所。

小悠然醒来后，告诉白鹤：他找鸟时在娘娘庙前发现了两个偷鸟贼。便与偷鸟贼打了起来，他拼着命从偷鸟贼手中抢回了红嘴鹤，却被偷鸟贼打昏过去。他问白鹤："鸟受伤了吗？"

白鹤在脚边把红嘴鹤抱起来，说："是它报的信，才救了你的命。"

小悠然伸出手抚摸着红嘴鹤的头，感激地说："这是一只神鸟，谢谢，谢谢！"

此后，全岛人把这只红嘴鹤看作神鸟护着起来。

第二章 护鸟小组

公安人员接到渔岛村民的报案后立即赶来。

勘查现场，取证。由于四面环水，所以疑犯的脚印到湖边就消失了，增加了破案的难度。公安人员走访对岸的村庄寻找蛛丝马迹。

在一个村子里有一个村民提供了一条有价值的线索：天鹅岛（即渔岛）有一个年轻人前几天带来两个外地人在这里租过一条木船。公安人员找到船主，船主提供那位年轻人的外号叫"泥鳅"。"泥鳅"的真名叫王苟儿，此人游手好闲，不务正业，与县城里一帮"渣子"鬼混。"渣子"就是当地人称黑社会集团里面的小啰喽们。

泥鳅早就跑得无影无踪了。公安人员返回县城找来两个"渣子"的小头目，问他们泥鳅的下落。渣子说没见到人。公安人员给他们下死命令：三天内替我把泥鳅找到公安局来！

渣子摄于公安人员的威力，第二天向公安局报告了泥鳅的去向：逃到福建去了。

一周后，公安人员从福州把泥鳅抓了回来。经泥鳅交代：县城有个专门偷猎鄱阳湖候鸟的团伙，一般来福州、厦门、广东销售，价格很好，尤其是活的候鸟价钱更高。还提供了一个重要的线索：他们正把刚刚偷猎到的四十多只候鸟运往福州。

四十多只珍贵候鸟，这是大案！

公安人员火速制定侦破方案。

这次发生的偷猎候鸟事件让白鹤感到事态严重，如果不及时采取有效的保护措施，后果则不堪设想。她立刻来到护鸟队。护鸟队名义上有者（志）愿者二十人组成，其实近年来由于青年都外出打工，留下来的不足十个人，偌大个渔岛，怎么照顾得过来？

白鹤决定成立一个专业的护鸟队，日夜环岛巡逻。原先的护鸟队改为志愿者护鸟队。专业队由二十名男青年组成，志愿者护鸟队由二十名女青年组成。志愿者队平时不上前线，紧急情况时上前线。

专业队实行工资补贴。经费来源由外出打工人员每人每年交一百元外出费筹集。

全岛三百多户，几乎家家都有外出打工人员，有的还有两个人。白鹤玩了个新花样要收取外出打工人员的外出费，大家的意见很大，这样做明显不符合中央的政策。

面对着村民们的质疑，白鹤召开了村民代表大会。她在会上说："渔岛人民世世代代都与候鸟共同生活在一个家园，保护好候鸟是咱们每一位渔岛人的神圣责任。眼下咱渔岛集体资金太穷，专业护鸟队又不能叫他们做义务劳动。外出打工人员的家庭、土地、老幼都有咱们在帮助，他们有义务做点贡献。村委会做出这个决定也是没有法子的，希望大家能够谅解。收取外出打工费也是暂时的，这笔钱只当村里向大伙儿暂借的，今后岛上发展起来了，我在这里当大伙儿的面郑重宣布，一分不少的退还给每家每户。"

白鹤这么一说，大伙儿也不好再说什么了，都表示愿意出这项外出打工费。

护鸟队的问题落实后，白鹤又布置民兵连长在全岛东南西北四个角安装四个警报器，发现偷鸟贼就拉响警报，警报一响，全岛男女老少都出来抓偷鸟贼。

专业护鸟队由小悠然担任队长。小悠然其实名叫黄兵，一个很机灵、幽默、活泼的小伙子，小时候也念了几年书，自己取了个外号叫小悠然，意思是悠然自得，他认为这个名字有文化含量。

他担任队长后，把护鸟队分为四个组，五人一组。白天两组，夜间两组。这四个组编号为甲、乙、丙、丁。甲、乙组员负责白天全岛巡逻，一个上午，一个下午；丙、丁组员负责夜间全岛巡逻，一个上半夜，一个下半夜。每隔一天，甲、乙组与丙、丁组相互交换，一个白天一个黑夜。这样一来，每位队员每天只有半天在护鸟队，其余的时间就可以在自己家中干活儿。

小悠然带着二牛、田耕、平湖、大浪架着木船值夜班巡逻。一月过去，平安无事。日子久了，问题来了。一天，晚饭后小悠然发现一个队员迟迟没来，他跑去这个队员家中去喊。谁知刚到门口就听见队员和他老婆在吵架。

男队员边穿衣服边往外跑。他老婆死死拉住他不放，口中骂道："你这个畜生！发泄完就跑，让老娘守一夜空房，没那么便宜，老娘成了半个寡妇，你今晚要是走了，明天就不要回来，我不要你这个男人！"

男人像落难的鸡挣脱女人，打开门正好撞着队长。女人见小悠然火不打一处来，劈头就骂："你这个光棍，自己找不到老婆，把我男人拉去做伴，你一辈子得打光棍！"

小悠然被这泼辣的婆娘没头没脑地骂了一通，火也来了："俺再找不到老婆，也不会找你这样的女人！"

男人硬是走了，女人怎么也咽不下这口气。她爬起床出了门找到另外一个护鸟队员的家。这家女人也正在生丈夫的气。两个青年媳妇走到一起诉说着内心的苦楚。

一个说，自己的男人只是在吃晚饭后几分钟时间与她亲热一下，天天长夜难熬，不是女人过的日子。

一个说，自己的男人更糟糕，每天夜里巡逻，上午回来睡觉，白天她要下地干活儿，等于做了一个活寡妇。说着说着，一齐把怨气发到村主任白鹤的身上，该死的，她没有结婚，根本体会不到结了婚女人的苦衷，找她去！

两个女人气冲冲来到村委会，白鹤正和村干部一齐议事。白鹤见她俩来了，忙站起来打招呼："小菊、秋月，你们有事找我？"

小菊："主任，护鸟队你重新安排人吧，不能欺负老实人，好事大伙儿都干干，为啥非叫俺男人干？"

秋月马上接着说："是呀，俺男人已经干了一个多月了，日里夜里都见不着人，家里的事让俺一个女人全揽着，俺也要他上岸！"

白鹤把她们请到屋里坐下，"有啥困难，村里会帮着解决。"

小菊："俺们的困难你解决不了。"

白鹤："多大的困难？"

小菊、秋月对视了一下，不好意思说。

民兵连长赵水生悟到了她们的意思，笑道："你怎么解决得了，只有我可以帮她们解决，哈哈哈……"

小菊脸一红，骂道："流氓，谁稀罕你！"

秋月赶紧拉着小菊走了。

村干部们笑得很得意，开心。

白鹤自然不理解他们的困难，晚上她来到小菊家。小菊仍然没有好脸色，她以过来人的口气对白鹤说："你没有找男人，你不晓得婆娘到了夜里的滋味。俺家二牛夜里值班，把俺一个人丢在家中，这滋味不好受啰！"

白鹤脸红了，她还是个闺女，当然不知道婆娘们的心理。她气的是这些婆娘太自私了，未必非得男人时时刻刻陪着她！好，让你男人今夜回来陪你，看你的脸上多长了块好看的肉！

白鹤从小菊家出来，直奔湖边护鸟船前，对小菊的丈夫二牛说："二牛，今晚你回去歇着，俺来替你。"

小悠然一听，知道是那个骚女人捣鼓的。他来气了，大声喝着二牛："主任忙活一天，夜里不歇着行？不要听你屋里的！"

"咋不行！"白鹤接过小悠然手中的船桨划了起来。她一把将二牛推上了岸，二牛十分尴尬地望了白鹤一眼，离开了。

白鹤自幼跟着父母下湖，划船是她拿手的活儿，木船在她的手上悠闲地在平静的湖面上溜达。桨在水中有节奏地前后摆动，为了不让发出划水的响声，桨叶是不露出水面的。只有行家才能如此操作船桨。湖面波光粼粼，远处不时传来候鸟的鸣叫声，那声音悠扬、动听。

白鹤划着木船绕渔岛巡了一周刚好到了下半夜。小悠然叫醒田耕和平湖，下半夜该他们二人值班，自己和白鹤轮到回船舱里去睡觉。

小木船只有一个舱，二人都在舱里睡。小悠然叫主任先去舱里睡。白鹤到舱里一看，太小了，两个人睡中间没有空地。一个姑娘与一个大男人睡在一起实在不好，于是她叫小悠然睡，自己在舱里坐一会儿。小悠然见主任尴尬，他硬要她睡，自己到船尾去与平湖做伴。

白鹤累了一天，瞌睡也来了，便不再推让，和衣倒下便睡着了。不知睡了多久，白鹤被一阵"哗哗啦啦"的流水声惊醒。她坐起身向船尾一看，正是平湖在向湖里撒尿。她立刻转过身向船头走去，田耕正在驾船，小悠然仰面朝天睡在船头的船板上。她怕惊醒熟睡中的小悠然，便轻声叫田耕去睡，自己来驾船。

天色正在黎明。湖面平静得只有划船桨的声音，天边一弯明月在云层里钻来钻去，不时从岛上的芦苇中飞出几只候鸟，美丽极了，眼前的景色让白鹤陶醉。

第二天，白鹤跟村干部商量，晚上抽两个男的去轮换二牛和田耕，一个是团支部书记胡勇，一个是民兵连长赵水生。

胡勇正跟村上的一个叫兰兰的姑娘谈恋爱，而兰兰的父母却不同意。老人不想让自己的闺女在农村吃苦，暗中委托兰兰的小姨在城市里替她找一个。小姨在城里生活，受姐姐姐夫之托，在城里为兰兰找了一个小老板。她放信姐姐，叫兰兰去城里一趟。

兰兰不肯去。她自幼与胡勇青梅竹马，相互了解，心中早已有了他的位置。

晚上胡勇上船去了。兰兰装作船上好玩故意邀赵水生的老婆珍珠一道上巡逻渔船。珍珠正愁一个人在家熬长夜，很高兴地同兰兰来到丈夫的船上。

巡逻船上多了两个女人，有说有笑，热闹极了。赵水生叫小悠然、田耕加上他老婆珍珠他们四人到船舱里去打扑克，故意让胡勇带着兰兰在船头去架（驾）船。

兰兰的爹爹是岛上的老渔民，她小时候常跟着爹上船捕鱼。妈妈在船舱做饭。妈妈喜欢唱渔歌，边做饭边拉开嗓子唱起那优美好听的渔歌。这时，爹爹总是静静地听着。在小兰兰的记忆中，爹爹最喜欢听妈妈唱渔歌。

年轻时妈妈是岛上有名的美女，尽管她没有文化，嗓子可好哪，从小就跟着大人学唱渔歌，后来她自己还自编自唱了一大篓子好听的渔歌，全岛人都爱听妈妈的渔歌。

小兰兰很小就跟着妈妈学渔歌，她的渔歌唱的全岛都出了名。今天，在这么美好的夜晚，她当然想唱支渔歌给心上人听听。

呀格嘞——
哥坐船头我来划啊

两只鸳鸯飞过来
一只飞到哥面前
一只落到我肩上
两只鸳鸯是一对
恩恩爱爱做夫妻
我和阿哥是一对
何年何月成夫妻
呀格嘞——
我和阿哥是一对
明年今日做夫妻

胡勇听得入迷了，心里也甜蜜极了。他停下手中的桨，抱起脚边的鸳鸯，轻轻地抚摸着它漂亮的羽毛。兰兰唱罢，从肩上抱下鸳鸯，走到胡勇身边。她把两只鸳鸯鸟抱在一起，然后二人一起轻轻将两只鸟向湖中抛去。

两只鸳鸯鸟双双展开翅膀，在水面上腾飞而去。

第三章　初识兰兰

　　兰兰的父母发现女儿深更半夜不回屋，"死丫头哪里去了？她爹，你出去找找！"母亲说。兰兰的爹在村子转了一大圈也不见丫头的影子。

　　凌晨，兰兰悄悄溜回家中，生怕爹妈发现。

　　第二天，小姨带来一个中年男人。兰兰的小姨嗓子高，像她姐姐，人还没进门，声音就进了屋：

　　"姐姐，姐夫，客人来啦！"

　　兰兰爹迎出门来，见姨妹身后立着一个陌生男人，他就是姨妹说的客人。便忙招呼进屋，让座。

　　兰兰妈听到妹妹的喊声，也赶紧从厨房里出来，她心中有数，妹妹带来的这个男人兴许就是替丫头介绍的对象。心想，本来妹子搭信来叫丫头去城里见面，看来是男方等不及亲自跑上门来。怪不得，这男的年龄也不小了，大概比自己的闺女要大上一个放牛娃的年龄。男的到了这个年龄，咋会不急女人呢。再看看这男的长相不差，牛高马大的，身膀子强壮，脸上放着油光油亮，下巴肉坨坨的，有福相。

　　"还愣着啥，泡茶！"兰兰爹见自己的堂内呆呆地打量着客人，站在那里冇动静，便吩咐道。

"大伯、大娘，不客气。"客人边说边拉开自己的大礼包，拿出两瓶五粮液酒、两条中华烟，还有一大堆高级营养品放到桌上，说："这是晚辈的一点孝心，不成敬意。"

兰兰爹："她姨，这是干啥？空手来就好，何必让人家破费！"

小姨指着中年男人："姐姐、姐夫，这就是俺跟你们说的张总，祥云的铁哥，在城里开了一家工厂，生意做得大嘞。"

祥云是小姨的丈夫，是张总生意上的朋友。

兰兰妈转身到房间里把女儿打醒，要她到堂厅里去见见客人。兰兰虽说是在床上睡觉，但她早醒了，小姨带客人来和爹妈与他们的对话她听得一清二楚，什么狗屁张总，俺不稀罕。

兰兰懒洋洋穿好衣服慢吞吞从房间里走了出来。她偷偷用眼角斜了一下坐在小姨边上的那个男人，就转过身，在他面前晃了一下，冲出了门，走了。

张总一见，果然和她小姨子介绍的那样，好一个水灵灵的美人儿！他的眼光一直盯着兰兰的影子在自己的面前消失。

兰兰妈追了出去："死丫头，你死到哪里去了？小姨来了你也不在家陪陪！"

兰兰没好气地回应妈："要陪你自家陪，我有事！"说罢，跑得无影无踪了。

中午，小姨和姐姐做了饭菜招待客人。兰兰爹拿出了存了三年的老酒，单凭客人送了那么贵重的礼物，老人也要以礼相待，好好招待人家。

张总看见桌子上做了五大盘鱼肴菜，特别兴奋。虽说在城市，像这么新鲜的湖鱼美味还真难吃到。兰兰爹只管倒酒，小姨子只管向张总碗里夹鱼。张总酒量不小，与兰兰爹一杯又一杯地互敬。

"大伯，你们岛每年出产多少鱼？都有哪些鱼种？"张总边吃边问。

兰兰爹咕噜一满杯下肚，他抹抹嘴说："从前年轻人都在家，一年旺季不下百来十吨，如今家中老的老小的小，一年总产量不过一二十吨，少啰。"

他停顿了一下，夹起一块红烧鲫鱼块送到嘴里："说到种类，多的呢！主要是鲢子、胖头、鲤鱼、鲫鱼、鲲子、鲩鱼、鲶鱼、黄鳝、黄丫头、翘嘴白、毛花鱼、餐鱼，运气好还会遇上鲥鱼。从前那是贡鱼，只给皇上吃的，如今的价值高哇，一斤三四百块。不过政府已经禁了，鲥鱼不能捕捞，捕上也要放掉，金贵，要保护。"老人一口气数出了十几种鱼。

有的鱼的名称张总不甚明白，他估摸所谓"鲢子"是不是就是鲢鱼，"胖头"是不是就是城市餐馆里烧的那种"大头鱼"？至于什么鱼是"翘嘴白"，至于什么鱼是"鲲子"，他就不清楚了，也不好多问。只是不停地点头。

小姨在旁边问："张总是不是想做鱼的生意？"

"我有这个意思，是想做淡水鱼加工的生意。刚才听大伯介绍，这里的确有很大的鱼资源，有条件的话可以办一个鱼食品加工厂。不过要考察考察。"张总把刚刚脑子里兴起的念头讲了出来。

"吃吃，不谈生意，你们城里人难得吃上俺们岛上的野生鱼。"兰兰爹替张总斟了满满的一杯酒。

"那是，那是。谢谢！"张总双手接过酒杯，一口气干了。

吃完了午饭，小姨把姐姐拉到房间里问："姐，这个张总就是替俺兰兰介绍的男朋友，人很不错。你和姐夫都当面看见了，怎么样？"

"意见倒没啥，只是觉得年纪大了些。不晓得死丫头愿不愿意？"姐说。

"男人大点怕什么！男的大会疼老婆，兰兰嫁给他享福呢。

如果他要在这里投资办工厂，你和姐夫都可以到厂里去当工人，领工资。说到底厂子还不是兰兰自己的。"小姨说得兰兰妈直点头。

送走妹妹和张总后，兰兰爹跟老伴儿说："姓张的我看不错，事业干得大，还想在这里办厂，岛上的人都可以进厂，如果真做了俺的女婿，那全岛人就不是现在这样的眼光看俺了。哼！"

老伴儿："你甭高兴得太早了，还不晓得你女儿中不中意？"

"老板不嫁要嫁什么人？"

"年龄大了些。"

"大就大呗，有啥紧。只要有福享，哪个女的不乐意？俺家穷一辈子，下一代不能再穷了，你去把闺女找来，我跟她说说。"

"要找你自家去找，死丫头，兴许去胡勇那里了！"兰兰妈说完收拾厨房去了。

"去找就去找！"兰兰爹背着手出门找女儿去。她妈说她去那小子那里，老子去看看。他直径来到村部，看看胡勇在不在。

他一进门，正好撞着白鹤。白鹤忙问："三叔，您有事？"兰兰爹排行老三，所以后辈都称他三叔。

白鹤这么一问，倒把他愣住了。怎么也不好说是看看胡勇那小子在不在村部，又不能说无啥事。村委会是啥地方，哪个无事会蹿到这里来。无事不登三宝殿，当然有了！三叔进了主任的办公室，坐下后，他一本正经地说："鹤子呀，三叔有个大事来找你。有老板想到俺岛上办鱼加工厂。"三叔呼白鹤的小名。

"好事哇，哪里的老板？"白鹤正在制订招商引资的计划，三叔比咱早走一步。

"三姊妹妹今天带来了姓张的老板找到俺屋里来了，提起这个事。"三叔慢慢说。

"张老板还在您屋里啵？"

"吃了中午饭就走了。"

"您咋不跟我打个招呼，我好与张老板谈谈。这可是大事呢。"

"有关系，三叔一个电话，张老板就会上岛来。三叔这不向你报告了不？"三叔吸了一口烟，自信地说。

"您把张老板的具体联系地址告诉我，我派人去找他。张老板的电话多少，他告诉您啵？"白鹤问。

"哎呀，那俺真没问明白。不过，冒问题，只要找她小姨就行了。"

白鹤想了想，说："三叔，这样好不好？请您老跟我亲自跑一趟，这么大的事，我要亲自拜访人家。"实际上白鹤是想亲自去考察一下那个老板的经济实力，办个厂不是少数钱能办得了的。

"行，听你安排。"三叔答应得很爽。

第二天，白鹤向村委会其他干部通报了一下三叔讲的事，便和三叔乘汽车直奔云江市。三叔带白鹤来到兰兰小姨家。小姨陪着姐夫和主任白鹤来到张总的办公楼。这是一栋三层楼的房子，旁边就是张总自己的工厂。白鹤故意在厂门卫询问了一下，证实了张总的实力，心中自然很高兴。她就怕在招商的过程中遇上玩忽悠的那些商人。

张总见兰兰的爹这么快就来找自己，心中已经明白了几分，最起码说老人对自己还是中意的。即使他女儿没跟着来，这也是常理，儿女的婚姻大事，当然做父母的首先要考察一番，是骡子是马，亲眼见了才放心。他十分热情地招呼老人，把老人扶到沙发上坐定，又是倒茶，又是敬烟，还忙吩咐手下的人到阳光大酒店订个包厢，今天他要陪未来的丈老爷喝个痛快。

小姨见张总只顾热情招待姐夫，却把主任晾在一边，便故意提醒他："张总，今天俺姐夫陪白主任来找你，主要是跟你谈生意上的事。"

张总这才想起了这位年轻女主任的到来，慌忙请坐，敬茶。白鹤接过张总递过来的茶杯直奔主题："听说张总昨天到了我们那里，想做点生意上的事？"

"主任哇，你们可是个宝岛呀！听大伯介绍你的岛上出产那么多鱼。不过，现在的价格太便宜了。我有这么个想法，想在你们那里搞一个鱼食品加工厂。目前也只是个想法，还来不及捉摸琢磨。"张总是个爽快人，一见面就把自己的想法倒了出来。

白鹤马上说："欢迎张总再到我们那里去考察考察。办厂的想法很好，我们村委会正在研究一些开发项目，希望能与张总合作。"

"好哇！"张总中午在阳光大酒店招待了兰兰爹和白鹤他们。临行时，还买了一些礼物送兰兰爹。老人十分得意地同白鹤回到岛上。

办厂的事，张总把祥云找来商量。祥云说，像我们这些搞企业的人，老凭倒来倒去是长不了气候的了，有眼光的企业家就是要抢占资源，占有了资源企业才能壮大发展。你如果捷足先登，第一个抢占了中国最大淡水湖天鹅岛的野生鱼资源，你就是高人！

祥云的话犹如一针兴奋剂让张总顿时热血沸腾。"就这样，明天你陪我去你姐夫岛上跑一趟。"

祥云说："行。"

第二天，张总带着副手，邀了祥云夫妇二人再次踏上了天鹅岛。

白鹤没有想到张总这么快就行动起来了，这就是干事业的人。她和村干部陪着张总一行人在岛上转了一圈，一路上白鹤一边向客人介绍基本情况一边介绍渔岛的风情、历史文化。张总边听边不停地称赞。

村委会中午招待客人用的是全鱼席：荷包鲤、清蒸鲫、鳙鱼头、红烧鲢、油煎翘嘴白、黄丫头煮豆腐、藕节鲶、毛花鱼炒辣椒和银鱼炒蛋等十大美味。真让张总大开眼界！

白鹤亲自为客人们斟酒。当她端起酒杯要敬张总时，发现张总心神不定，他的眼睛一直看着门外。"张总，敬您！"白鹤说。

"哦，不急，还有人没到齐吧？"

白鹤奇怪，数了数席位上的人，说："都到齐了，不要等。"

张总在小姨耳边嘀咕了一下。小姨起身去到白鹤身边轻轻说了一句。

白鹤明白过来，忙对妇女主任余燕说："你去把兰兰找来。"

余燕应声出去了。一会儿回来说："兰兰不肯来。"

白鹤来气了："我去请！"她三步并作两步来到兰兰家，把兰兰连拉带拖拖了出来。在路上，白鹤问兰兰为啥不愿与张总见面？兰兰只好如实相告。这下白鹤犯难了，恋爱是男女双方的自由，家人怎么能干涉呢？现在是什么年代！眼下张总又看上了兰兰，如果事情弄不好，张总不来岛上投资，影响全岛人的经济利益。她只好做兰兰的工作："恋爱归恋爱，陪客人归陪客人，不扯到一块去。今天你给我好好陪张总喝酒。"

兰兰考虑到主任为的是大伙儿的利益，便跟着白鹤来到酒席上。

小姨见兰兰来了，把她拉到自己身边。兰兰一看位子正好是在张总的旁边，她转过身坐到了胡勇的旁边。

张总看见兰兰，劲头来了。他端起酒杯，高兴地对白鹤说："主任，您这个地方实在是个好地方，鸟美水美人更美，这个项目我做定了，争取做你的一个编外村民，欢迎啵？"

白鹤站起来，端起酒杯："欢迎，欢迎！"二人碰了一下杯，都干了。

一杯酒下肚，他接着又倒了一满杯，端起来对兰兰说："我到这里来是冲兰兰小姐来的，希望咱们能好好合作，共同为发展天鹅岛的经济建设携手前进！"他故意地把"携手前进"四个字说得很响亮。

兰兰脸色顿时红一阵白一阵，她推辞说："俺不会喝酒。"胡勇端起兰兰面前的酒说："张总，我替她喝了这杯酒，来，干！"他口气虽然很礼貌，但此刻他心中狠狠地在骂，什么东西，凭你有两个臭钱，就癞蛤蟆想吃天鹅肉，做梦去吧！

张总不高兴了，说："这就不好啰，你替她喝？我还没敬你呢！"

胡勇一听，这家伙有挑衅的味道。二话没说，一口干了。接着又给自己满满倒了一杯，端起来对张总说："你是客人，这杯酒俺先敬你，干！"脖子一仰，又一口干了。

张总不甘示弱，端起杯子抹了。

小姨见了，怕出事，赶紧说："不要光顾喝酒，大家吃菜。张总，这么好的鱼，多吃几块。"

张总拿起筷子，夹起一块胖头鱼肉大口大口吃起来："吃，吃，这鱼做得真好，在城里从来吃不到这么好的鱼。"

兰兰没陪张总喝酒，他心中总觉得不舒服，找来两只酒杯，斟上酒，对兰兰说："兰兰小姐，这样好啵，我喝两杯，你喝一杯，二比一！"

白鹤知道兰兰确实不会喝酒，她把兰兰的那杯酒端起来对张总说："兰兰小姐的确不会喝酒，这杯酒我代表她敬您，请张总谅解！"说罢，她碰了一下张总的酒杯，干了。

张总见村主任这么干脆，也不好再为难兰兰了，"行，干了！"

几杯酒下肚，他已经有些头重脚轻的感觉。小姨看看已经闹了不少时辰，她端起自己的酒杯说："我看大家都已喝得差不多了，我提议，各扫门前雪，下午还要赶回去。"

"好。"大伙儿应道。

张总临走时，白鹤问他："张总，这个项目具体怎么合作，啥时咱们坐下来好好商量一下吧！"

张总两眼蒙眬，说："你、你们、们来云、云江吧。"显然他喝多了酒，话都说不清楚。

"行。咱们商量一个初步方案，尽早去您那里。"白鹤说。

"你、你们去，要兰、兰兰小姐、去跟我、我谈。她不、去去我、我就不、不谈！"张总指着兰兰的背影说。

第四章　单边爱情

　　村委会开会讨论与张总合作项目方案时，团支部书记胡勇提出不同意见："我看那个姓张的不是真的要在咱们这里建什么加工厂，他心怀鬼胎，想纠缠兰兰。"

　　梅丹丹也说姓张的投资建厂真假难辨，但他是冲兰兰来的。城里人滑头，俺们也不能太相信。

　　白鹤说：现在城里老板把眼光盯到未开发的农村这是个趋势，农村才是他们大展身手的天地。张总想来岛上办厂，我看是真心的。我们要相信三叔、兰兰小姨、姨夫。这个张总在云江办了那么大的工厂，实力是有的。至于他看上了兰兰的事，我看也不是坏事。说明他并不清楚兰兰与胡勇正在谈恋爱。大伙儿要明白一个道理，要想咱们这里尽早发展起来，尽快改变面貌，就是要坚定地招商引资，咱们自己穷，冇有钱，只好借用别人的钱。村委会每一个干部都要从这个大局思考问题，大局就是让全岛人民过上好日子。个人的事不能影响工作，更不能影响大局。咱们的招商引资还刚刚开始，希望大家全力以赴，把这项工作抓好。

　　赵水生几个支委都表示照主任说的去做，俺千古渔岛再不能穷下去，要在咱们这一代改变过来，张总来建厂村里要大力支持。

　　胡勇勉强表态服从大局。心中骂道："姓张的什么东西！"

白鹤叫胡勇、兰兰一起去云江跟张总洽谈。兰兰怎么也不肯去。白鹤无奈，只好和胡勇来到云江。

张总办公室的接待人员报告他说天鹅岛的客人来了。张总问："几个人？"

"两位。"

"是男是女？"

"一位女的，是主任。还有一位男的。"

"告诉客人，就说我不在，改日再说。"

接待人员照着张总的话回应了白鹤。白鹤问："张总明天回来吗？我们在这里等他。"

接待又给张总打电话。张总叫她告诉白主任："叫他们不要等，下次把兰兰小姐带来，咱们好好谈。"

白鹤和胡勇只好返回。她找到兰兰，做她的工作："这个项目关系到全岛人的利益，你是个共青团员，要考虑大伙儿的利益，不能意气用事。你去了，他能吃了你不成？"

胡勇也说："我陪你去，看他对你怎么样？"

兰兰十分不情愿地跟着白鹤来到云江。

张总见到兰兰浑身来劲，显得特别热情。这个渔岛美丽的姑娘好像前世就注定了是他的梦中情人。他快不惑之年，不是没有想过女人，而是以前太穷，家中上无片瓦下无寸土，一家四口，父母妹妹和他挤在针织厂一间不足二十平方米的宿舍里，房子还是公家的。厂里的女工人谁也不会看上他的家。改制后，父母下岗，妹妹和他南下打工。妹妹心灵手巧，在一家台商投资的服装厂从普工干到了部门经理，后又嫁给了老板的侄儿。于是他有了一个台商的亲戚，从保安干到了销售部门负责人。老板看中了他吃苦、仗义、忠诚，一再加了他的工资，几年下来。他不但积蓄了不小数目的工薪，重要的是掌握产品销售市场上的不少资源。

三年后，他辞掉工作，回到云江，跟父亲商量自己办一个小厂，父亲是老技工，帮他把关技术业务，自己搞销售。几年工夫，他的小厂火起来了。

此时他也过了恋爱的年龄。原来老厂里的女工来找他，他暗骂了一句：狗眼看人，老子穷的时候你们一个个见了我像见了瘟神一样避着，如今看着老子发了，便厚着脸皮来找我，死远点！他认死了一个理：城里人太势利眼，说不定老子哪天破了产成了穷光蛋，你们又要跟老子离婚。看人家祥云讨了一个农村老婆多幸福，多贴心，白天黑夜伺候得妥妥帖帖、舒舒服服。所以当祥云老婆跟他谈替他在乡下找一个农家妹，他二话没说，正合吾意！

白鹤把村委会商量的方案拿出来放在张总的桌子上。张总也从抽屉里拿出公司商量好的方案递给对方，说："白主任，我们在你那里投资办厂，你们提供鱼资源，利润分成好商量。我先建厂，厂房建起来，我的设备也跟着搬进去。地皮问题你们解决，普工也由你们提供。时间抓得紧，顶多一年就可以投产。"

"鱼资源和地皮我负责保证。合作协议能尽快签订就尽快签订，协议签订了，我好回去着手开展工作。"白鹤说。

"协议今天就可以拍板，我是个干脆人，也是个急性子，说干就干。不过，我有一个条件，看你们同意不同意。"

"啥条件，只要能办得到的我们一定答应。"

"说起来也不是什么条件。我要成立一个筹建处，我公司派一个人去，另外我要聘请兰兰小姐担任筹建处的项目经理。不知兰兰小姐同意不同意。"

兰兰感到很突然，赶紧推辞说："张总，不行，不行！我从来没有搞工程，不能胜任。"

"你又有文化，又是当地人，各方面都熟悉，你一定行！"张总对兰兰说。

胡勇心中骂了一句：兔崽子，又在诱惑兰兰！他向兰兰使了个眼色，意思很明显叫她推得十万八千里去。

白鹤恐怕张总要变卦，暗中碰了一下兰兰，替她说："好，就这么定。"

"好。"张总大获全胜，大喜过望，我要经济效益、恋爱婚姻双丰收。

"今天把协议签了，明天我就打五十万元过去。"他当面吩咐会计准备五十万元钱。

双方洽谈得很好。在签约之前，张总打电话把兰兰小姨叫来，暗暗塞给她三千元钱，让她陪兰兰到商店去买两件新潮衣服。

小姨把兰兰叫走后。白鹤、胡勇和张总他们把协议敲定了。

小姨把兰兰带到服装专卖店，让兰兰挑选两件自己喜欢的衣服。兰兰试了好几套都觉得穿在身上怪别扭的。她拉着小姨往外走："小姨，不买了，俺不喜欢无缘无故用人家的钱。"

"你这个死丫头，张总对你这么看重，又给你买衣服，又聘请你做他的项目经理，你一个农村的女孩子，一下子登上天堂了。你真是个死心眼，女人不就是图个一辈子享福吗？张总有钱，又对你钟情，你到哪里去找这样的男人！你嫁给姓胡的那小子有啥好，一辈子穷！"小姨不高兴地说，她完全是为了自己好。兰兰只好随便挑了一套，让小姨买了。

兰兰不愿意再到姓张的办公室去。小姨只好把她带回了自己家中。小姨父不在家。小姨顺便给他打个电话，姨夫听说兰兰来了，他答应马上回来。

小姨父一踏进家门，就说："兰兰，刚才接到张总的电话，说你同意了担任他的项目经理。哦，我的外甥女也成老总了！"小姨父边把买回来的水果放到兰兰面前，边说。

"小姨父，都是你招的祸！什么经理不经理！他完全是在要挟主任，俺看他这人不地道。"兰兰有气了。

"兰兰，人家是喜欢你才提出这个条件，跟要挟扯不上边。张总是我多年的朋友，人品我可以向你做保证没有问题。我当姨爹的还害你？他做事很干脆，有气魄，缺点就是好酒。男人嘛，这也算不上啥缺点。你爹不是喝一辈子酒吗？兰兰，这个人你可以嫁的！"

"嫁得，你去嫁！俺不嫁。"兰兰顶撞了小姨父。

"你这不懂事的孩子，我也是为你好呀。再说，你爹你妈多次托你小姨在城里为你找对象，我们才操这份心。当然婚姻大事，最后还是你自家做主。你要是真不同意，我明天告诉他，叫他死了这个心好了。"

"俺又冇答应过他，是他自作多情。小姨爹，实话告诉你，俺已经和村里的团支部书记好上了。你帮俺转告张总，让他别再在俺身上打主意。"

关于兰兰已经有了恋爱对象的事，小姨爹从妻子口里隐隐约约听说过。但妻子说双方又没有定下来，加上姐姐、姐夫坚决不同意兰兰在农村找。所以，他才跟张总介绍了兰兰。今天见兰兰的态度，说明她真的已经谈恋爱了，而且很爱对方。这事也只好作罢。

张总送走白鹤和胡勇，急急忙忙赶到兰兰小姨家。小姨刚好带兰兰出去买菜去了。

"老孔，跟兰兰谈得咋样？"张总一坐下来就问孔祥云。

"先喝杯茶吧。"孔祥云替张总倒了一杯云雾茶，"张总，兰兰这个女孩子很像她小姨，犟！不过她不是对你有什么意见，只是她已经有了男朋友。"

"啊，她有男朋友？是哪个？"张总一脸失望的表情，难怪这丫头片子总躲着自己。

"村里的团支部书记。"

"就是今天跟我签合同的胡勇？"那天这小子替兰兰喝酒的情形浮现在姓张的眼前，这小子年轻。

"合同签了？"老孔问。

"签了。老孔，你知道我这个项目完全是冲那丫头来的。如果谈不成，这个项目我就不一定到她那里去搞了。"

"不搞了？"孔祥云关心的是项目，"不是已经签了协议吗？"

"先拖一拖再说。"张总久经商场，老练，话说得隐蔽，但孔祥云听得出来。

"那怎么行？往后我怎么去见姐姐、姐夫。项目还是照样搞，兰兰不行，天下还有许多好女孩子，我再给你物色一个。"

"项目我没说不搞。我们也论证了这个项目有较大的利润。说实话，自第一眼看到你的这个外甥女，我就给迷上了。我最恨城市里那些嫌贫爱富的家伙，农村里的女孩子淳朴，靠得住。我就是吃了几次亏才决心找一个农村的老婆。老子心一横，就是要从那个姓胡的小子身边把兰兰抢过来！"

"好，这才是男子汉的气概！不要灰心，男人要用自己的事业去打动女人的心。立志，我会支持你的。"孔祥云鼓励他。立志是张总的名字。

"老孔，我想请你帮我到天鹅岛操持这个项目。你熟，兰兰在你身边工作我放心。"张总说。

"我去？那我要跟单位商量，还不晓得领导同意不同意。"

"你那个事业单位丢掉算了，辞职。我给你开十万的年薪，一年顶你三年，跟我干，只要我有饭吃，决不会让你喝粥。咱们这么多年的朋友，还不相信我？"没想到张总出手这么阔绰，老孔没啥好说的，当即答应下来。

张总和孔祥云开着小车子来到鄱阳湖的谷子包，把小车丢在这个村子里，再乘船来到湖心的天鹅岛。

这一次张总是来选厂地的。白鹤他们陪着他跑了几个村子，最后张总确定了兰兰村子东边的一块地皮。这里临湖，地势较高，村南是一道坚固的湖堤挡住了洪水的侵袭。

中午，白鹤要招待张总一行。张总叫孔祥云跟兰兰挂个电话，看她来陪不来陪。老孔挂了电话告诉立志："丫头今天到县城去了。"

张总没心思吃饭，手一扬："走！"

早晨，白鹤接到张总的电话要来选址。她特地嘱咐兰兰中午到村部帮她，谁知兰兰竟跑到县里去了。白鹤很生气，建厂是全岛人民的大事，你柳兰兰这么个态度，真是太不像话了！她把胡勇找来："你立即把柳兰兰给我找回来！"

胡勇见白鹤发了火，不敢怠慢，赶到县城。兰兰是在县城会一位中学时的女同学，这位同学邀柳兰兰一块去深圳打工。兰兰正想着怎么摆脱张总的纠缠，一口答应去深圳打工。

"那可不行，主任是决不会同意的。你一走，说不定姓张的就不在俺们那里办厂了。"胡勇不想兰兰离开自己去南方打工。

"你这个傻瓜，姓张的说了他是冲俺来的。你不怕他把俺抢走了？"

"只要你不爱他，他怎么抢得走呢？主任说了办厂归办厂，爱情归爱情，两码事。"

"俺看那姓张的不怀好意，讨厌死了！"兰兰依偎在胡勇身上。

"表面上还不能得罪他，俺们做到心中有数就行了。回去主任可能要批评你，让她批评几句。她也是为了全岛人的幸福。"

兰兰不服："她凭啥批评俺？为了拍姓张的马屁，拿俺做牺牲品。她自己咋不跟姓张的恋爱，正好她没有男朋友。"

"你不要胡扯，主任早就有自己的男朋友了。"

"谁？"

"可能是秋雁。"

"秋雁不是去广东了吗？怎么会跟她恋爱呢？"

第五章　白鹤秋雁

在深圳东方大厦的一家外资集团公司的豪华会议室里，孙秋雁正在举行一个投资项目的讨论会。

秋雁相貌英俊、憨厚，尽管是大学硕士毕业，看上去依然渔家后生的模样。大学毕业后他没有回家乡，南下深圳受聘一家外资集团公司，在该公司担任项目技术部经理。

开完会，他来到自己的办公室。刚坐下，桌上的电话响了。"您好，我是孙秋雁。"

"该死的东西，俺找你，你的手机也关了，你真是大忙人呀！"是白鹤打来的电话。

"小鹤，你这个大学生村官当得咋样啊，有事吗？"

"有一件很重要的事，想请你回来一趟。"

"啥事呀？"

"咱村与云江市张老板打算合作在岛上建一座鱼食品加工厂。马上就要开工了，关于环保排污方面俺不懂，想请你帮忙把把关。"秋雁是读环保专业的。

"好，我向公司老板请好假马上就赶回去。你等着。"

"行！"白鹤放下了电话。

一列从深圳开往云江的火车疾速地在铁轨上飞驰。

秋雁坐在车窗向外凝望。出外一年多了，中间只回乡两次，公司太忙了。每次回家都有一种内疚的情绪，父母含辛茹苦地把他送到了大学毕业，自己的生活条件改善了，可父母依然如故，住的还是那栋土砖搭的房子，吃的还是粗茶淡饭，每年下地干农活下湖捕鱼，面朝黄土背朝天。恨只恨自己太无能太无奈，无力去改变家乡的面貌。他从心底敬佩小鹤，她丢弃省政府的工作，自愿回到贫穷落后的家乡。

那日他在报纸上看到了关于小鹤的报道，心中久久不能平静。他与小鹤自幼青梅竹马，一起玩泥巴一起下湖抓小鱼虾，一起上学一起长大成人。可小鹤胸怀大志，是时代的精英。而自己是什么呢？太懦弱！想到这里，秋雁总感到无地自容。

火车整整行驶了一夜，第二天凌晨抵达云江站。秋雁下车后赶上回乡的汽车，恨不得立刻来到小鹤面前。

儿时和夏鹭、小鹤、春鹅等小伙伴在湖滩草地追逐候鸟的往事一幕幕浮现在眼前。下了汽车他搭上了渡船向渔岛驶去。远远望去，家乡渔岛一片翠绿，多美啊！在深圳他经常在梦中回到渔岛，回到父母的怀抱，回到了幸福的童年……

踏上故乡的土地，他把行李放到家中，只跟爹妈打了个照面，就急忙来村部。

白鹤和大伙儿正在讨论张总提供的加工厂设计图纸。

"秋雁，你来得正好哇！"白鹤第一个看见了秋雁，兴奋地迎上前去。村干部都起身迎接秋雁。秋雁和大伙打了招呼，就来到图纸前仔细地看了起来。

看完图纸，又向白鹤要了双方签署的文字材料。看完后，他说："这个方案不行，主要问题是加工厂产生出来的大量废物不经有效的处理就流向鄱阳湖，这样会把咱们这么美丽的干净湖水和湖泥污染了。"

他这一说，大家都愣住了，像当头泼了一桶冷水。

"那赶快找张总来商量，或者明天你和我去一趟云江。"白鹤讲。

"不急，让我再到你们选址的现场去看一下。村里要拿出一个方案再跟对方商量。"

"好，听你的。"

秋雁和白鹤来到柳兰兰的村子东侧。秋雁说，工厂每天都产生的废气、废物、噪声都会对村民影响很大。我有个不成熟的建议，像咱们这个地方不宜办厂，要开发可能从旅游、服务、文化这些方面动脑子，这些方面的资源很丰富，办厂不可能不破坏生态，现在全国都在开发，向城市周边的农村扩展，高楼、厂房吞噬了多少土地田园，很多当地政府追求财政收入，不顾自然生态，当经济发展了又要回过头来治理环境，付出的代价可就大了。像咱们这个地方，你在考虑开发的同时一定要立足于保护生态环境的前提下发展经济。

秋雁的一番话让白鹤在反思自己担任主任职务后的行动。的确如秋雁说的那样，自己一门心思只想早点把渔岛贫穷的面貌改变过来，渔民们早日富裕起来，并没有把保护岛上的生态环境放到第一位。这就是自己跟秋雁的差距，他的眼光看得远。在学生的时代，她最佩服的就是秋雁，他读啥书都比别人理解得透。

秋雁边走边说，白鹤静静地听着，就像小时候总喜欢听他讲那些童话故事那样，是那么美丽。

二人走出兰兰的村庄，又朝岛心走了好一阵。秋雁看到自己离开渔岛一年多的时间里，渔岛的变化的确太大了。道路平整了，村庄干净了，村民们的猪、鸡都圈养在固定的地方，屋前屋后都种上了杨柳、垂杨、金鸡菊、杜鹃、月月红、栀子花、夏兰、椿、合欢、米兰、唐菖蒲等湿地植物和花草。家乡在小鹤的规划下更美丽了。

秋雁感慨地说："小鹤，本人实在惭愧，大学毕业后到外资公司当白领，虽然收入很高，但心里总觉得不舒坦。我总在梦想着，啥时候咱们渔岛也像深圳、珠海那样发达起来富裕起来。这个梦想只有你在努力去实现，你是俺心中的偶像是俺心中的英雄！真的，俺不是在说假话。"

"秋雁，也回来吧，跟俺一起干吧，俺太需要你了！"秋雁沉默不语。很长时间后，说了一句："总会有那一天的。"

他们来到湖边，坐在一块绿色的草地上。"小鹤，还记得小时候，俺带你在这里抓小鱼吗？"

"记得啰。那时多天真无邪。秋雁，还记得那时俺给你唱的渔谣吗？"

"咋不记得？"秋雁轻轻地哼了起来：

> 三月湖草青又青
> 我牵水牛到湖心
> 鸟儿骑上水牛背
> 唱着歌儿好欢心
> 我跟鸟儿来比赛
> 谁的歌儿最动人
> 鸟儿放开金嗓子
> 一个一个唱不停
> 我说鸟儿你累不累
> 你先歇会儿我来唱
> 唱支渔歌你听一听
> 鱼儿听了直摆尾
> 鸟儿听了展翅飞
> ……

白鹤陶醉了，她情不自禁地依偎在秋雁的身上。

突然，一只大雁从不远处的芦苇中腾空飞起，发出"吱呀，吱呀"的呼叫声，向着大湖深处飞去寻找自己的伙伴去了。

晚上秋雁的爹忙乎着酒肉，娘做了满满的一大桌子菜，招待来看望儿子的朋友。秋雁儿时的伙伴都来了，只有白鹤没来。

白鹤因为白天否定掉张总的方案，提出了环保问题。这个事情重大，面临着马上要开工了，厂还建不建？她把村委会的干部全部招来开会商量。

秋雁家闹腾到深夜，大家才肯散伙。这时，秋雁才把爹妈请到堂厅里，跟老人说："爹，娘，我有个想法想征求你们的意见。"

"崽呀，啥想法，说吧。"爹边抽烟边说。

"俺想回来，同小鹤他们一起建设咱们的新农村。"

娘："雁儿，这可不成。俺这里穷得叮当响，你现在连媳妇都冇娶，你看，在农村里的崽俚找媳妇多难。村上的崽俚都出去了，赚了钱回家盖起了新房，才能娶得媳妇。你在外面做事，家里风光，也是面子，前前后后村里的女伢托人上俺家求亲的有好几拨。你要是丢掉了工作，回家种田，怕要打光棍了。"

"妈，找媳妇的事不用你和爹操心。俺还年轻，先干点事业。俺这里世世代代落后贫穷。到俺这一代手里不能让它再落后了，再穷了。俺跟小鹤合计了，俺回来和她一起改变家乡的面貌，把渔岛建设成富裕的新农村。"

爹："俺这里底子太薄了，搞建设哪来的钱？一年四季大多数人家还只能糊口。"

"俺这里冇钱，可有很多资源。比如一湖清水，新鲜的空气，岛上优美的环境，湖滩有世界最珍贵的天鹅、白鹤、鹭鸶、大雁。湖中有大量的野生鱼类。这些都是城里冇得的，城市里的人享受生活就得到咱们这个地方来。不光是中国人来，外国人还特地不远万里到俺这里来观赏候鸟。来这里的人要吃要住要消费，咱们就赚他们的钱。这样一来，经济不就搞活了吗？"秋雁如数家珍那样跟两位老人说了起来。

爹："引得人家来花钱，这事咱也想过，但是你首先得有钱投资建饭店建旅馆，吃的住的玩的都让人家舒服，人家才来呀。你这钱哪里去搞？天上总掉不下来。"

秋雁："可以招商引资，吸引老板来投资，共同开发项目。赚的钱双方分成。"

爹："招商引资也没那么容易。小鹤子天天喊得山响，到现在还有影子。人家有钱到这个穷地方来？"

秋雁："还要努力做工作。"

爹："你还是不回来的好。你在深圳这么高的收入，丢掉划不来。再说你念大学，学的知识回农村浪费了，那不白读了！"

秋雁："俺在大学学的正好回来用，俺学的是环保工程，开发鄱阳湖生态经济最重要就是环保工程。"

爹："反正俺弄不懂，只觉得你回来赚不了啥钱，成家立业家中无法再支持你，要你自己去解决。最后主意你自己拿，反正俺和你妈把你已经养大了，往后的日子靠你自己去操持。"

秋雁："爹，妈，你们二老千辛万苦把俺培养成大学生，儿子回来就是想帮你们创造富裕幸福的好生活，让你们日子过得比城里人好。"

晚上，秋雁爹妈在自己的房间里合计着白天崽俚说的辞职回乡的话。二老越想越不对劲，崽俚犯糊涂了？"他爹，雁儿说回来，回来工资都冇得，还搞啥建设，俺看是上了小鹤那个死丫头的当！"

"是呀，这个憨包念书念糊涂了。在深圳公司那么多钱一年，他要丢掉，回农村吃苦，没出息，俺看真是受了小鹤的撺掇。明天把他赶回深圳去！"爹越想越觉得儿子不对劲。

第二天，早饭后爹问秋雁："你回来请了几天假？"

"公司叫我早点回去，我住几天再说吧。"

"公司肯定有事，叫你早点回去你应该早点回去。我跟你妈都很好，见了你的面就行了，有空常打电话来。"

"这回是小鹤打电话叫我回来替村里办点事，事还没办完，推迟几天公司那边有关系。"

"俺就晓得是小鹤那鬼东西，为她的事你耽误自家的工作，这个实心砣儿，你误了工作她赔得了？"

"妈，您咋这样讲呢？小鹤也是为村里办事，为大伙儿着想，俺不支持她好意思吗？"

"她当主任，你当什么？眼下她当主任，过两年说不上会调去当乡长当县长，人家比你聪明。"

秋雁没有时间与二老多说，出门去村部。妈上前拉他，不让他去，要他回深圳上班。

秋雁把妈扶回屋里，叫她不要管许多，办了事自然回去上班。

妈拉他不住，只好悄悄跟在他后面。

白鹤和村干部正在村部等秋雁，想秋雁拿个主意。

秋雁进了村部后，妈在屋外坐在石头上等候着。等了半天，不见儿子回来，老人性子耐不住了，她闯进会议室。

白鹤见秋雁妈来了，立马上前打招呼："大娘，您有事？"

"找雁儿。"老人见白鹤没好脸色。

"妈，您咋来了？"秋雁急忙把妈拉到屋外，说："俺正在和大伙儿讨论办厂的事，有事找俺？"

"爹叫你回深圳上班。你又不是村干部，掺和啥？"

"哎呀，俺的事你们不用操心嘛。您先回去。"

"爹妈不操心谁操心？俺跟你说，耽误了你的正当工作，俺找小鹤没完！"妈故意把这句话说给屋里的大伙儿听。

"妈，不要乱说呀，走，回家去！"

妈气呼呼地回去了。

白鹤听了大娘的话，心中一惊，咋啦？

秋雁继续讲他的意见："污水处理设备和技术对我们村来说投资过高，所以我建议这个加工厂项目暂时放一放，等将来具备了条件再说。目前还是开发文化旅游、生态休闲和服务项目，比较现实，又容易见效。"

胡勇马上赞成秋雁的意见："秋雁说得太对了，俺这个岛目前水是清的，地是绿的，空气是新鲜的，绝对不能让污染了，不能以牺牲环保的代价换取短期的经济效益。"其实他心中早就不想姓张的来跟自己捣蛋！

白鹤很为难地说："俺们已经答应张总来投资建厂，合同都签了，马上撕毁协议，人家会说咱们太不讲信用，将来还有谁会来投资呢？"她提出的问题一下子把大伙儿都愣住了。

秋雁说："这不是信用不信用的问题。这是由于双方签的合同不符合国家的环境保护法，如果这个项目必须搞，则协议要重新修正，要加进污水处理问题的条款。如果需要，我可以跟白鹤一起去云江找张总商谈。"

大家都说这样好了，有秋雁出面，事情好谈。只有胡勇不作声。

散会后，白鹤叫秋雁留一步。

秋雁："还有事？"

白鹤："你妈刚才好像对俺有气？"

秋雁："别管。昨天我征求爹妈的意见，说我打算辞职回乡来搞建设。他们不同意，怕我把高薪的工作丢了，怪你。我回去做做工作。"

"老人的想法没错。像你这样的高才生在特区做上了白领，年薪二十万元，是所有大学生都渴望的。辞职回来，一般人是想不通的。说实话，尽管我想你在身边和我一起建设家乡，但又怕万一发展不起来，耽误了你的前程。"

"你这意思是瞧不起我了。你也是大学高才生，你城里不去，甘愿回农村吃苦，我为啥不应该来？我还是个男的，改变家乡的落后面貌是我多年的梦想。我回深圳就去辞职。"

"你这封建思想，我是女的，女的就该比你这个大男子汉低一截？"

"你别误会，我不是那个意思，我是说……"刚说到这里，秋雁的手机响了。

"喂，是我呀，……哦，哦，我还有点事没办完，还需要两天时间，请你帮我向叶总请几天假……好，好。谢谢，谢谢。"

"谁呀？"白鹤听出了是个女孩的声音，神经顿时敏感起来。

"公司办公室的，催我回去。没事，我续了假。"

白鹤也不好多问。

秋雁跟着白鹤走进了张立志的办公室。白鹤把他介绍给了张总。张总握着秋雁的手，"幸会，幸会！"

坐下后，秋雁说，"十分感谢张总到我们岛上投资开发新农村建设。"

"谈不上感谢。党中央号召我们支援社会主义新农村建设，我当然要拿出自己的实际行动。"

"您和村委会合作的项目所有资料我就都认真看过了，觉得存在些问题。今天特跟主任来和您商量这件事。"

有什么问题？张总有些惊讶。

"主要是加工厂的污水处理你们没有考虑。处理不好会污染湖水。鄱阳湖是绝对不能污染的。"

"不是我们没有考虑。在设计时人员也提出这个问题。主要是考虑到成本太高，投入过大，我们一年两年是收不回成本的。在签合同时，你们主任也没有提出这个问题，不能怪我们呀。"

"张总，您别误会，不是怪您。我们也有责任。今天是来跟您商量解决的办法。"

"如果要增加污水处理设备的技术，就我公司目前的力量，那这个项目就搞不成了。"张总摊开双手说。

白鹤马上接上，"这个项目可以暂时放一放，我们村正在规划生态休闲、文化旅游方面的项目，合适您选一个。"

"还有哪些个项目？"

"有酒店、宾馆、候鸟观赏塔、天鹅岛生态休闲公园。欢迎您再去我们村考察考察。"

"我们研究一下吧。过几天回您的信。如果加工厂搞不成，别的项目我选择一个，我是下了决心和你们合作的，看我跟你们有没有缘分。"

"我相信张总跟我们有缘分。我们回去等候您。"

"有缘分就好！哈哈，哈哈。"

第六章　南漂男孩

秋雁的手机又响了。

"秋雁吗？你回去已经快一个星期了，我爸叫我催你赶快回来，不行、不行！公司好多事情要你处理……明天你就回来，坐飞机！"深圳公司老板的女儿打来的电话。

秋雁挂了手机，就匆匆去找白鹤。

"秋雁，我正要找你，我想你帮我好好规划方案，村里好对外招商。刚才村委会开了个会，村部尽快报县里审批，大伙儿想你出出力。"

"好。让我考虑考虑吧。你先向县政府打报告立项，等批下来咱们好放开手脚干。"秋雁从白鹤手中接过村委会的规划方案，细心地看了起来，感觉到这个规划太庞杂了。白鹤她是一口想吃成个大胖子。她没搞过企业，还不懂搞企业的规律，她纯粹是个理想主义者，梦想着一夜之间把渔岛变成天堂。这哪行呢？

这天，秋雁邀胡勇陪他考察渔岛几处生态湖湾和一些历史文化遗存。二人来到湖湾的金沙滩，坐在沙滩的高坡草皮上。两个人也是儿时的伙伴，常在金沙滩玩耍。

秋雁望着闪闪发光的沙滩说，这里开发成浴场，绝佳的地方。

胡勇说，"如果要是晚上到这里来，在月光的照耀下，更好看，更迷人，保证那些情人成双成对都会迷上这个地方。"

"你这家伙，肯定经常和兰兰夜里跑到这里来谈情说爱。"

"你看到了？瞎猜！"

"老实交代，进展得怎么样，遇到麻烦？"

"你咋晓得？是白鹤告诉你的？"

"要想人不知，除非己莫为，我要她告诉我？"

"啥麻烦也冇得。姓张的癞蛤蟆想吃天鹅肉，滚蛋！"

"听说兰兰的爹娘却不同意？！"

"老人还不是想攀城市里的人。嫌俺在农村冇出息。"

"哪家老人不都是这么个想法，怕自己的儿女待在农村一辈子受苦。"

"咳，你跟白鹤怎么样？这次你回来帮忙，不是她请你你小子肯定不回来！"

"你这是歪曲我。我回来是为大伙儿，为了家乡的建设，再说也是我的责任。"

"你这小子不要不承认，我看得出鹤子对你很上心。"

和胡勇在岛上看了一天，秋雁对村委会的方案有了自己的调整计划。晚上，他在家中设计草图。爹妈看到儿子还没有回深圳的意思，心中着急。爹叼着儿子给他买的烟斗进来了，"村里还有几多事要你做？村里的事有村里的干部们做，你不能耽误自己的工作！"

"爹，这些事别人做不来，我必须帮忙。这里是村里的大事，涉及每家每户的利益。推迟两天回到深圳冇关系，公司今天打电话来了，我请了两天假。"

爹看到儿子面前一大堆图纸。问："村里真的大搞建设？"

"真的。现在有中央的好政策，又有老板愿意投资，不要一两年咱们老渔村就要大变样了，让您和妈过上好日子嘞。"

爹脸上堆满了笑容。"好日子，好日子。怪不得你这个标将的（地方语言，意顽皮的孩子）买来'好日子'的香烟我抽啰，大伙儿就等这一天。那你好好规划吧，早点歇，我去睏觉。"

"雁儿在做什么事？"他娘问回房来的老伴。

"大事。"他爹回答。

"什么大事？"见老家伙神秘兮兮的，她又问。

"大事就是大事。你懂什么，也问！"

"我儿子做的事，我咋就不能懂得？你这死老头！"

"你的儿子？冒我你哪里有儿子。哼！"

你这死老骚棍，儿子这么大还老不正经。她不跟他说了，脱了衣服倒上就睡。他也把衣服脱光了，像一壁墙倒下去。嘴里还不干不净地今夜老子又要骚一回……"

两天过去了，手上的图纸还没有搞出来，秋雁只好给叶雪楣打个电话。"喂，叶总吗？我是孙秋雁……您听我解释嘛，……再请两天假……实在是抽不开身呀，对不起！"

可能是深圳那边真有重要项目急需自己去处理。秋雁抱着图纸来到村部，对着这些图纸他一项项地跟村干部解释，哪些是现在可以考虑开发的项目，哪些是将来可以考虑开发的，哪些又是绝对不能开发的，需要保护好的。他希望大伙儿一定要记清楚，生态资源、历史文化遗址，还有天上的鸟，湖中的鱼，属国家和联合国列入保护珍稀物种，一定要像保护渔民们的生命那样保护好。他把村委会计划的二十个开发项目减至十个。

这十个项目是：

一是观鸟亭；二是金沙滩浴场；三是鄱阳湖古战场遗址；四是生态文化休闲公园；五是鄱湖渔鼓的搜集整理和制作；六是开发鄱阳湖文化旅游纪念品；七是鄱湖鱼宴；八是渔岛医院和学校；九是宾馆和酒店；十是渔民新村的改造。

白鹤听了秋雁的讲解,心中十分佩服,他真的不愧是在大都市大企业做大项目的人才。相比之下,自己啥都不如,仅仅只有一股子热情。要想彻底改变家乡的面貌,非秋雁回来共同奋斗不可。不是我白鹤需要他,而是渔岛需要他。

　　此时的白鹤感到自己身单力薄,村委会成员文化程度远远跟不上经济发展的需要,除自己是个大学生外,高中生都没有一个。胡勇、赵水生、妇女主任、会计都只能算个初中生,高中都没有念完。杨春鹅和夏鹭都在外地工作,不知道他们愿不愿意回来?

　　她把她的想法告诉了秋雁。秋雁说,"听夏鹭说,春鹅想辞职到广州去跟夏鹭一起生活。"

　　"夏鹭在广州发展得咋样?春鹅愿意丢掉团委的正式工作去广州打工?"白鹤问。

　　秋雁说,"这就是爱情的力量嘛。他俩大学时热恋得厉害,毕业时春鹅就坚决反对夏鹭南下。后来夏鹭在广州一家港商房地产公司搞工程,受到重用,年薪比我还高,所以春鹅动了南下的念头。"

　　"你今天定的这些项目有几个都是建筑项目,要是夏鹭回来,由他这个上海同济大学建筑专业的人才来负责我就放心了。真想动员他回来哟!"

　　"这不晓得夏鹭愿意不愿意,更不晓得春鹅同意不同意。"

　　"夏鹭的工作你替我做做看。春鹅的工作我去做!那丫头在团委还真像模像样,一个月不就两千来元钱的工资嘛。明天星期天,我打电话叫她回来一趟,正好你也在,你帮我一道做做她的工作。"

　　"行。"

　　白鹤说着拨通了春鹅的电话,春鹅吗?我白鹤呀,秋雁回来了,他想老同学在一块儿聚聚,……你明天回来一趟啵?……好好，就这么定。"

春鹅很温柔，跟白鹤大大咧咧风风火火的性格形成了鲜明的对比。她长得清秀、苗条，一副标准的美人儿坯子。她在大学念的是艺术系，毕业后市歌舞团差一点把她招进去了。后来是她有一个舅舅在市政府工作，不让她去什么歌舞团，吃演艺饭吃不了几年。让她报考市团委的公务员，将来当个女县长女局长什么的。哪任团委书记不是市委、市政府领导的候选人？但这丫头对当官的兴趣不大，清高，不愿意出风头，更不愿意拍马屁。却迷上了写歌作曲，她创作的几首歌唱鄱阳湖的歌居然还得了奖。

自大学毕业后，春鹅还真没有跟秋雁见过面。秋雁哥小时候在她心目中几乎成了偶像。他晓得那么多关于鄱阳湖的历史，关于鄱阳湖的故事；晓得鄱阳湖那么多鱼的种类，那么多候鸟的知识。

"妈，今天春鹅和秋雁都来我们家，中午多做几个菜。留他们在家里吃饭。"

"好哇。他爹，你去谷子包剁两斤肉来，顺便称几斤鱼。鹤子说中午有客人来吃饭。"

"好嘞。"白鹤爹提个芦苇篮子出去了。

秋雁和春鹅一前一后来到了白鹤的家中。白鹤把屋里打扫干干净净，接待客人。

秋雁说，"春鹅，你在团市委工作还顺心吗？你可是个艺术苗子，怎么当起行政干部了？"

"啥顺心不顺心，天天埋在业务工作里面，把我的专业都丢掉了。还不是我舅舅的主意，他要我搞行政，还说啥将来有发展前途。机关工作我不适应，一切得听别人的，一点自我都冇得。夏鹭叫我干脆辞职到广州去，他替我找份适合我的工作。"

"你真的辞职？"白鹤问。

"还冇下决心。"

"如果要辞职，你回来吧，秋雁也打算辞职回来，咱们一起用自己的双手把家乡建设起来，让父母都和咱们一起过上幸福生活。"白鹤用期望的目光看着春鹅。

"辞职不辞职还说不定，家里人肯定不同意，好不容易送我上大学，最后却把工作都丢掉。现在我很矛盾，不晓得咋样才好。还是孩提时代好，无忧无虑，啥也不想了，只晓得玩，多好啊。人长大了，顾虑就多。夏鹭动员过我叫我辞职去广州，他说公务员冇有当头，干一辈子公务员又有啥出息，不如干自己想干的事。他说好男儿志在四方，好女人也得志在四方。"

"好男儿就不能志在农村？我看农村才是咱们大有作为的地方。你看，现在城市里那些大老板都把眼睛盯着咱们农村。城市总有一天挤不下那么多人，有钱的都会往农村跑。我就不相信，农村今后比城市差？关键是看我们有没有能耐把它建设好。我从省政府机关回到农村来，不是我思想有多好、多高尚，而是我想作为新时期的知识分子青年要有志气，用自己的双手把咱们农村建设好。世界上有哪一座繁华的城市不都是在农村的土地上建筑起来的？农村是城市之母！"

"深圳就是在一个破烂的小渔村建设起来的。我相信鹤子的梦想一定能实现，咱们这座贫穷落后的渔岛总有一天在鹤子的手上成为人间天堂。我佩服鹤子！"秋雁发自内心地赞叹。

"不能靠我一个人的力量，我个人太渺小了，得靠大伙儿，特别是像秋雁、夏鹭这样的专业人才是建筑渔岛必不可少的力量。春鹅，今天找你来，不光是想你回来，更重要的是想通过你动员夏鹭回来。新农村规划想夏鹭回来主持。他主持我放心，都是渔岛儿女，都是儿时的小伙伴。"

春鹅本来是个文静的姑娘，听了白鹤一番话语顿时热血沸腾起来，她似乎看到了家乡未来的美好前景。尤其是秋雁的规划设计，如果这些项目真的能建起来，咱渔岛可算得上是人间乐园了。比人挤车堵的城市不晓得要好多少倍。或许跟白鹤一块干比坐机关有意思得多。

"秋雁，如果你真的回来，我去动员夏鹭。"

"一定回来，回深圳马上就向公司辞职。"

"咱们三人拉钩，同心协力！"春鹅伸出一只手抓住了秋雁的手。白鹤也赶紧抓住他们两个人的手，三只青春的手紧紧握在一起，三人发出同一样的声音："同心协力！"他们相信几何定律，三点能搭起一个平面，通过努力定能设好美丽的家乡。

杨春鹅坐上了去广州的火车，心中憧憬着家乡未来的景象。

自报纸上出现白鹤志愿回乡的事迹后，她好几个晚上兴奋得睡不着，打心眼儿里佩服白鹤，更为她感到骄傲，因为她是同乡、同学和好伙伴。后来在机关坐久了就觉得没啥意思，整天听领导吩咐。而白鹤可以放开手脚干自己想干的事，可以去实现自己的理想。干公务员干一辈子只是自己好，回农村把家乡的面貌改变，发展旅游事业，为全岛人民创造财富。

春鹅在火车上睡了个好觉，第二天凌晨抵达了广州站。夏鹭早在那里迎候她。她上了夏鹭的车，来到了夏鹭的公司。这是一栋二十多层的大厦，夏鹭的办公室十分气派。

"春鹅，我跟董事长讲好了，你辞职就到我们公司销售部，咱们在一起工作。赚了钱咱们在广州买一套房子，就在这里成家。广州的发展很快会超过深圳。

"夏鹭，我这次来不是要到广州来工作，有一件重要的事跟你商量。"

春鹅把白鹤回家乡开发渔岛经济建设和秋雁为家乡规划的十大建设项目，以及他们三人的约定来动员夏鹭回家乡共同创业的事统统讲述了一遍。

夏鹭沉思了一阵，说："白鹤的想法是好的，能不能实现恐怕没那么简单。渔岛那么穷，底子那么薄，完全靠外来的经济力量是很难的，没有个十年八年是不行的。老板去渔岛投资考虑的首先是他们自己能不能获得大利润，他们是不会考虑改不改变那里的落后面貌。开发咱们的家乡跟开发深圳不同，开发深圳是党中央的政策和策略。开发渔岛只能靠自己，力量的对比等于一滴水珠和一座大海的对比。我们的力量好比一滴水珠，你说有啥能量？父母把我们送上了大学毕业，他们做梦都希望我们能离开那个世代贫穷的地方，到城市里来过上好生活。我想，只要我们在这里好好地工作，三五年就可以在广州安家立业，到时候把你爹妈和我爹妈都接来，让老人们安度晚年，不是很好吗？"

"你太小看白鹤、秋雁他们的力量。白鹤回乡当主任才一年多，岛上的面貌大变样了，你回去看看就晓得。秋雁在深圳外资公司的地位不比你低，收入不比你少，他却甘心放弃公司的工作回去跟白鹤一起干,他都认为咱们渔岛不要多久就可以发展起来。岛上的资源那么丰富，有眼光的老板不用党中央的号召会自己找上门去，眼下就有一位云江的企业家要到咱们那里去办厂。我相信秋雁，他预计渔岛前途无量！"

"春鹅，你不要太迷信秋雁，我不也在企业里摸爬滚打一年多了，经济规律我懂。老板的心理我更清楚，不是哪位老板想去投资开发就能把项目搞起来，他们眼睛盯到的是对自己投资之后的利益，何况建设还是个复杂的工程。像咱们渔岛那个地方，交通问题、游客的流向问题、投资的成本问题、渔民的消费指数，这一系列的问题投资商都要考虑。岛上又不能搞房地产。就是办工厂原料问题除了鱼几乎什么也没有，办啥工厂？所以开发渔岛你不要那么乐观。要等全国农村都发展起来了，咱们那里才能慢慢跟上去，何年何月的事啊。"

"你对家乡的前途太悲观了！我看发展得起来，只要大伙儿齐心协力，大伙儿把心全部倾注在家乡的建设事业上，就能改变面貌能富裕起来。"

"你这不是科学的态度，你是个空想主义者。搞经济发展一定要依照科学根据。科学是什么？是客观要素。你可不要以为我对咱们的家乡不关心，其实我比谁都关心，那是生我养我的地方，是我父辈生活的地方，我也跟你们一样做梦都想把家乡的面貌来一个翻天覆地的变化，由落后变成先进，由贫穷变成富裕。比如说我在这里设计公司花园小区的楼房时，我就想如果咱们渔岛上村民们世代居住的土瓦破房子全部变成像广州这里的高楼电梯房多好啊。我有时又想，如果动员我的老板到咱们渔村去投资开发房地产老板会同意吗？他肯定不会同意的。为什么呢，他必须要考虑几个因素。第一是成本高不高？隔河隔水，建筑材料从县城运上咱们渔岛，你算算从谷子包把材料卸下来再装上渡船一船船地运上岛要增加多少成本？划得来吗？第二即使房子盖起来了，有谁来购买那里的房子呢？岛上的渔民没有一家能买得起，城市里的人谁隔山隔水跑到鄱阳湖中心的一个荒岛上去居住呢？没有人买就谈不上市场，经济效益哪里来？"

"你讲了一大堆只讲了一个房地产项目。秋雁可不是那么考虑的。他说咱们渔岛是世界上少有的自然生态最美的湖岛，在这里是不允许搞房地产项目的。三大支柱一是自然生态，二是文化旅游，三是观赏服务。这三大支柱产业发展起来自然有人气，有市场，有经济效益。反正我觉得白鹤和秋雁说得有道理，尽管我不懂商业不懂经济，但是我信他们。你不回去拉倒，反正我下了决心辞职回去！"

"你不要一时冲动，回乡创业是要吃大苦的，那里的条件差，你不要后悔。你到广州来不好吗？有我在这里照顾你，保你过得开心。"

"我不怕苦，我本来就是渔岛上的一个苦孩子，怕啥？也不后悔，父母送我读了大学，现在回乡为他们创造新的生活，只要他们过得好就满足了。只为自己舒服是自私的表现！"她在心中骂夏鹭太自私了，可耻！

两个人一见面就一番论战弄得双方都很不愉快。夏鹭想留春鹅没能留住，春鹅想动员夏鹭回家乡更未能有效。春鹅在广州只待了两天就固执地乘坐火车返程了。

夏鹭这一次真是不理解她，怎么那么盲目那么不听劝说？

夏鹭把她送上火车，在分别时春鹅问他一句："你到底回不回去？你不回去，今后不要说我没来请你呀！"

夏鹭一时不知怎么回答她。

第七章　造访渔岛

秋雁离开公司已经有一个多礼拜了，叶雪楣几次电话催他回来都不见他的影子。这种情况是从来没有发生过的，公司制度很严，孙秋雁是位很负责任的职工，何况他还主管了公司一个很重要的部门。是不是有什么情况？叶雪楣坐不住了，她跟爹打了个招呼，决定乘飞机去江西看看。她从来没到过江西，但是她全世界到处飞，哪里不敢去？她临行前调阅了秋雁的员工档案，记住了秋雁的家乡：江西云江市湖江县湖心岛渔村。他的家乡是中国最大的淡水湖——鄱阳湖中间的一个渔岛。那是一个咋样的岛？正好去看看。

孙秋雁把规划方案和图纸都交给了白鹤，正打算动身回深圳去先处理完手上的事，再向公司正式提出辞职回来和白鹤一道着手岛上一些开发项目，他感觉到白鹤此时比什么时候都需要自己。

突然，他的手机响了，一看是叶总，"我是孙秋雁，叶总你好！什么，你怎么来了？现在在哪里？到了云江市？……你先找个地方等我，我马上赶去接您，好，好，您等我！"

"谁？"白鹤问。

秋雁："深圳公司来人了，到了云江，我得马上去接她。"

一只小木船把秋雁送到了渔岛对岸。上岸后他火速搭上汽车直奔云江。

叶雪楣下飞机后打的来到云江市。她来到市中心的湖滨公园下了车，真没想到这座长江边上的小城市这么漂亮，江南水乡的景致，两只眼睛般的小湖坐落在城市中央。湖水清澈碧绿，岸边杨柳依依，两湖之间一条长的土堤，整个城市的街道临湖而建，清一色的徽派古建筑，黛瓦白墙犹如一幅神奇的水墨画。主要街道仍然保留着大块条石铺就的路面，如今是步行街。古城中众多的历史文化遗迹，充分证明了这座迄今两千余年的江南古城文化积淀是如此丰厚。

正当叶雪楣陶醉在云江市秀美景色之中，她的手机响了："叶总，您现在在什么位置？我已经进城了。"是秋雁打来的电话。"我在湖滨公园的音乐喷泉旁边，好，好。我在这里不动，等你。"

秋雁走出汽车站，立即招来一辆出租车，"湖滨公园音乐喷泉！"

出租车很快驶到了音乐喷泉。叶雪楣看见秋雁扑了过去。

叶总，"让您久等了，真对不起！"

"你才来，让我急死了，坏蛋！"

"我家离这里要两个多小时路程。您专程过来，公司有急事？"

"我爸叫你去马来西亚考察一个项目。肯定急，催着你回去。"

"我家乡正在搞规划，让我帮帮忙，耽误了几天。我的家乡可美丽呢，你去看一看吗？"

"我这次来就是想去你家乡看看。你总是说那儿的候鸟多美，你带我去看候鸟。"

"这个季节候鸟不多。不过有很多鹭鸶和白鹤，就是你们说的天鹅。"

"哇，天鹅！"

秋雁把叶雪楣带到汽车站坐上了返程的汽车。一路上他不断指着车窗外向她介绍鄱阳湖的田园和风光。

下了汽车，秋雁和叶雪楣坐上了小木船。小木船在清澈的湖水上悠悠地向湖心渔岛驶去。

叶雪楣第一次乘这样的船，很好奇。秋雁叫她坐稳不要乱动，以免摇晃。叶雪楣紧紧抓住他的手，生怕掉到水中去。无边无际的湖面上点点风帆，渔民们撒着渔网，湖水碧绿碧绿，天空蔚蓝蔚蓝，湖心岛像一只古船荡漾在大湖之中，岛的上空无数鸟儿自由地飞翔。

"啊，太美啊！"叶雪楣不禁惊叹起来。

秋雁："叶总，你长期生活在马来西亚，没有见过祖国这么美吧。"

叶雪楣的父母是马来西亚的华侨。

叶雪楣："马来西亚也是岛国，也很美，但比起这里来还差远了。你看，这里的水多干净，这里的空气多新鲜！"

不一会儿，船到达渔岛。叶雪楣跟着秋雁踏上了渔岛的土地。柔软的沙土路，长满湖草的荒地，低矮的破瓦房，跟刚才看到湖面的景色太不一样。

"这就是你的家乡？"

"是呀，怎么样，有特色吧？"

"落后！"

秋雁停住了，看了叶雪楣一眼，再转过身凝望着岛上的情景。你说得很对，咱们这里从经济上来说的确十分落后，渔民们的生活还很穷困。但是咱们这里的生态自然资源很富有，这里的历史文化很丰厚，这里的地域民情风俗很淳朴。这是我这次回来所思考的问题，我想改变这里的面貌。

"你改变它的面貌？"

叶雪楣还没等秋雁说完就用惊异的眼光看着他。"不可能吗？"

"不可能！"

"走，上咱家去。"秋雁领着叶雪楣小心翼翼在沙土路上向前走去。他们来到一栋土砖砌的平房前停下来。

"到我家了。"

叶雪楣一脸难色地看着眼前这栋从来没有见过的居民住房，迟迟不愿进屋。

"爹，妈，客人来了。"

两位老人从屋里迎了出来，看见儿子领了这么一位漂亮的姑娘进来，心花怒放。快进屋，快进屋。爹搬过椅子，用自己的衣袖抹了又抹，让姑娘坐。妈赶忙点火烧开水。一会老人端来一只硕大的青花瓷碗，碗里满满的一碗茶。

"姑娘，喝口茶。"

叶雪楣双手接过老人的茶，"这是啥茶呀？"

"这是咱们这里的珍珠泡茶，里面有黄豆、芝麻、爆米花、冰糖和咱们岛上独有的雁来花茶。咱们这里的风俗，凡是重要的客人都要泡这种茶款待客人。您尝尝，味道咋样？"秋雁解释道。

叶雪楣本来一天没喝水，口早渴了。她端起碗咕噜咕噜喝起来。

"慢点，慢点。喝茶不是您这么个喝法，要品，品出味道来。"

"啥味都有！"

爹提了一个竹篮子往外走。"秋儿，我去湖边挑几条鱼回来，你妈在准备饭，晚上招待客人。"

"大伯，您别忙。我跟秋雁是好朋友又是同事，不用客气。"

秋雁爹说，"咱这破屋能招进来这样的贵客真是祖上的荣耀，只怕招待不好。"

爹刚出门。白鹤带着村干部来了。"大伯，屋里来客人了？"

"是啰，深圳来的，秋儿的朋友。"

白鹤进屋一看，一位时髦、现代、漂亮的小姐。她心里一沉。

"秋雁，客人来了也不给大伙儿介绍介绍？"

秋雁立即拿凳子让大伙儿坐。他先指着叶雪梅介绍说，"这是我集团公司的叶总。"转过身又向叶总介绍说：这是咱们村的大学生村官白鹤主任，这是村民兵连长赵水生先生，这是妇女主任余燕小姐。"

白鹤伸出手上前与叶总握手。"叶总，欢迎您来渔村！"

"谢谢。"叶总与赵水生、胡勇、余燕分别握了手。

胡勇说，"秋雁，客人刚到，咱们就不打扰了。本来主任叫我们来与你谈一下方案的，明天再说。"

秋雁说，有关系。大伙来得正好，干脆晚上在我家吃饭，大伙一起陪叶总。"

白鹤用眼光征求大伙的意见。赵水生说，"也好。大家伙今晚就陪陪叶总，我去拿两瓶好酒来，晚上大伙喝个痛快。"

胡勇说，"就这样也行。"

"图纸带来了？"秋雁问。

"在这里。"胡勇把图纸摊开在饭桌上。白鹤把刚才大伙儿讨论的意见告诉秋雁，有些技术上的问题还是要请他给大家讲清楚一些。

"叶总，您是学园林艺术设计的，您来看看，指导指导。"秋雁抽出那张《白鹭生态休闲公园》的设计方案让叶雪梅看。

叶雪梅认真地看了起来。她指着一处问秋雁，"你这些白鹭是放养还是圈养？"

"放养。"

"放养，它们的粪便你怎么处理？"

"没有特别的设备，一般采取清洁工打扫清除。"

"那不污染整个公园吗？要根据鸟儿的喂食时间和它们排便的时间，设计鸟儿集聚的非观赏区，在这两个时间段以外，才能将鸟儿放出来在自然环境中活动。还有你这公园里的花木和树木分开也不科学。你们岛上空气和土壤都很湿润，不宜种落叶树木，落叶木既腐烂土地又影响游客的感官。另外，这一大片都是长年葱绿的自然树木，色彩单调，可以设计几个片区的江南桃树呀、茉莉花呀、野菊花呀的片段，三月桃花的红色，五月茉莉花的白色，秋季野菊花的金黄色，绽放在大面积的绿树之中，你说多美！"

"专家！"胡勇情不自禁地伸出了大拇指。众人都用敬佩的眼光看着眼前这位漂亮、气质不凡的年轻女老总。

对，对！秋雁不断地点头。

"秋儿，摆桌子吃饭。"妈喊。

桌子摆好后，秋雁爹妈端上来十多盘的大鱼菜。叶雪楣被推在首席坐下，她一看，全是鱼做的菜：煎鱼块、红烧全鱼、水煮鱼头、糖醋鱼、清蒸鱼、蛋炒银鱼、油炸小毛花鱼，还有煎虾。真让她不知夹哪个盘子里的鱼好。

坐在她旁边的秋雁妈把一大块鱼头夹给她，"闺女，吃鱼头，有人求。你是大贵人，吃吧，多吃些。这些鱼都是俺们湖里出产的。"

"谢谢大妈。大妈您自己吃！"

胡勇用嘴巴咬掉两只酒瓶的铁盖，首先给叶总倒了满满一杯陈年封缸酒，再给自己倒了一杯四特酒。

"叶总，您是贵宾，俺先敬您一杯！陈年封缸是红酒，甜的，四特是高度白酒。"

"不行，不行，我很少喝酒。"叶总推辞。

白鹤马上说，"叶总，这种酒是低度甜酒，不醉人，美容。来，我陪您一杯。"她给自己也倒了一杯封缸酒，一饮而尽。

叶总半信半疑端起杯来喝了一口，"真甜！"

秋雁是东家，他站起来一个一个地敬。最后才敬叶总。叶总就起来跟他碰了个杯，干了。

两瓶酒喝完，秋雁也喝醉了。他爹把他扶到了床上躺下。大家散伙回家了。白鹤对秋雁爹妈说，"大伯大妈，您家里不好睡，我把叶总带到我家去睡，我是一个人睡。"

"那咋好麻烦你，就在堂屋里搭个铺让秋儿睏，让客人睏在房里。"

"不用了。明天早晨在我家吃饭，您不用准备了。"白鹤说着就把叶总拉着出了门。

叶总只好跟着白鹤来到了她家。

白鹤家的房子比秋雁家里的宽敞多了，屋里也收拾得干净。初到一个陌生的地方，叶雪楣没有一点睡意。外面青蛙的叫声，好奇地吸引着她。她推开房间的窗户向外望去，天空中挂着一弯明月，微微的月光洒在树木上、草地上、水面上，泛着银辉，太美了！城市从来没有这么美丽的夜色。

夜静悄悄的。她讨厌大城市里的喧哗。此刻她想起了一年多前公司招聘秋雁的事情。

一个并不是很招眼的大学生来到公司应聘，主考官就是叶总。

盛夏的深圳气候十分燥热，应聘者冒着酷暑急忙于上午八时十五分赶到考场。坐在席位上的考官热情地给每个人一杯深褐色的茶水，应试的男女青年感动地从考官手上双手接过茶杯，喝了一口，太苦涩，真难喝，什么茶这么苦？出于礼貌，大家还是忍着一口一口喝了下去。只有孙秋雁端起杯一口喝干了，他实在口渴，天气太热了，这杯茶正好解暑。

主考官等大家喝完后，问大家，"你们刚才喝的这杯茶味道怎样，好喝吗？"

大学生们愣住了，却在思索着如何回答才好？苦涩？不好喝？绝对不能这样回答。味道好，好喝！

只有孙秋雁随口说出，"不好喝，苦涩。但很解渴，我正口干，谢谢主考官。"

主考官注意到他了，一个说实话的青年。

"跟我来。"主考官带着所有应试者来到一间空荡的房间。这间房间只有靠西面的一排椅子，对面靠墙处仅有一个报刊架子，其他啥也没有。主考官示意大家在西面的一排椅子上坐下等待这里的考官来面试。

大家都规规矩矩坐在椅子上，心情很紧张，没有一个人说话，静静地候着。只有一些人偷偷把眼光投向门口，注视着考试老师的到来。

等了足足一个多小时，门口仍然没有动静，大家只有耐心地等着。只有孙秋雁在这一个小时的等待中感到漫长，他走到对面的报刊架子上取下来了一本《经济周刊》翻阅起来。他看得很认真，这里面的文章对他很新鲜，一篇文章一篇文章地看。看完了一本他再去拿第二本，又认真地看了起来，一篇都不愿漏掉。等他看完第四本杂志时，不知不觉时间已经到了中午十二点。一个上午任何考试老师都没有来，这时只见一个工作人员宣布："上午的考试已经结束了。下午面试，还是在这间房子里，希望同学们做好准备。"

应试的大学生们都感到奇怪：上午什么考试都没有进行，怎么就说结束了呢？

其实上午每一个人在等候考试老师四个小时的表现主考官已经清清楚楚。这一次主考官对孙秋雁的印象加深了：心态平衡，坦然，求知欲强，专注。

在最后一轮的面试中，孙秋雁对答如流，他对世界环境保护从欧洲谈到美洲，从美洲谈到亚洲，从历史谈到现在，从现在谈到未来，有独特的见解。五位面试教授都十分满意地点了点头。

主考官叶雪楣是英国剑桥大学毕业的博士生，学的园林艺术设计，对环境领域必须涉及，也是行家。但中国大陆这位大学本科生的答题让她深感佩服。他立足长远，大视角，远胜自己一筹。爸爸要的就是这样的人才，定了！

秋雁应聘后工作很出色。董事长也就是公司总经理叶雪楣的父亲，对这个小伙子很满意，没多久就破格提拔到集团公司工程技术部总监的岗位上。

一年多来，叶雪楣越来越感到秋雁身上有一种东西极有力地吸引着女孩子。说实话，在她身边追逐她的男青年很多，还没有一个能像秋雁那么让她动了春心。她在征求了父亲的意见后，把秋雁选为自己恋爱的考察对象。

可恼恨的是，这个木瓜脑袋没有丝毫的反应。他总是把她当成集团公司的二号人物，当作自己的顶头上司。越是这样，叶雪楣越离不开他，几乎每天每时每刻都要看到他。她故意把他的办公室安排在自己办公室的对面。

这一次她来到秋雁的家乡，发现他出身如此贫穷。而她家拥有十几亿的资产又拥有如此规模的集团公司，征服秋雁更有把握了。

叶雪楣关上窗户，脱衣上床，甜蜜地入睡了。她入睡的姿势是那样的美。

第八章　龙王古庙

白鹤从昨夜与叶雪楣的交谈中得知她爸在深圳的公司是家实力很强的外资公司，她又是公司的老总，这个机会不能放过，如果通过秋雁这层关系动员她来岛上投资开发一个两个项目不是很好吗？

第二天一早，白鹤通知村干部上午陪同叶总在岛上考察，同时也给秋雁打了电话。饭后大家都来了白鹤家。

叶总美美地睡了一个好觉，醒来后精神很佳，她在马来西亚出生在那里长大，对于中国还是比较生疏，尽管从父母口中经常听到中国是自己的祖国，一个华侨无论何时都要知道自己的祖先在哪里自己的根在哪里，否则在居住国是没有任何地位的。踏上祖国才一年多，而且因为工作繁忙，至今没有工夫到这个自己祖辈生活过的国土上去走走，看她到底是个什么样子？为什么当中国大陆一打开国门搞改革开放，父亲就迫不及待地要来中国投资创业，这说明父辈的血液里流淌着一种神圣的人性的物质！眼前的这个小岛昨天还是那么陌生那么落后荒凉，今天就感觉到是那么亲切那么美丽，难道这也是作为一个华裔子女生来具有的潜质？

在众人的簇拥下，叶雪楣轻松自如地在渔岛上的村庄、湖滩、芦苇荡、山丘、田园、渔场参观，一边细心听取白鹤的讲解，一边不时向秋雁提出一些问题。

"这块二百多亩的土地我们规划建一个生态文化公园。"白鹤指着渔岛中心的一块地说。

"这块地建公园好，拆迁的民房不多，树木生长茂盛，投入不会很大。"叶总点了点头说。白鹤又把她带到湖边的金沙滩说，"这里我们规划建一个淡水湖浴场。"

"太好了。建起来肯定比泰国的笆篱雅浴场更美，这沙多细软，这里的湖水真干净。"叶总蹲下去用双手捧起湖滩的细沙揉了起来。

过了金沙滩，到了小悠然的护鸟队。正巧巡逻船驶过来了。白鹤把船叫停，请叶总上船，做一次水上环岛游。

秋雁先跳上了船。白鹤扶着叶雪楣踏上了船板。她刚一跳上船，船就摇晃起来，秋雁怕她跌倒，帮忙伸出手来拉她。她身子一歪倒在秋雁的身上，紧紧抓住他的手。秋雁一惊，立刻把她扶稳，轻轻抽开自己的身子。一旁的白鹤看见了这一幕。

小悠然热情地划着木船，环湖岛驶去。

叶雪楣在秋雁指指点点的介绍下，兴奋地观赏着这座神奇渔岛的自然风光和历史文化遗迹。渔船快到岛南边一块硕大的草滩前放慢了速度。

秋雁指着前方草滩上觅食的一只只白色的鹭鸶对叶雪楣说，"您看，那就是我们这里的白鹤，又名鹭鸶，是一种世界珍稀的鸟类。

"这么多？真漂亮！"叶雪楣惊呼起来。

这时天空中飞来一队队组成"人"字形的大雁。叶雪楣更奇："那是什么鸟？"

秋雁："那是大雁。一般是秋天里才来，来的时候铺天盖地，极为悲壮，属候鸟。咱们这里特殊，一年四季都有大雁飞来。如果你要是秋天再来，就会看到好多的大雁集聚在这里玩耍、游戏，寻找湖中的小鱼吃。大雁是个很有特色的种群，它们组织纪律很强，一般都是集体生活，听头雁指挥。更惊人的是它们对爱情十分忠贞，一夫一妻制，只要其中一方死去，另一方就会绝食而亡。"

叶雪楣听得入迷了，她用一种憧憬的眼光凝视上空中飞翔的雁群。比人类神圣！

"小孙，您的名字为啥叫秋雁，有什么含义，是不是也要像秋天的大雁一样对待生活对待人生对待爱情？"

"我是立秋那天出生的。大雁是咱们这里的神鸟，祖祖辈辈都保护着它。这次白主任计划在这个地方建几座观鸟亭，让中外游客登亭观赏到它们的风采，拍摄它们的生活情景。"

"你这里有没有摄影师拍的候鸟照片？我想带几张回去留作纪念。"

"有，咱家里有，送您几张。"白鹤在旁边说。

回到家中，白鹤拿出一堆照片让叶总挑选。

"真美！这些都是谁拍的呀？"

"见笑了，都是我业余时间拍的。"

"您的艺术摄影技术完全称得上专业摄影家的水平，了不起！"

"哪里，哪里。过奖了，顶多初学者的水平。不过有这方面的爱好。"

叶雪楣挑选出两张喜欢的照片。一张是大雁，一张是天鹅。她从皮包里抽出五百元人民币：

"这两张摄影作品我买了。"

白鹤立马把钱塞回她的皮包，"哪能要您的钱，是我送给您的。希望您每年都来观赏候鸟。"

"谢谢，谢谢！"

晚上由村委会宴请叶总。

席间，叶总的手机响了。她离席接电话："有事吗？……我正和秋雁在考察一个项目，……等我回去向您具体汇报。……好，好。明天我们回去，……好，好。拜拜！"

秋雁问："是公司来的电话？"

"是我爸来的电话，催我们明天回去。"

"明天就走？"

"我说我们在这里考察一个项目，明天回去向他报告。明天肯定要走！"

"您打算投资建生态公园？"

"这是我今天产生的想法。我想在你们这里建造一个世界一流的湿地自然生态公园，这是我在美国读博士时的梦想，用我学的知识和我的智慧亲手打造一幅精致的大美作品。来大陆一年多来我留意了中国各地。也许是有缘吧，这次我在您的家乡发现了能实现我梦想的地方。不过您跟村委会设计的这个方案不够完美，我回去要重新构思。我要充分表现大自然之美以及自然之大美。"

"大美？"秋雁看着叶总，品味着这两个字。

白鹤："太好了，欢迎叶总！"

秋雁在叶总耳边轻轻地说，"叶总，谢谢您！"

第二天早饭后，白鹤率村干部送叶总和秋雁上船过渡，一直把他们二人送上汽车。白鹤站在湖岸的公路旁久久望着远去的客车，心头猛然升腾起一股莫名的感觉，这感觉说不出是啥味道……。

秋雁回到深圳本来打算处理完手头的工作就正式向董事长提出辞职的事。可是他一下车董事长就叫他赶到马来西亚去考察一个项目。因为自己在家耽误了好几天，就不好意思推辞，只好夹起皮包只带一个助理乘飞机赶去马来西亚。

董事长叶亚华是在十几岁的时候跟随父亲离开中国来到马来西亚的。后来父母在那里创业立足，就定居下来，成了华侨。叶亚华原名不叫叶亚华，是他父亲要他永远不要忘记自己的祖国，永远要爱自己的中华民族，故改名亚华，即马来西亚的华人。中国大陆实行改革开放后，他就带着女儿到深圳来投资建立华亚集团有限公司。主要做中国大陆的业务，也做一小部分马来西亚的业务。此次是马来西亚一位朋友的一个项目要他帮助合作。所以叶董事长派秋雁前往。

秋雁去了马来西亚后，叶雪楣找来了一部关于鄱阳湖的专题片。她找到爸爸的房间来，要爸爸和她一起看这部片子，因为她知道爸爸还没有见过中国最大的淡水湖。

叶亚华坐在沙发上抽着烟观看着专题片。

面积三千五百余平方公里的鄱阳湖浩浩荡荡，无边无际，碧波粼粼的湖水中不时出现一座座珍珠般的小岛，犹如一只只渔船在湖中荡漾。一座美丽的渔岛推到镜头前面时，叶雪楣按下手中的遥控器，画面便定格在屏幕上。

"爸，这就是秋雁家乡的渔岛。这个岛是鄱阳湖上最大的岛屿，候鸟的王国。"

"孩子啊，说起鄱阳湖上的岛屿还真跟我们家有着不解之缘。你爷爷以前到江西景德镇做陶瓷生意，就是从鄱阳湖把瓷器运出来的。有一次你爷爷运瓷器的船行驶到鄱阳湖的中间突然遇到大风，非常危险。正巧，不远处有一个小岛，你爷爷他们就把船慢慢靠上这个湖心小岛。岛上有座龙王庙很破旧，你爷爷就在这座破庙里避难待了三天三夜，等风平浪静了才把船开了出来。爷爷说那次如果不是遇上小岛，肯定是人船俱毁的。是龙王菩萨保佑了他们一船人。不知小岛上那座龙王庙还在不在？爸多年有个心愿,啥时候去鄱阳湖上那个湖心岛去看看,重修那座龙王庙。"

"爸,这样说鄱阳湖上的小岛跟咱们家真有缘呀。爷爷避难的那个湖心小岛是不是就是这个小渔岛呢?我在岛上参观时,看见过一座小庙。当时没有问秋雁是不是叫龙王庙,你要是早跟我讲过这个故事,我就会打听龙王庙的。"

"没关系,问问孙秋雁不就知道了吗。如果要是真有龙王庙的话,我还得抽空亲自去烧烧香拜拜龙王菩萨呢。"

"那太好了,到时我陪爸一道去。爸真应该去看看,那个岛很美丽。我一踏上那个岛屿就爱上了,考察一天后就产生了在那里投资搞一个文化旅游项目的想法。"

"搞个项目,你打算搞个啥项目?说给爸听听,看实际不实际。"

"我发现秋雁家乡那个湖心渔岛资源非常丰富,湿地植物茂盛,空气、水、土地都无任何污染,珍禽候鸟数量世界首屈一指,鸟类三百多种,白鹤群体占全球总数的百分之九十八以上,是迄今发现的世界最大鸿雁群体所在地。每年 10 月至第二年 3 月,来自内蒙古草原、东北沼泽和西伯利亚荒野的数百万只候鸟到这里来越冬。去年联合国官员都去了岛上观赏候鸟。每年都有不少的游客、专家、学者慕名而来。因此,我想在那里建造一个世界一流的自然生态公园。这也是我自读了园林艺术设计这个专业后的一个梦想。爸,您支持女儿吗?"

"爸当然支持你。不过在那个地方建生态公园看不出有什么经济效益。有两个大问题你没有考虑,一个是地理位置,一个湖中的孤岛,交通极为不便。第二是参观的游客太有限,天气、交通都会受到限制。"

"正因为千百年来条件限制,才能那么好地保存着原生态自然环境。只有这样的地方才是我选择的最佳目标。您只知道生意生意、效益效益，您懂不懂得世界一流？"

"你这个孩子，还教训起老爸起来了！我问你，你到底是看上了那个小岛还是看上了那是秋雁的家乡？你跟老爸说真心话。"

"爸，您说什么呀？是他的家乡又怎样，不是他的家乡又怎么样？您不也很看重他吗？"

"楣儿，你妈去世后，爸就只有你这么一个女儿。你已经不小了，爸常常在想你的婚姻大事。如果不是送你去英国读博，也许我已经抱外孙了。谁知，你读博后对象就更难选了，这是爸的一块心病哟！我到中国大陆来投资，也是想替你选择称心如意的终身伴侣。自你发现了秋雁这个孩子后，爸也在注意着他。虽说是个很不错的青年，但他来的时间太短，还不能完全了解他。爸有个想法，把他也送到剑桥去读个经济管理专业的博士，将来好协助你管理这份产业。"

叶雪楣搂着爸的脖子，撒娇地说，"爸，太感谢您了！秋雁的确是您女儿心中的白马王子。您常说中国是咱们的祖国，咱们的根在中国，所以只有中国才能实现您女儿的梦想，我选择在秋雁的家乡投资建项目就是想把他拴住，不让他让别人抢走了。"

"你这个用心机的鬼东西！你跟他相处到什么程度，个人感情方面的事谈没有？"

"还没有涉及。不过我的感觉他还是很听我的话。"

"秋雁啥时从马来西亚返回深圳？"

"明天上午的飞机。"

"他回来了，你们拿一个方案给我，我要在董事会上表决一下。"

孙秋雁在马来西亚办完事，便乘飞机回到深圳。叶雪楣开着宝马到机场接他。

"叶总，还劳您大驾，真不好意思。"

"有急事告诉你。不是急事我才不会来亲自接你呢。"

"什么急事，公司又有事需要我？"

"我的生态园项目，我爸已经同意了。"

"真的？太好了。叶总，太感激您了！"

"你知道我爸在谈到我想在你的家乡投资搞这个项目的时候怎么问我的吗？"

"他问您考虑到经济效益没有？"

"谁也没想在那里赚多少钱。他问我是不是因与你的关系才想到在那个孤岛上去建什么生态公园。"

"我与您不是领导与被领导的关系吗？"

"谁是你的领导！我只想做你的朋友。我爸认为你是个特别优秀的青年人，他很喜欢你。"

"谢谢董事长。其实我是一个极普通的农村青年，在咱们家乡比我优秀的年轻人多哪。叶总，我很荣幸认识您，无论在哪方面您都比我强，比我优秀，做您的朋友，太让我高攀了！"

"好了，不跟你谈这个。现在咱们来谈工作。我爸说叫咱们尽快拿出生态园的详细方案，董事会要审批。"

"园林设计是你的专业，我只能当您的助手。地形、地质、气候、文化、民俗、风情这些方面的资料我都带来了，供您参考。"

叶雪楣不仅是一个十分聪明的女孩子，同时也是一位十分有智慧的高级技术天才。她工作起来非常投入，整整一周时间她扑在设计室内，秋雁也只能在她身边提供资料和有关数据。她把现实和理想加以融合构思她的生态园，构思她的梦。

她又是一个天真的女孩。正是她的天真才使她的构思在梦想的天空中自由地飞翔，她要让她的生态园像梦中画图那样美丽。

她还是一位知识女性。她把她所掌握的知识天文的、地理的、气象的、历史的、植物学的、动物学的、数学的、自然学的、建筑学的、美术的、音乐的、文学艺术的都用到生态园的设计理念中去。她要让她的生态园成为一部自然生态的百科全书，那将是一个什么样的图景啊？

十天后，她的生态园设计方案出来了。

董事会在多媒体会议室审定《鄱阳湖天鹅岛自然生态园设计方案》。

墙面上的电子屏幕上映出了一个占地面积一百三十六亩的自然生态公园。

公园形似一只展翅飞翔的大雁。

大雁的两翼有茂密的亚热带湿地四季常绿的树木。

大雁的中心位置是一座汉白玉天鹅雕塑。

天鹅雕塑前是两排音乐喷泉，喷出的音乐是《春江花月夜》乐曲。

喷泉下方是一湖清澈的水池，水池中游弋着鄱阳湖各色各样的鱼儿。

沿着公园从横向中轴线两头延伸的是由花岗岩条石铺成的人行道路。

道路两边盛开着庐山云锦、牯岭凤仙、桃源金菊、白鹿睡莲、石钟寒梅以及棣棠、凌霄、紫萼、落新、桔梗、熏兰、白芨、虾脊兰等几十种鄱阳湖湿地气候圈的珍稀花卉。

公园的东部是一片火红的桃树林，桃花树下晋代诗人陶渊明悠然地半卧在巨大的醉石上自斟自饮。

西部是一座珍珠流动的莲池。粉红色的莲花昂首傲立在宽阔的荷叶上，是那样的高洁！

公园的北面就是一片湖滩草地，白鹤、鹭鸶、大雁、白鹤、黑鹳、大鸨、班嘴、白鹭、小天鹅、白额雁、里冠鹃隼、鸢、黑翅鸢、乌雕、凤头鹰、游隼、红脚隼、燕隼、灰背隼、灰鹤、白枕鹤、花田鸡、小杓、小鸦鹃、蓝翅八色鸫几十种鄱阳湖珍稀候鸟珍禽在草地上和湖滩上觅食、戏耍。好一个候鸟的乐园。

整个生态园被翠绿茂盛的湿地植物覆盖，地面奇花异草。第四冰川鹅卵石铺成的小岛曲径通幽。不时出现一座座吴楚风格的亭台楼榭，犹如人间仙境。

好一座世界独一无二的自然生态文化园！

对于设计方案董事们倒没有什么意见，大家都为董事长的千金有如此的才华称赞不已。但是不少人认为上千万元丢到鄱阳湖上的一个岛上去几乎等于丢到大水中去一般。这也难怪这些商人从投资和回报两个方面考虑问题。在政议政、在商议商，这可是人之常理。哪个投资商不考虑回报？只有傻瓜才那么做。

"雪楣的分析报告我也仔细看了。关于生态园建成后有没有游客，关键问题是解决过湖的交通问题。现在每年之所以到渔岛上观鸟的游客人不多主要是交通不方便，靠几条小木船渡不了多少人。如果有几条大型的游船就好了。这个湖心岛还是有吸引各方游客的魅力，那么多候鸟，再加上我们的这座独一无二的生态园，我看可以招来四方游客。我算了个账，一年有五个月的观赏期，五个月最低五万人次。门票每人一百元，总收入就达到了五百万。除成本外，三年时间就可以收回投资。"董事长说完让大家发表意见。

"董事长，您说的都是叶总书面上写的东西。五万游客？我看恐怕是十年以后的事吧。一个千年荒岛，从前岛上的居民生活都成问题，要想接待世界各地的游客，且不说交通成问题，就是服务这一项怎么跟得上？宾馆、饭店、休闲、娱乐一样条件都没有。要把这些条件都准备充分至少得十年时间，还要看那个地方的发展情况。"

"要相信人家嘛，中国经济改革开放已经积累了二十年的经验，不光是沿海城市发展起来了，内地的发展也相当快。这两年中央的政策又向农村倾斜。听孙秋雁讲，他那个岛上正在规划建设新农村的项目，你说的什么饭店呀，宾馆呀，休闲娱乐呀，人家都在加速建设中。我们不去投资，别人也会去投资。我们的眼睛不能光盯着城市，也要盯着农村，当年毛泽东不就是在农村闹起来的吗，后来得了天下。"

"董事长刚才讲得很有道理，上这个项目我没有意见。但我有个建议，董事会还是要派人去考察考察。"刘董事说。

"叶总亲自在那里考察过了，派别人去这不成了不信任叶总吗？"李董事提出自己的看法。

"不存在这个问题！我还想自己亲自看看呢。年轻人有年轻人的热情，但缺少经验，要我们这些老家伙扶携扶携。我同意刘总的意见。"

最后董事会决定，基本上同意上这个项目。待董事长和刘总考察之后再确定动工事宜。

秋雁将叶董事一行去天鹅岛考察的消息告诉了白鹤。并将叶雪楣的设计方案也从电子邮箱发给了她。

白鹤收到后，把电脑搬到村部，让村干部都来看。大家对电脑上显示出来的彩色图片都惊叹万分，昔日的荒岛将要变成美丽无比的旅游风景区。

白鹤此时却产生了一种说不清道不明的感觉。叶雪楣的设计真可谓完美无瑕，说明这个女人太优秀了。秋雁在她身边是不是有所想法？两个人都是单身又正值恋爱的年龄，秋雁能抵挡她的诱惑吗？尽管白鹤产生这样的顾虑，甚至这样的顾虑使她失眠，但是亚华公司决定来岛上投资建设这样一座美丽的生态园项目的确给白鹤以及村委会的干部带来了极大的鼓舞，让大伙儿看到了自己家乡改变面貌的光明前景。

白鹤布置村干部做好华侨老板叶董事长一行来到岛上考察的接待准备工作时强调，通知各村把清洁卫生搞好，穷不怕，精神面貌要昂扬。另外要热情，特别是侨商，他是咱们的同胞。介绍情况，多讲文化、风土、民情，这些东西别的地方冇得，是咱们这里独有的。余燕你去找一下罗老倌，请他准备一两个渔鼓段子，到时候表演给客人看看。

　　白鹤布置完，各人分头准备去了。

　　叶亚华董事长一行在孙秋雁的陪同下来到了天鹅渔岛。叶雪梅没有来，她爸叫她在公司替他主持一下工作。

　　叶亚华站在岛上的湖堤上放眼望去，四面湖水茫茫，岛的面积不小但令人感觉到它只不过是大洋中的一叶漂浮的小舟。怪不得当年父亲在这里遇到大风大浪的情形十分可怕，是不是脚下的这座小岛救了父亲他们的命呢？这是他此次亲自来这里的一个主要目的。

　　"叶董事长，请您先去村委会休息一下吧？"白鹤说。

　　"不，不！我想找一座古庙。"

　　"古庙？"白鹤和接待客人的村干部一时摸不着头脑。这位有钱的华侨老板是佛教徒？

　　"叶董事长是要找咱们岛上的古庙？"白鹤问。

　　"是，一座名叫龙王庙的古庙。"叶亚华回答。

　　"有。咱们岛上是有一座龙王庙。"

　　"在什么地方？"

　　"在西边樵郎山下。"白鹤指着渔岛西边方向说。

　　"请带我去看看，好吗？"叶亚华顿时兴奋起来。

　　岛上没有汽车，从东边到西边有很长一段的路程。白鹤陪着叶亚华一行，沿着湖堤边走边不断向他们介绍渔岛的历史文化，有时还故意插一点改变面貌的发展规划。似觉叶董事长听得并不怎么专注，他一心只顾加快自己的脚步疾速向前走去。这老头虽然年近花甲了，但身体很硬朗，走起路来很快，跟小伙子一样。倒是他的副手刘总很认真地注意听白鹤的介绍，他不时做出称赞的表示。

足足走了一个小时，白鹤陪着客人来到了渔岛唯一的山岭脚下。虽然被叫作山，其实很小，是一座小山岭，蜿蜒起伏，树木郁郁葱葱。这就是岛上人称作的樵郎山，

传说有一个小伙子每天到这里来砍柴，一天突然见一位落难的人慌慌张张往山上奔。小伙抬头一看，不得了，湖面上好几只战船箭一般追赶过来，肯定是来追杀眼前这个落难的人。小伙子急中生智，叫落难人换上他的衣服，手中拿着他的砍柴刀，背上背着他砍的树枝，头上戴着他的草帽。自己却穿着落难人的衣服，并叫落难人快跑。当战船上的追兵来时，看见一个樵夫模样的人就把他放了，却把小伙子当作被追杀的人给抓走了。

谁知那位被砍柴小伙子救了命的人是朱元璋。朱元璋和陈友谅大战鄱阳湖，那次朱元璋吃了败仗，被陈友谅的兵追杀，幸亏逃到这里被好心的樵夫救了命。

朱元璋后来当了皇帝，为了感谢樵夫的救命之恩，下旨封这座山为樵郎山，还修了一座庙供着这位樵郎神。

不知过了多久，这座庙改成了龙王庙。改龙王庙的原因是由于这个地方湖面风大浪急，渔船常有遇险之危。渔民们为了祈求龙王爷发号施令镇住风神水神，就把这座庙改为龙王庙。

有意思的是，庙的名字改了，但里面供奉的菩萨从来就没有改过，仍然是那位樵夫的塑像。从明朝到如今已经有将近七百年了，庙也不知修建了多少次，但那尊菩萨仍然是原来的。据省文物专家鉴定，这尊檀木雕成的菩萨塑像的确是明代的文物。

樵郎山南面临湖，就在临湖的山脚下果真有一座仿清代建

筑的小庙。

叶亚华走进一看门头果然写着"龙王庙"三个大字，倒身便拜。陪同的人大惊，这老头子真是到这里来拜龙王，定是有缘由。

白鹤把叶董事长扶起，迎进庙里。老人又跪拜在菩萨像前焚香烧纸，十分虔诚。拜毕，他才慢慢地起来。

他叫身边的工作人员取出了三万元钱交给庙里的和尚：

"师傅，这是我送给庙里的一点香火钱，请收下吧。"

和尚双手合十，口中念到阿弥陀佛，善哉善哉！

龙王庙很长时间没有和尚，平时也只有一些渔岛上的老年人来这里敬敬香。前几年不知从哪里来了一位中年和尚，在这里住了下来。寺庙才又有了生气，房子也修了，香火又开始旺盛起来。

叶亚华在离开龙王庙时还特地站在外面仔细看了一阵，对白鹤说，"我要重修这座神庙。当年家父的船在鄱阳湖上遇到大风，就是在这座神庙里躲避了三天才平安回家。家父说是龙王菩萨保佑了大家。"

"这么说，董事长跟咱们岛真是有缘呀！"

"有缘，有缘！"叶亚华连连点头。

第九章　初绘蓝图

送走叶亚华一行，白鹤把村干部和各自然村的代表召来开会，会议的中心议题是村委会的改制问题。白鹤越来越感到随着渔岛经济开发形势发展的推进，仅有的村委会行政机构是不够的，还应该有一个适应市场经济规律的企业机构来调动各方面的积极性。

白鹤在会上提出这个问题，让大伙儿讨论讨论。顿时会场热闹起来，各种意见都有。有的说，"不管是新中国成立前还是新中国成立后，渔村只有一个领导机构就是村委会，最高级别的领导就是主任。主任说什么事，老百姓就做什么事。咱农村又不是城市，成立啥公司？公司是那些做生意的人的玩意儿，是人是鬼都是公司老总。你看那些老总屁股后面都带着一位小妹呢。"

"啥小妹小妹，你真是老土，那叫小秘，小秘晓得啵？"

"哎，哎，你俩不要尽说鬼话，说正事。谁说咱农民就不能当老总，只城市人能当？公司是公司，村委会是村委会，两码事，晓得啵？前几天来了一个啥华侨老板，说是要来岛上投资搞开发，要跟村委会签合同。村委会是啥？是党政机构，是咱岛上上千人的首脑机关，怎么能跟他们私人的公司平起平坐？咱们也搞个公司跟他们谈业务签合同，这叫作半斤对八两，平等相待，公平。"

讨论了半天，多数人不甚明白主任的意思。要求她给大伙儿讲明白些。

白鹤说，"村委会研究决定成立一个股份公司。公司的名称叫作天鹅岛发展有限责任集团总公司。全岛村民都是公司成员，大伙儿入股。每户现有的房屋、树木、土地经过评估都可以作为股资，还有各家各户把手上富余的现钱入股，有多少拿多少。拿得多的占的股份就多，拿得少的占的股份就比别人少。年终公司赚的钱就按股份来分红，占股份多的多得，占股份少的就少得。特别是你们家在外打工的人员，通知他们把赚到的钱尽快寄回来入股。村委会经过反复研究讨论，为了彻底改变咱们渔岛的贫困落后面貌，让它真正富裕起来，让咱们每一户都能过上城市人的生活，制订了一个宏伟的十年经济发展规划。十年规划的前三年具体任务是这么几项：

"第一项是改造全岛村民所有的住房，每个自然村重新合理统一规划，把现在分散式的改成集镇式的，节约大量的土地出来，恢复自然生态，美化环境。改造和重建工程由集团公司统一按设计方案实施，每家每户又可以建成"农家乐"式的个体企业。啥叫个体企业呢？就是每家每户都可以接待游客，吃、住、行你都可以为游客提供优质服务，收入归你个人。你们算一下，咱们全岛三百多户人家就是三百个农家乐，可以接待多少客人？每户每年可以增加多少收入？这个项目主要还是彻底改善我们岛全体村民的居住条件和生活状态。

"第二项是兴建一所学校。咱们岛自古以来冇得学校，读书识字的人太少，所以咱们这里长期处于落后的状态。新中国成立后，渔民的子女读书还得隔湖隔水到湖对面吴城去上学。这个状态要下决心在咱们这一届手上彻底改变，我要让岛上每一位适龄儿童一个不落的都能在咱岛上上学念书。只有教育才能改变每一个人的命运，只有文化才能让我们的民族复兴，国家强大，社会进步。所以咱们哪怕每个人每天少吃一口也要挤出钱来把学校办起来，不知在座各位有没有决心？"

大伙儿已经被她的这番鼓舞性很强的话深深地感染了，都不约而同地大声应道："有！"

白鹤继续说，"大伙儿有决心很好，还要有信心，相信只要大家齐心协力，冇有办不成的事。下面我再讲第三个项目，这就是创办一家医院。咱们这么大的一个岛为啥历史以来人口不多，寿命不长，体质较差？这是因为咱们岛上一直冇得一家医院，小病要到吴城去看，大病要到县城去治。由于穷，所以往往是小病没钱治熬成了大病，大病没钱治就只有死亡。世界上人的生命最宝贵，健康又是生命的根本。咱们今后经济发展了，生活幸福了，咱们就要好好享受幸福生活。如果咱们冇得健康的身体咋能享受幸福的生活呢？这个道理大伙儿都晓得。所以咱们决定建一座医院，无论大病小病都可以在家门口就医。咱们建起来的新医院不但能治病还要搞防疫工作，还要经常向村民传授医疗卫生知识。只有这样，咱们岛上的人才能兴旺，身体才能健康，每个人的寿命才会长。"

"上面讲的三个项目非常重要，涉及咱们每一个人的利益。下面再讲几个项目，第四个计划开发的项目是在咱们这个岛的东西南北中各建造一座漂亮的观鸟亭。咱们这个岛是候鸟的王国，每年来岛上观赏候鸟的中外游客以万计数。他们来了，就要让他们很好地观赏到候鸟的生活状况。有了这五座亭游客们观赏起来就方便得多。第五个项目就是咱们还要建一家比较高档次的宾馆，一两家比较高档次的酒店，还要建一个旅游商品购物中心。这是为游客服务的，人家来了，要让人家在岛上吃好住好，走的时候买一点有特色的纪念品带回去送送家人送送朋友。只有咱们的服务行业搞好了，人家才会到你这里来。来了之后才能留住人家。游客来到咱们岛不光是让他们观赏了候鸟就走，还要让他们欣赏咱这里的自然生态风光，让他们享受这里的洁净空气和优美的环境。这就是下面我要说的第六个节目，建设一座世界第一流的自然生态公园。这个项目初步已经确定由华侨叶亚华先生的公司投资一千二百万兴建。最后一个项目就是咱们要组建一支文艺演出队伍，把鄱阳湖地域独特的鱼鼓、渔歌加以挖掘、搜集、整理，打造成一台精彩的文艺节目专场演出。

"以上这些项目咱们在短短的三年时间里完成。有的项目是靠招商引资，借助外商的力量。有的项目是咱们的股份集团公司与人家合作共同兴建，按双方各占的股份分红。有的项目是由咱们的股份集团公司独家建设。我相信，这些项目建成后，将给咱们带来可观的经济效益，会有大批的中外游客来咱们岛上看候鸟、观赏风光、吃鱼宴、休闲、娱乐，在咱们这里消费，咱们的收入就多了，公司里的每一位股东都有钱分了，凡是参加了公司的成员都会获得一份利益。

"今天召开这个会，是希望每一个村代表思想上都能够真正认识村委会改制、建立股份公司的意义。你们思想上明白过来了再回到村里去召开村民会议，要把每一个村民的思想认识提高了，搞明白了。村委会才能在全岛进行动员工作，动员每一户自愿参加公司自愿入股。从明天起，村委会所有的干部都分头下到自然村去参加村民代表会议，负责传达今天会议的精神。下面谁还有啥话要说的，冇得说的就散会。"

白鹤的讲话花了一个半小时，大家听得十分认真，都怕漏掉了一句。这也是大家几十年来参加过无数会议从来没有听到过的报告，这位年轻的大学生村主任每一句话都打动了大伙儿的心，犹如一股春潮在心中涌动，让他们看到了渔岛未来无限美好的前景！有了这么好的领头人，谁还不愿甩开膀子干呢？

人是最容易被鼓动起来的。尤其是受到贫穷折磨的农民，只要是指挥他们去迎接幸福生活，他们的步伐迈得最快，浑身是劲。他们自愿来到村委会申请入股加入集团公司的那一刻，就巴不得年轻的、意气风发的、怀有雄心壮志的女村主任一声号令就把落后贫穷的千年古岛砸掉，重建一个崭新的渔岛。

其实天底下的事情并不像村民想得那么天真，也不像白鹤想得那么顺利。

天鹅岛发展股份有限集团公司成立后，三百余户村民入股的股资只有破旧的房屋、少量的树木和责任土地（因土地是国家的，农民只有使用权），现金都少得可怜，加起来还不足三十万元。三十万元能做啥用呢？拆房建镇？恐怕连一个自然村的建筑费都不够。新农村建设暂时不能启动。白鹤心急如火，但她绝不能气馁。别人问她，她总是这样回答对方："你不用急嘛，我正在想办法。"

白鹤究竟是个喝了大学墨水的青年，她想出了一个办法。这天她拨通了当年来访她的《华夏青年报》记者吕荣的手机。

"您是吕记者？……我是云江天鹅岛村委会的白鹤呀，对，对。最近忙吗？有时间来我们这里看看吗？……好，好。热烈欢迎您来做客！……"

吕记者尽管远驻京城，但他始终没有忘记那个漂亮的女大学生回乡当村主任的事情。事情过去快两年了，女大学生村主任当得怎么样，有没有新的新闻线索？

没几天，吕记者在市委宣传部和县委宣传部的同志陪同下来到了鄱阳湖上的渔岛。他一见到白鹤就发现这个漂亮的女孩晒黑了，衣着也土了。脸色黑里透红，大概是湖岛上的风大给吹的。精神状态很好，身体比一年多前结实了。给吕记者的整体印象不再是那个刚走出校门的大学生，已经成了一位有模有样的农村女干部。

跟白鹤见面后，吕记者明白了她的意图。她搞了社会主义新农村建设的规划，由于村里缺乏资金，想借新闻媒体呼吁一下，引起各方的重视，然后找个筹资的门道。

白鹤是吕记者第一个公开在媒体报道指出来的典型，当然希望这个典型越来越有光彩。这就说明了他做对了。从天鹅岛回来后，很快他的跟踪报道《用青春描绘天鹅渔岛新农村美丽的蓝图——女大学生村主任跟踪报道之二》在《华夏青年报》显著位置见报。

白鹤为家乡制订的十年发展规划的确为农村描绘了一幅最新最美的蓝图。令广大读者看了无不感到振奋，无不敬佩这位当代女青年的奉献精神。云江市委刘书记读了这篇报道，当即打电话给湖江县委书记，他要亲自到天鹅岛去看看。

市委书记的到来全是村主任白鹤同志的影响力，他们不得不从内心佩服自己的村主任。

白鹤在向刘书记汇报前跟村干部都打了招呼，让人人都把各自包片的村民意见和困难找机会跟刘书记汇报。

刘书记和县委戴书记还是第一次上渔岛来，白鹤建议先参观一下，下午再到村部开汇报会。

刘书记说，"好。"

刘书记和别人来岛上参观的意义不同，一路上白鹤主要是谈渔岛的落后、贫穷和困难。刘书记听得很认真，当他听到岛上长期以来没有学校和医院时特别嘱咐县里的领导要县教育局和县卫生局马上派人下来调研,尽快向市教委和市卫生局写出申请报告。一定让岛上适龄儿童就地上学，让岛上的村民就地看病。学校和医院一定要建起来，市、县二级在资金和师资、医务人员方面要大力支持。

刘书记随着白鹤来到鲤鱼王村。这是一个只有二十来户人家的小村庄。刘书记一行人一户一户地进屋子与村民交谈，察看村民的生活状况，询问村民的困难和愿望。一个上午走访了七个自然村，看到了一百多户村民的房屋、环境和家庭经济状况。一直到中午十二点，大家才来村委会吃中午饭。

下午开会，刘书记首先讲话。他说，"在这里看了农民的生活状况，我这个市委书记感到很内疚，改革开放二十多年了，咱们地区还有这么落后的地方，农民兄弟的生活如此贫困，这是谁的责任呢？这是我们当领导的责任！这几年我们把眼睛盯着城市的改造和发展，偏远的农村就丢掉了，像你们这座湖中间的荒岛就更没有人过问了。如果不是我看到了《华夏青年报》上面的文章，我至今还没有想到要亲自来岛上看看，太失职了，真对不起这里的老百姓！

二十年来全市财政收入增长了十倍，公务员工资增长了三十倍，可我们有的地方农民的收入增加不到三倍，还停留在贫困线上。我要让市委、市政府所有的领导都来这里看看，让大家的思想有所触动，让大家明白自己应该怎么做。建议戴书记回去后也要动员县级领导班子成员来这里看看，以便对县里的工作有一个正确的认识。在这里我不是批评你们，因为我没有资格批评别人，首先是我自己工作没有做好，应该受到批评。从今天起，我要调整我的工作重点，要调整市委、市政府的工作思路，下决心改变全地区贫困地区的落后面貌，让农民的生活质量和生活幸福指数跟城市人一样好一样高。今天听了白鹤同志的介绍，村委会制订了建设新农村十年发展规划，尤其是今后三年之中的工作目标，感到非常振奋。我代表云江市委支持你们，并拿出具体措施来帮助你们实现这一目标。刚才在路上我就考虑到你们这里新建学校和医院目前面临的困难，请市教委和市卫生局予以人才和资金上

80

的支持，市财政尽可能支持一些，还会动员一些社会力量支持你们。我们要以最快的速度把这里的学校和医院建起来，这是两个关系到全岛人民切身利益的重要项目。白鹤同志上午提到改造村民居住条件改建农民住房项目缺少资金的问题。在这里我想了解一下，全岛三百余户人家，按村里的规划，全部需要搬迁重建，集中建成十个小集镇的新村，整个项目需要多少资金？"

白鹤回答："这个项目的预算总投资是三千万，平均每户摊上十万元。"

"这三千万元现在有多少，还缺多少？"

"我们是这么考虑的，每户自己设法解决一万元，有的农户根本一下子拿不出这么多钱，用拆下来的旧木料砖瓦以及建筑工人可以抵上去，这样他们的困难就不大了。村里的集团公司解决两万元，还有七万元没有着落。"

"这样吧，我回去和常委们研究一下，采取干部担保的方法，帮助农民到银行去贷款。市四套班子科级以上的干部三百多人，每人担保一户，每户在银行贷款三万元。我在这里向大家表示，用我的工资帮两户农民在银行贷款六万元，两年后这两户农民有钱还就把贷款还掉，如果没有钱还，就用我的工资先帮他们还掉这笔款子。关于干部用工资为农民担保贷款的办法我回去后就找市农行的行长商量，一周内给你们准确的答复。不管怎么样，农民的居住条件要改善，新农村要建设好，尽快让农民父老乡亲过上舒适的生活。我今天到了一些农民的家里，心里难受呀！我们有些人在城市里住的高楼大厦、别墅、电梯房还不满意，可我们的农民兄弟住的是什么房子啊，低矮、潮湿、破旧，这种状况再也不能继续下去了！"

刘书记的话激起了与会人员长时间的热烈掌声。

"你们不要为我鼓掌，作为市委书记，渔岛的人民还这样贫困，我这个市委书记没有当好。我们要向白鹤同志学习，白鹤同志才是你们的好领导，她从大学毕业回乡当村主任仅仅一年多的时间，渔岛就发生了可喜的变化，她让渔岛人民设计出来的发展蓝图不但使我们看到了我们这个时代的有志青年我们这个国家年青一代的精神风貌和崇高理想，同时更让我们感到要想把我们的家园建设好，把我们的国家建设好，多么需要像白鹤同志这样的有理想有志气的知识青年啊！白鹤同志他们搞出来的改变家乡风貌的十年规划和头三年完成的十个项目不是一般人能搞得出来的，我是搞不出来的，我没有那么丰富的知识。像我这样的老家伙，没有知识，慢慢就要被淘汰掉的，自己没有足够的知识怎么去领导别人搞建设呢？建设是要靠知识的。白鹤同志是我们这个时代的杰出青年，是青年一代的代表。今天我到你们这里来受到了很大的鼓舞，也受到了很大的教育，我们不但要向年轻人学习，还要大力支持年轻人的事业，热情地帮助他们实现自己的梦想！"

"今天的话就讲到这里，耽误了大家的时间。"刘书记的话在与会人员心中激起了一层又一层汹涌澎湃的波澜。有了党和政府的支持，渔岛的建设一定能加速加快，大家心中顿时踏实起来。会场的掌声延续了好几分钟。

在送走刘书记一行的时候，县委戴书记特地走到白鹤的面前。握着她的手说，小白，有啥困难尽管来找我，县委、县政府全力支持你。你这两天将那几个项目计划送到县里去，我让他们尽快为你立项。

白鹤说，"谢谢戴书记！"

领导走后，白鹤把村干部留下来开了一个落实贯彻刘书记指示精神的工作安排会议。筹建学校的工作由赵水生负责，筹建医院的工作由余燕负责，村民贷款的工作由胡勇负责。

分完工，白鹤觉得村里实在缺乏人才，赵水生和余燕、胡勇三个人算是在矮子里面拔出来的长子，他们连高中都没有念完，让他们负责这几个方面的工作真是无奈。筹建学校和医院的筹备工作不是那么简单，要让他们写出一个像样的申请报告都成问题。自己工作太多，又不能什么事情都由她一个人承包。此时，她的确感到孤立无援，要是秋雁、春鹅、夏鹭都在自己身边一起工作该多好啊！

　　晚上回到家中，躺在床上的她久久不能入睡。并不是市委书记的讲话让她感动和振奋，而是感觉到自己的力量太有限，写在纸上的方案再好再美丽，没有资金那就是废纸一张。建学校医院政府也只能补贴一小部分经费，主要经费如何解决？这是她目前最迫切的任务，她突然感到自己肩上的担子太沉重了。

第十章　夏鹭真好

　　杨春鹅辞职回乡的想法遭到了家人和她舅舅的强烈反对。舅舅骂她是头脑发烧，妈妈也骂她是白花家里的钱，读了大学到头来还回来当农民。

　　倒是她爹不作声，因为他是村民代表参加白鹤召开的会多，他感到渔岛在这一代年轻人手上会翻身，会改变面貌，说不定将来比城市人过得还要好。因为这一代年轻人有文化，有文化的人能做大事能担当大任。自己的女儿也是有文化的人，为啥到农村来就不能当村主任就不能做大事？女儿有女儿的想法，她想回乡把自己的家乡建设好有啥不值得？尽管心里有这个想法，但是他在女儿面前也不好表达，到农村来肯定是要吃苦的。坐机关风不吹雨不打，何苦非要到乡下来呢？

　　春鹅铁了心要回来的，她被白鹤和秋雁的行动感染了。她厌倦行政机关那种生活，她要做自己喜欢的事，要和白鹤、秋雁这些伙伴们用自己的双手把家乡建设好。她舅舅看到她的决心后也无奈了，外甥是舅舅的心头肉，他很疼这个大学生外甥女。正巧在这个时候，市委要抽调一批机关干部到农村中去挂职，帮助农村中正在开展的社会主义新农村建设。舅舅在市政府工作，他通过活动，最后终于把春鹅的名单列入了这批下乡挂职的干部队列之中。这样一来，春鹅的公务员身份不变，工资照拿。说不定挂职锻炼一年半载以后回到团委还可以提拔个一官半职。

杨春鹅回到渔岛挂职锻炼跟白鹤辞职回乡的情形可不大一样。村民们都把她看成是国家机关的干部下来指导工作，这个女崽俚有出息将来前途无量准会当大干部。春鹅爹妈见了人听到的都是夸奖的话，感到脸上有光。

春鹅的到来让白鹤无比高兴，总算有一个得力助手同她共战斗共患难。在欢迎春鹅的村委会全体干部的会议上白鹤宣布杨春鹅挂职担任村委会副主任，协助村主任主管全面工作。

杨春鹅说，我并不是打算来挂职锻炼的，而是想跟白鹤一样全心全意回家乡来工作的。反正大伙儿都是自家人，今后在工作中可不要把我当成上面派下来挂职的，就是咱们村委会班子中的一员。爹妈送给我读了大学，乡亲们当年给咱们四位大学生寄予多大的希望啊，盼咱大学毕业后能给他们带来好日子。这回我下决心回家乡来是为了不让乡亲们失望。白鹤和大伙已经规划出了渔岛经济发展的项目，在这里我表示一定要尽自己的力量实实在在把这些项目的工作做好，让村民们早日富裕起来。大伙晓得，我是学文艺的，我回乡还有一个愿望，就是想花一年两年的时间把咱们岛上的渔歌、渔鼓、渔舞整理搜集起来，然后组织一个文艺团体进行展示，这是我最喜欢做的事。

白鹤说，"春鹅的想法很好，咱们发展文化旅游事业少了文艺是不行的。我相信，春鹅回来后会给咱们的工作带来新的气象，会给咱们这里的风貌带来新的变化。当下最紧要的是渔民新村的建设项目马上就要在全岛开展。胡勇的村民贷款工作进展得还是不错，现在我考虑的工作是招标建筑公司，新村要漂亮，质量要上等。这项工作我想让春鹅主任负总责。"

欢迎春鹅下乡挂职锻炼的会议变成了白鹤的工作会议。春鹅接受了渔民新村项目招标任务后，她自然第一个想到的是夏鹭的房地产建筑公司。夏鹭说过他的公司是一家实力很强的公司。

春鹅拨通了夏鹭的手机，"鹭鹭吗？我是春鹅，……对，对。我已经到村委会报到了，……是，是。我负责岛上的新村建设项目，……对，对。总投资是三千多万，……实行招标招商。喂，你们公司是不是参加投标？……什么，嫌太小了，三千万还太小了？胡扯，你们是啥屁公司，……要吞只大象？……不来拉倒！"

春鹅气死了，她挂掉手机，笃、笃、笃地走出了办公室，去找白鹤。

没走几步，她的手机响了，一看是夏鹭打过来的。夏鹭在电话那头说，"春鹅你脾气真大，我还没说完你就不高兴了。你先把这个项目的资料发给我，我来做工作。……对，对。"

春鹅又回到自己的办公室，把新农村规划方案有关资料从电脑里发给了夏鹭。

夏鹭仔细看了春鹅发来的资料。他一眼就可以看出新农村的房屋样式设计以及新村的分布安排就是秋雁的手笔，只有秋雁才能把渔岛特色文化和大自然如此完美地融为一体。三十座渔民新村建起来，整个天鹅渔岛就是一幅人与自然交融的美丽画图。他为家乡的未来感到无比的兴奋。四个儿时的伙伴四个渔岛大学生，白鹤、春鹅、秋雁三个人都在为家乡出力做贡献，唯独自己却没有这样的好思想，一心一意只想着营造自己未来的小家庭。相比之下，他顿时感到自己的卑鄙和自私。我是渔岛子弟，无论如何这一次要为家乡的建设尽一分力量。想到这里他把春鹅发来的资料和方案效果图用彩色打印出来，然后来到董事长的办公室。

"董事长，您好！"

"夏工，有事吗？"

"有。有一个项目，我想向您汇报一下。"

"什么项目呀？"

"是一个旅游开发房地产项目。"

"哦，好哇，拿来看看。"

夏鹭把《鄱阳湖天鹅岛新村设计效果图》展开在董事长面前。

董事长走到条桌前，认真地看了起来。

"鄱阳湖在什么地方啊？"

"在江西北部，庐山之南，是目前为止世界上自然生态最好的淡水湖湿地，是举世闻名的候鸟王国。每年到那里观赏候鸟的人很多。这是天鹅岛，是鄱阳湖上最大的候鸟栖息地。"

"哦，这么一个好地方，我还没有去过呢。"

"董事长如果感兴趣的话，我愿意陪您去看看。天鹅岛就是我的家乡。"

"你就是这个岛上出生的？那真要去看看。"

董事长巨大的商业脑袋飞速地运转起来。"夏工，我看你这个渔岛环境和风光的确很不错，可能交通不太方便吧。"

"交通是不怎么方便。不过看起来是湖心岛，可它离湖岸的吴城镇不远，只有个把小时的水路，只有渡船。岛上的渔民出出进进都是乘坐渡船的。按照现在村委会的规划，近一两年内就要组建水上旅游船公司，旅游船公司将来用机动船代替从前的木船。机动船从吴城镇到咱们岛上只需十几分钟的路程，方便多了。"

"哦，那就解决问题了。"董事长离开长桌回到自己的老板桌前。"夏工，这样好不好，这个项目咱们不要放弃，不就是几千万块钱的投资嘛。我给你一个任务，你马上回去考察一下，看看在你们岛上能不能划一块地皮给我，我搞一个高档的度假村。你跟村里商量，地皮折价抵渔民新村的建筑费，这样村里不要出钱，我又得到了地皮，这叫双赢。你看怎么样？"

"太好了！董事长，我明天就走，今天把手上的工作交代一下。"

"行，你去安排，我听你的消息。"

夏鹭带着董事长交代的任务回到了家乡。回家一看，一年来的时间家乡发生了意想不到的变化。村里成了股份有限公司，自己家也成了公司的股东，爹妈对公司寄予了很大的期望，二位老人对他说，今后不用操劳，每年年终就可以得到公司的分红。家中正在准备搭临时棚过渡，老房子腾空等待拆迁。建房资金不足的部分由市、县机关领导出面担保到银行去贷。渔岛到处充满着一种新的气息，人人都在谈论着未来的生活。夏鹭感觉到这是由于白鹤回乡当村主任带来的变化，不禁从心底对白鹤深深敬佩起来。

白鹤对夏鹭的到来十分高兴，岛上搞新农村建设，正需要夏鹭的帮助。夏鹭是建筑专业毕业的，新村的设计图纸和施工监理都需要他这样的技术人才担任。她并不知道春鹅已经把新村规划方案给了夏鹭，而夏鹭此次回来是代表他所在的广州公司打算来投资的。

二人一见面，问长问短甚是亲切。"小鹤，你干得好哇，真没想到这么短的时间，村子里变化这么大。我这次回来是参加你的新农村建设。"

"太好了，我正需要你！"白鹤以为他是辞职回家乡了。

"渔村改造重建这个项目我跟我公司的董事长汇报了，他支持我回乡投标。现在有几家公司报名？"

"你不是回来工作？"

"不是呀，啥的，你想我回来？"

"当然想你回来。鹭鹭，咱们小时候在一起玩，又一同上大学，现在一起回来建设自己的家乡多好啊！春鹅很想你回来，秋雁马上会辞掉深圳的工作回渔岛来。"

"秋雁真的辞职回来？"

"真的。"

夏鹭沉默了好一会儿，说："我还想在广州干两年，赚了一些钱跟春鹅结了婚再回来。家中的底子太穷了，爹妈还指望我帮忙。"

白鹤见他很为难的样子也就不好再勉强了。她说，"有意向来投标的建筑公司已经有好几家。你们的公司有啥打算？"

"我那个公司本来像这么小的工程一般是不会做了，我们在广东做的起码要几个亿的大工程，老板资金雄厚。我们的老板有个想法，他看到了春鹅发给我的设计图后，加上我把咱们这里的自然条件给他介绍了。老板对咱们这个渔岛很感兴趣。所以他叫我来跟你们商量，新村项目我们公司包下来，保证按设计图纸完成整个施工工序。按你们的预算三千万元，整个三千万元全部由我们公司承担，你们不要出一分钱。当然，我的老板并不是无偿资助你们，他提出了一个条件。"

"啥条件？"

"他要求村里在岛上临湖的地方划拨一块地皮给他，这块地皮的价值就抵那三千万建筑费。如果这样能行的话，我想了一下，双方都得利。特别是咱们村会节约一大笔资金,可以搞别的建设。"

"他要地皮干吗？多大的地皮？"

"他想在咱们岛上建一个度假村。地皮的大小他没有讲，到时候可以按地价计算。"

"这当然是个很好的方案，咱们省下的这笔钱可以做别的项目。这个事我与村委会其他同志商量一下，大伙同意后，再商量合作的具体细节。"

"好。我等两天，这两天时间正好到岛上看看，看看哪块地建度假村比较合适。"

白鹤把夏鹭来的意图跟村委会全体成员进行了汇报，大家一致认为这个方案太好了，一分钱不花，能把新村建起来这简直就是天上突然掉下来个大元宝。划块地皮给他，好办，咱们岛上有的是地皮，值不了几个钱。人家港佬钱多得装不下，三千万对于他们来说是九牛一毛。怪不得鹭鹭那个家伙不愿回来，在这样的阔佬手下肯定一年赚不少的钱。

不要讲鹭鹭的怪话，这件事鹭鹭是立了大功的，他也是为咱村里着想。春鹅说。

"如果大伙没有任何意见，明天就和鹭鹭正式商谈，争取早日定下来。白鹤问。"

"冇意见。"大家异口同声地回答。

和夏鹭商谈得非常顺利。夏鹭尽可能让村里多获利益。他从两个方面帮白鹤出主意，一是提高地价。"目前像岛上这么好环境的地皮如果在广东临海边每亩最低也得两百多万元，咱们这里虽然比不上沿海，你开口至少也要六十万元一亩。"

"六十万元一亩？天价！我打听了一下云江市郊的地价还不到三十万元一亩。开这么高人家要不要？如果人家不要，咱们的三千万就要自己解决。鹭鹭，实话告诉你，现在村里缺的就是钱啊。我是为了钱急得天天睡不着觉。"

"不高，你听我的。我走之前会为你搞出几条充分的理由，到时你去跟我的老板谈。"

"鹭鹭，你真好，我代表全岛村民感谢你！"

"啥话呀，我不是这里的村民？小鹤，说真的，我很惭愧，你为大伙儿做了多少事啊，我做得太少了，我从内心敬佩你！好，不说这个了，第二个主意就是新村建设设计方案要提高建筑标准，要考虑每家每户的长久利益，室内增加设施，室外增加环境打造，每个村子还要增加一个文化活动中心，以添加姓氏祖祠堂的名义列项，对老板讲就说是老百姓提出来的，一定要建，这是民间风俗和传统。我考虑增加这些项目可能要增加投资一千多万元。如果我的老板想在咱们这里建度假村，让他多出千把万不成问题。"

"按照夏鹭这么一设计，渔岛新农村的档次几乎提高了一倍。村民住房室内的装饰、自来水、卫生间都没有考虑进去，因为钱不知道从哪里来。原来只想室内装饰由村民自己去考虑，有钱的装饰就好没钱的就简易，如果统一由建筑商搞，那么不但减轻了村民的负担最主要的是风格统一、美观。卫生间和自来水更没有考虑进去，因为渔岛上村民长年来都是用井水，现在每个自然村都有古老的水井，大家吃水用水都是自家到村里的井里去打。如果有了自来水那多省力，多卫生，将来办成农家乐接待游客方便多了，游客吃了自来水也放心了。夏鹭提出的卫生间，我们可以把它与沼气一起来设计，每户的卫生间互通沼气，粪便通过封闭的水泥池产生沼气，沼气可以用来照明和做饭，这真是个一举两得的事。鹭鹭真是为家乡又立了一大功。姓氏祖祠堂也是由于资金不足原先没有设计进来，鹭鹭脑子灵，比我强多了，他想到了村民需要一个文化活动中心。提出增加建祠堂老板不会以为额外增加建筑项目，把祠堂建成一房两用，一层为姓氏祠堂一层为文化活动室，真是太好了。鹭鹭这件事就按你说的办。"

下午，白鹤、春鹅、赵水生陪夏鹭沿湖滨考察，让他为他的老板挑选一块最理想的地皮给他们建渔岛度假村。

第十一章　土地无价

　　夏鹭回到广州把白鹤商谈的内容向董事长做了汇报，并把选度假村地皮时拍的照片给董事长过目。

　　董事长名叫李嘉林，祖籍广东顺德，后来定居香港。原来是做电器生意，大陆改革开放后他瞄准了内地的房地产市场就来了广州，办起了广东广州嘉林房地产开发有限公司。几年工夫在广州打下了一片自己的天地，赚了好几个亿。此人的智商很高，十分聪明。

　　李嘉林接过夏鹭的照片一张张地仔细看了起来，"这个地方的确不错，清清的湖水，绿绿的草地，金色的湖滩，四周辽阔的湖面没有任何污染，也没有谁会去开发，可谓天然生态，在这样的地方建个度假村肯定会吸引不少的客户。"

　　"夏工，你那个家乡还真是个很好的地方，你准备一下，过两天随我去一趟，我要亲自去考察一下。"

　　"好的，我跟村委会白主任挂个电话，通知她们一声。"

　　"还有。你告诉他们就说那个新村建设项目我公司决定做，叫他们不要再找别人。"

　　"好。"夏鹭应声回到自己办公室去了。他关起门来先为白鹤拟了个与李嘉林谈判时应该坚持的几项内容，再给春鹅挂了个电话。

"春鹅，我是鹭鹭，……对，对。李老板可能派我去岛上负责度假村项目，他马上就要亲自去岛上考察，想把这个项目敲定下来。到时你出面接待李老板，我想把你临时聘来协助我搞这个项目，每个月可以给你几千块的工资，增加点收入。……啥的？……白鹤叫你负责这个项目？……好，好。见面再说吧，拜拜！"

李嘉林在夏鹭的陪同下来到天鹅岛。

白鹤、春鹅和村委会干部一起热情地接待了他们。李老板一行是中午抵达岛上，由于事先接到夏鹭的电话。白鹤嘱咐村部小食堂准备了一桌非常丰盛的鱼席。李老板在广东经常吃鱼，但他从来没有吃过这么鲜美的鱼肴，赞不绝口。春鹅就坐在他身边，不断地给他面前的瓷碗里夹鱼块。胡勇和赵水生不断地给他敬酒，本来李老板不喝白酒，今天白鹤拿出来的是渔岛特有的鱼糟酒。这种酒是纯糯米酿制而成，度数很低，进口醋甜。李老板一连喝了五杯，连声说好。

午餐后，李老板一行由白鹤、春鹅、胡勇三位村干部陪同来到临湖滩察看夏鹭选的那块地皮。

李老板一看，比照片上看的还要好。这里坐北朝南，前面是无边无际的浩瀚湖水，远远看去湖面上有一队队的渔船撒网捕鱼。湖鸟在渔船的周围飞来飞去，一会儿冲入水中啄起一条小鱼，一会儿飞向蔚蓝的天空。今天天气晴朗万里无云，天空倒映在湖中清晰可见。近处的沙滩一片银光，柔和的湖沙犹如一张硕大无朋的地毯铺在大地上。背后是海拔只有二三十米高的小山丘延绵起伏，山上覆盖着厚厚的湿地植被。李老板犹如来到了人间仙境一般，陶醉在湖光山色胜景之中。这真是一处难以觅见的休闲度假之处。他对身边陪同的春鹅不停地说："好、好、好！"

回到村部，双方坐下来洽谈。

白鹤首先说，"非常高兴地在这里接待李董事长一行，早听夏工介绍过了，李董事长是位十分有眼光的企业家。李董事长看上了咱们的渔岛说明李董事长与咱们这里有缘，他来咱们这里帮助咱们建设新农村。在这里我代表全岛人民对李董事长一行的到来表示热烈的欢迎！"

与会者一齐热烈地鼓起掌来。李嘉林站起来向各位深深地鞠了个躬，"谢谢，谢谢！"然后坐下来他发表讲话，"首先感谢白主任和诸位的盛情接待。我这一辈子到了不少的地方，少说去过世界上百十个国家和地区，可从来没有见过你们这里这么美丽的地方，用一句形容的话来说好像来到了神仙住的地方。你们这里毫不夸张地说胜似人间仙境。我到内地来了这么多年还不知道有这么一个好地方，真是孤陋寡闻呀，今天真是开了眼界。刚才白主任说我与这里有缘，这就要感谢夏工，是他让我来的，让我能够到这里来享受了一次人间胜景。我决定在这里建一个度假村，以后每年我要来这里住一段时间。不但我自己今来还要把我的太太和家人都带来，让他们也享受享受这里的干净空气、优美的环境和湖光山色。"

二人讲了一番客套话后就进入实质性的业务洽谈程序。白鹤首先问，"李董事长您打算要多少地皮？"

"至少二百亩吧。我想建个高档的度假村，建一百栋欧式别墅，一家五星级宾馆和一家五星级的酒店，一个小型的高尔夫球场。"上午他在现场看的时候心中就盘算好了。

"恐怕不行。为了保护咱们这个岛上的原生态，开发地皮控制得很严。我们有规定，天鹅岛原则上不搞房地产开发。考虑到您是第一位来咱们投资建房的客商，又有夏工这层关系，我们村委会开了几次会讨论，才同意划出一点地皮让您建度假村。请您理解我们。"白鹤按照夏鹭提供给她的思路首先给李老板一点钓饵。

李老板心里一惊，想不到眼前这位美丽的女主任与他自来内地投资搞项目所接触到的任何招商单位的领导不同，人家是巴不得投资商多买土地做大项目，而她却把手捏得这么紧！令人不可理解。他故作惊讶，"哦，还有这么个规定？请问白主任，你们能给我多少土地？"

"最多五十亩。"

"五十亩太少了吧？你们这么大个岛，我看到处都是无人区，荒废了。你们不是要发展经济吗，发展经济就是要搞建设嘛。"

"您说得很对，咱们正在搞经济开发，目的是把从前落后贫穷的渔岛建设成为先进富饶的渔岛。但这有一个不可动摇的前提，就是在保护渔岛原生态自然环境原则下发展经济建设。您知道，地球上的自然生态是经过亿万年的演变才保留下来的，咱们不能为了眼前的经济利益毁于一旦。为什么咱们这么大一个岛几千年来到现在才只有三百余户人家呢？这就是您认为咱们这里犹如仙境的原因所在。如果岛上住了上千户甚至上万户人家，那就绝对不可能还有这么美，这么干净。更不可能让人产生仙境的感觉。如果给您二百亩，这二百亩的自然生态永远不复存在，因为您要挖地砍树建房呀。上百栋别墅，起码有几百人到岛上来居住，将给渔岛的空气、水、陆地带来多少负担？这笔账咱们不得不算，因为咱们要对历史负责要对大自然负责要对人类本身负责。"

青年女村主任让饱经世俗的富商震耳欲聋！真没想到这位农村女干部竟有如此深邃的思想和如此深远的目光。不禁投入了敬佩的眼神，看来二百亩是不行的。他一下子感觉到岛上的地皮很珍贵，不管她给多少，都要。如果这里只有他一家度假村，别无分店，将来无论是生意还是房地产资产都可以获得巨大的收益。

"能不能给一百亩呢？"李老板想讨价还价。

"这五十亩是我们反复讨论反复协商确定的数字。一亩都不能增加。"白鹤实话实说。

"既然白主任这么说，那也只能五十亩。你们需要多少钱一亩？"

"六十万一亩。"

"要六十万元一亩？据我了解，你们这里城市郊区的地价也没有这么高，何况这么一个偏僻的农村，太高了点吧。"对于内地各地区的地价李老板了如指掌，这是一个房地产商必备的知识，他的公司有专门为他搜集全国地价的资料。

"对。在我们省目前包括省城在内的所有城市郊区的地价暂时都低于我的价格。李董事长您是行家，我开的这个价是优惠价，原因是我们村的经济太困难了，刚刚开始搞开发急需资金。也许是咱们岛唯一一次做这样的生意，以后可能不会出卖一寸土地。从这个意义上来讲您说这么个价格高不高？俗话说，第一个跑在前面的人都会赢得最多的掌声和鲜花。您就是那位跑在最前面的人，所以您才会得到这么巨大的实惠，您仅仅只花了三千万元人民币买得了地球上这么一块无价的宝地。董事长，不知您会不会这样想？"

李嘉林从来没有遇到过这样的洽谈对手，在这位青年女村主任面前他第一次感到自己的智商暗淡无光，跟她打交道真的大开眼界，长了见识。

地球上一块无价的宝地！

谁有气派说出了这样经典的语言？服了！地球上的土地本来就是无价的，每一粒土都得亿万光年才能生成，你说该值多少钱？当下最不珍惜的就是土地。有些人为了一时的利益拼命地贱卖土地。像这位白主任能有如此惜土理念实属罕见，此女子绝不可小视！

"好吧，就这么定，六十万就六十万。夏工，你着手起草协议书。"

　　"好的。"夏鹭认真地记录了白鹤与李嘉林洽谈时对话的全部内容。白鹤几乎是以巨人站在高山上与山下的小孩子在对话，李董事长只有仰视的姿势。自己原来为她设计的那些对话内容，他根本就不需要拿出来。白鹤的气度、白鹤的知识、白鹤的智慧绝不是李嘉林这一类经验丰富的商人所媲美的。尽管他与白鹤共同生长在这座渔岛上，儿时的小伙伴，可以说是青梅竹马，一同念的小学中学，一同上的大学，虽说各自就读的大学不同，学的不是同一专业，彼此亲密无间，彼此心灵是相通。但大学毕业后各自走上不同的生活道路，今天他感到需要重新认识白鹤。她的身上似乎有一种一般人所不具备的特质，这特质是有形的，又是无形的。我夏鹭也许就是缺少这种特质，所以才拉开了与白鹤的距离。鄱阳湖上这座千年古岛是一块伟大的土地，又是一位伟大的母亲，这是渔岛人的福祉。白鹤她一定会给渔岛人民带来幸福和美好！

　　想到这里，他十分羡慕秋雁。秋雁是这个世界上最幸运的人。

　　夏鹭随李老板回到广州后，李老板叫他负责天鹅岛度假村的建筑设计工作，可向全世界建筑设计界招标，他要建成世界顶级的度假村。

　　夏鹭按照李老板的意思，拟了一个招标方案，便发到网上去。不到半个月的时间，嘉林公司就收到了英国、法国、美国、德国、意大利、俄罗斯、韩国、日本、中国等五十多个国家和地区知名建筑设计机构和专家寄来（或从电子邮箱发来）的设计方案八十余件。他把这些方案效果图及文字说明全部送给董事长过目。李嘉林一一看过之后，吩咐夏鹭组织专业人员进行了一次评判和筛选，最后选出十个方案再交董事会讨论。

夏鹭邀请了清华大学和上海同济大学的建筑设计院专家、教授，包括他自己一共九人，在广州白天鹅宾馆召开评选会议。会议开了整整三天，各位专家充分发表了自己的意见，但分歧较大。基本是两大派，一是支持欧派风格的，一是坚持中国仿古派意见的。最后评选出十个方案，欧派风格的五个，中国传统文化风格的五个，一半对一半。十个方案中有三个是中国三家设计院设计的，上海同济大学设计院、清华大学设计院、深圳设计院各一个。韩国和日本专家设计的也被选中，这两个的风格都是中国仿明清建筑风格的。

夏鹭把十个方案给了董事长。因为他对这个项目非常重视，很快召集了公司董事会。夏鹭列席公司董事会，负责用多媒体讲解这些方案。董事会成员虽然不是专业人员，但他们跟着李老板搞房地产业务已有多年，具有一定的建筑艺术审美观。因为他们中多数人长期生活在香港，加上常有出国到欧洲洽谈业务的机会，所以多数人赞同选用欧洲建筑风格的方案。最后根据多数董事的意见敲定了美国皇家建筑设计院的方案。

董事长最后发话，暂时这么定吧，依照本人在天鹅岛与白主任她们的协议还得要征求甲方的意见。请夏工尽快把协议书和这个方案给甲方，征求他们的意见。公司做好资金和技术力量上的准备，协议一旦签字，我立马就要开工。

夏鹭把协议书逐条用心拟定下来，每一条他都是站在家乡的长远利益方面来考虑的，同时也不能让自己的公司有所察觉。

董事长审阅了协议书草案后没提出什么意见，打算在近两天安排好公司的事情就去天鹅岛与白鹤把协议签了下来。就在这两天的时间里，夏鹭把公司最近选定的度假村建筑设计方案效果图发给了白鹤。

白鹤和村委会其他干部觉得很漂亮，翠绿丛中一栋栋乳白色的欧式二三层楼的别墅群特别醒目，两栋五层楼高的宾馆和酒店圆塔螺旋形的屋顶，每层的挑檐下方装饰着许多人物的精美雕塑，千姿百态。这两栋建筑临湖而立，气派非凡，视野宽阔。大家赞不绝口。

白鹤看后总觉得自己没有把握，她便转发了秋雁。希望秋雁能提点啥意见。

谁知秋雁看后大吃一惊，急忙拨通了白鹤的电话。

"小鹤吧，……我是秋雁。岛上怎么能搞房地产开发呢？"

白鹤在电话中解释："你先听我把村里的情况跟你说清楚嘛。新村改建项目总计需要两三千万，干部担保贷款也只能解决六百万元，各家各户自己能够拿出来的不超过一百万元。村里虽然组建了公司，目前只是一个冇钱的空架子。如果不采取措施，这个项目就会泡汤。村民们仍然居住在潮湿破旧的老房子里。后来鹭鹭公司的老板提出他出资三千万元在岛上购置五十亩土地建度假村。我和村委会其他同志反复商量，认为这是个好办法。新村项目资金有了着落，干部担保贷款的六百万元村里又可以用在别的计划项目上。"

"你这是牺牲环境换取发展的做法，后果不堪设想！你没有考虑这个问题！"

"我当然也想过了这个问题。我是十分无奈呀，因为咱们太穷了。我已经讲了，这是咱们岛上第一次也是最后一次这么干，以后绝不能做破坏生态环境的事了。"

"你说了有啥用，有了第一次就会有第二次。你能保证你一辈子在岛上当主任？你能保证以后的世世代代没有人这么干？"

"你也不要太悲观了，你就晓得以后的人就没有保护自然环境的意识和觉悟吗？我相信以后的人比我们这一代人的觉悟高，意识强。"

"你完全在为自己的错误找借口！你晓得整个中国九百六十万平方公里的土地上还有多少像咱们鄱阳湖这么好的生态吗？还有多少像咱们渔岛这么美的自然环境吗？告诉你，已经不多了。不但中国不多，而且全世界也不多。万分珍贵！我们决不能干以牺牲自然生态环境来换取经济发展的蠢事！"

"那你说现在该咋办？"

"立即终止度假村项目的协议！"秋雁的口气毋庸置疑。

第十二章　渔岛新村

白鹤在别人面前，无论是当官的甚至当大官的，还是有钱的老板甚至是那些傲视一切的商界大亨，她都充满着自信，都可以以一种不在人下的姿态与之打交道，这源于她的好学和智慧。

但在秋雁面前她总觉得自己矮了一截，就没有了自信。刚才秋雁在电话中对她的指责她不得不服。开发度假村看起来是给岛上的经济发展带来巨大的变化。这个变化是两个方面，一是农民新村建成给全岛人民彻底改善了生活条件，二是让全岛人民看到了渔岛的特殊价值和珍贵的资源，更加爱渔岛爱自己的家乡。后者尤其重要。但是破坏了五十亩土地面积的原始结构，这个破坏是永远不可能恢复原貌的。五十亩对于整个渔岛来说只不过一个鸡蛋大小的土地，建个度假村也不会给渔岛带来多大的污染。秋雁把这个问题提到保护地球保护人类的高度来讲,性质就不同了。人类几千年来不是在不断地改变自然改变自己的命运和生活吗？

到底在理性上和感性上怎样去认识这个问题呢？白鹤感到茫然了。

眼下最要紧的是李嘉林公司的协议到底签不签？白鹤只有找大家来商量。在村委会上白鹤将秋雁的意见原原本本地告诉了大家，没想到他的意见却遭到了一片反对声。

"啥破坏不破坏，我看李老板的图纸，将来度假村的风景比现在漂亮多了，树木保留了，原来的荒地上却种了花草，整个度假村像个大花园。"

"李老板拿出三千万帮咱们建新村，三千万咱们哪里去搞啊。这是送上来的一块大肥肉，不能让它丢了。我不同意终止与李老板合作的协议。"

"要说破坏原生态，咱们新村项目不也成了破坏原生态？新村重建占的土地远远不止五十亩呢，这一点啥样解释？我反正不懂，人家是大学生，懂的知识比我多。"

"反正人家不在老家生活了，到大城市住的高楼大厦。这叫饱汉不知饿汉饥。可以说全渔岛三百多户冇一家不想建新村、住新房。"

"我看县里、市里、省里全国各地冇有不在占土地搞建设的，为啥咱们岛上就不能出让点土地搞建设呢？如果不让开发商来建新村，咱们哪来的钱建新村呢？又不能去偷去抢，咱们穷得连个借钱的地方都冇得。保护自然原生态也得有条件，有实力。毛主席说过啥事都要从实际出发，咱冇钱就是实际，等咱们这里富裕起来了，那时候保护就有条件了。你们说是不是这么个理？"

大伙儿你一句我一句，把白鹤的思路扰乱了。她一时也拿不定主意，不能说大伙儿说得没有一点道理，也不能说大伙儿说的不是岛上眼前的实际状况。

赵水生提议，"这个事拿到村民代表会上去表决，征求村民的意见。即使将来证明咱们的这个项目错误，责任也不是村委会的，是大家同意的。"

有人附和了他的这个建议。"我敢肯定大伙儿都主张与李老板合作搞这个项目。"

白鹤说，"先不拿到村民代表大会上去，还是让咱们村委会反复考虑考虑再定吧。"

　　村委会散了。白鹤一个人坐在屋子里，脑子里激烈地斗争着。终止协议，意味着新村建设一时无法实现，刚刚调动起来的群众积极性受到挫伤，村民的生活现状何时能够改观；不接受秋雁的批评，继续按原计划实施，自己则成为有史以来第一个出卖天鹅岛土地的罪人，李氏度假村建成后会给渔岛带来什么样的后果，以后会不会还有人家步她的后尘割卖渔岛的土地？这一系列的问题真让她不敢再往下想下去。这时她想到当一个领导是多么不容易，一句话一个决策一举一动都会牵涉人民群众的利益，都会牵涉集团、国家甚至我们这个地球的利益。虽说一个小小的村主任根本就算不上啥领导，但是如果自己一旦决策失误，同样会给上千村民会给祖国这么一个美丽的渔岛造成不可挽回的损失啊！

　　就在白鹤举棋不定的时候，春鹅把秋雁的意见和刚刚村委会开会的情形电话告诉了夏鹭。

　　夏鹭听后一惊。才五十亩土地有啥影响呢？不要上纲上线把问题看得那么严重。看任何问题要从村民的利益出发，要从有利不有利岛上的经济发展的角度来考虑。咱们岛上几千年来都处于极度的落后和贫困状态，即使中华人民共和国成立几十年来也没有彻底改变面貌。如果坚持原生态，不搞开发，不引进外资，恐怕永远也改变不了贫困落后的面貌！你告诉白鹤，出让五十亩土地建个度假村就能把全岛渔村重新规划新建，这个决策没有什么错，它符合我国社会主义初级阶段时期的市场经济法则。不存在牺牲环保换取发展的问题。我马上打电话给秋雁，做他的工作。

　　"好。我把你的意见转告给白鹤，拜拜！"春鹅放下电话就找到白鹤，她把夏鹭的意思告诉了白鹤。白鹤只说了一句，"很好，我晓得了。"

　　白鹤经过再三思考，给夏鹭打了一个电话。"鹭鹭，你的意见我晓得了，我会认真考虑的，今天给你打电话是请你告诉李老板，咱们的合作计划暂时放一放，因为我还是没有考虑成熟，请他谅解。……当然不是最后决定不搞了，你把话说好一点。好，就这样。拜拜。"

夏鹭接到白鹤的电话后尽管心中很生气，但他还只能按她说的到董事长那里去转告。

"什么，不搞了？"李嘉林从座位上跳了起来。"我的资金全都调齐了，技术人员也挑选好了。为了集中力量抓这个项目，我推掉了清远的两个小项目。哪有这样做生意的，如此缺乏诚信！"

"董事长，请您别生气。白主任在电话中只是说暂时放一放，没有说不搞了。对于咱们合作的这个项目她只是说还没有考虑成熟。我再做做工作。您先别急。清远的项目照上，没关系。"

"我看这里一定是有别的什么原因，你们村那位女主任不是一般的人物。我第一次打交道就知道她很厉害。肯定是有别的开发商出高价，要不就是故意抬高我们的地皮价。你是那里人，你替我从侧面了解一下。商场经常会出现这种情况。哼，小儿科，想在我李某头上玩这一手，嫩着呢！"

"董事长，您多虑了。白主任是我小时候的同学，绝不是您想象的那种人。咱们渔岛所有人都非常朴实、真诚。真正的原因不用去调查，是这么回事。咱们那里还有位同学是大学环保专业毕业的，现在在深圳一家大公司就职。白主任与他是很铁的小伙伴关系，村里的建设他也很关心。白主任把与我们公司合作的项目告诉他，征求他的意见。这位同学从保护渔岛生态环境的角度考虑坚决反对在岛上搞房地产开发项目。尽管他坚决反对，但是村委会同志多数人还是同意继续与咱们公司合作，出让五十亩土地前无古人后也绝不允许有来者，仅此一次。为了解决渔岛经济开发初期的经费困难，村委会并没有下最后决心，只要我们争取，还是有很大的希望。"

"原来是这么回事。那好吧，我可以等一等，你再跟那个白主任联系一下，告诉她我们建设度假村会尽最大的可能保留原来的植被和地形地貌。实际上我们最后选定的方案是一个人与自然和谐统一的别墅群落，对岛上的环境只会增色绝不会带来破坏作用，请她放心。"

其实李嘉林不想放弃这个项目是有他的目的的。他是一个很精明的商人，搞房地产在中国内地的城市里面已经没有多大的市场，随着大陆经济的不断发展，老百姓口袋里的钱不断增多，人们要求的生活质量越来越高，特别是那些有钱人不再挤到城市里面来居住就能满足了。城市人口拥挤，噪声、废气、灰尘越来越影响人们的生活质量。把目光投向农村投向海滨投向海岛投向内陆湖域是许多来大陆投资的房地产商的明智选择。像鄱阳湖中心的天鹅岛这样一个未开垦的处女地，一旦让开发商盯上了那可就是一座金山一块福地。他保守地预计了一下，五十亩土地他可以建六十栋别墅，每栋造价按三百平方米计算超不过三百万，而每栋抛出去卖一千二百万绝对没有问题。光房地产这一块就可以赚它五六个亿，还有宾馆、酒店，利益实属可观。

李老板越想越担心白鹤不搞这个项目，为了稳住对方，他要先向白鹤下点鱼饵，然后钩她的大鱼。他又把夏鹭叫来了。

"夏工，你带几个人回去一趟，先不提度假村的事，先把渔民新村的项目跟她们签下来，你在那里负总责，马上开工，我给你准备了一千万元先花掉。随后公司从账上打过去，你到了那里首先在银行申请个户头建个账号，随时跟我保持联系。"

"好，我就去准备。"夏鹭并不去思考李老板葫芦里卖的是啥药，他早就盼望新村项目能如期动工，让家乡人民早日住上新房子。他把合同书及渔民新村规划方案等资料全部带上，还在自己负责的工程技术部挑选了三位工程师，财务部派了会计出纳随同组成"天鹅岛渔民新村建设项目和施工指挥部"。指挥部还配备了几名施工和监理，浩浩荡荡一支十余人的队伍从广州乘火车来到云江，再从云江换汽车、渡船到达天鹅岛。

渔岛新村的项目如期启动对白鹤来说是最高兴的事儿。由于是夏鹭全权代表嘉林公司与白鹤的天鹅岛发展公司签订合同，所以进行得十分顺利。

新村规划设计完全按照秋雁的原稿和夏鹭的修改稿最后定下来。

夏鹭把指挥部设在村委会，因为只有这里有几间宽敞的房子。村委会临时搬到白鹤家中。村委会在三十个自然村抽调了三十个劳力进指挥部，交给夏鹭统一指挥。工程进入正式运作程序，夏鹭把所有人的人分为五个组：材料组、施工组、财务组、技术组、质量监督组。

技术组的工程师，技术员们日夜兼程拿出施工图纸。人员全部都是夏鹭自己从广州带来的。

材料组的任务是购买建筑材料，保证工地供给。同时夏鹭强调建材的质量。

施工组由广州公司带来的施工员负责。根据工程需要在本地招聘十个建筑施工队。

质量监督组由广州公司来到监理组成，负责工程质量的监督和验收。

村委会抽来的三十位村民的任务是负责原渔民老房子的拆迁工作。在拆迁工作中，夏鹭特别强调了要他们注意几项政策性的问题。

分工完后，夏鹭把白鹤找来。跟她说，考虑到村民过渡的问题，指挥部决定整个工程分三期完成，每期十个新村。第一期十个自然村的村民到第二期的自然村去过渡；第二个自然村的村民到第三期的自然村去过渡；第三期的村民到第一期、第二期新村去过渡。这样我们集中力量一期一期地把房子尽快做好。不过村民过渡工作由村委会动员，做好村民的工作，时间要抓紧。不要耽误整个工程的进度。

白鹤满口答应下来。村民们都在盼着建新村、住新房，过渡时间不长，大家还是可以克服的。今天我就和村委会的干部全部下去，一个村一个村地去动员，你放心，决不耽误你们的工程进度。

新村的设置，充分考虑了原自然村的民族关系、生活习惯和村民对故土的恋情，一般都是在原来的自然村旧址上规划。由于原来的房屋建设各自为政，比较分散。新村规划形成集镇式的，紧凑、整齐划一，占地面积比原来少，所以每个村庄都腾出了不少的土地。这些土地可以种植树木花草，一律进行绿化。这是秋雁当时在规划设计时考虑进去了的。在夏鹭修改方案时，将空出的土地用一部分增建村文化活动中心。

在这段时间呢，春鹅跟着夏鹭跑工地。她看到了夏鹭的工作能力超群，威信特高，技术业务娴熟，怪不得李老板那么看重他，不免心中一阵甜蜜。但对他唯一不满意的是不能舍弃李老板的公司回家乡来共同开发家乡。尽管每天都在一起，她不好再提起要他回来的事，因为怕分散他的精力。她看到他很累，日日夜夜不是在指挥部技术组研究图纸就是跑工地。进度、材料型号、品牌、质量、规格、价格他都一一过问，工作特别认真细致。深夜，他都还在指挥部墙上挂的图纸前查看。春鹅看了心疼，她偷偷在家中做好夜宵端来要夏鹭吃。有时陪着他催他去睡自己才回家。春鹅是个很细心很温柔的女孩，她把对夏鹭的爱深深藏在自己心中。夏鹭当然感觉得到，只是任务太重没有时间跟她谈情说爱。春鹅有些不高兴，她总羡慕胡勇追兰兰追得那么累，生怕别人抢走似的。女人的弱点就是时时刻刻都要自己的爱人十分在乎她，哪怕是当作他的私有财产都高兴。春鹅总想在夏鹭身上找那种感觉，可总觉得他缺少的就是这一点。

夏鹭虽然年纪轻轻，但他工作起来却能把个人的什么都抛在脑后。特别是他负责新村整个工程的特殊时期，他是双重身份，一个身份是代表李老板他要对老板负责，项目建设的好坏直接影响到公司的声誉，李老板是很注意声誉的。因为李老板经常讲，一个搞企业做生意的，声誉就是招牌，就是广告。另一个身份他是渔岛的子弟，他是在为自己的家乡搞建设，他要尽最大的努力为家乡人民造福利，要把这栋房子当作自家的房子来建。按白鹤她们原来的设计，渔民旧屋拆下的旧砖、旧瓦、旧木料尽可能用到新房子上，因为当时考虑到经费实在不够，能省一个是一个。现在整个项目是由嘉林公司投资，修改后的方案就没有用这些旧料。夏鹭考虑到农村的特殊生活习惯，每家每户都要养一些家禽。从前家禽和人都生活在一个屋子里，极不卫生。他临时做主，将这些旧料在新房子后面增加了一间脚屋。每户有了这么一间脚屋，就可以在里面养猪、养鸡、养鸭、养狗，还可以放些农具，保证了正屋的整齐干净。对工程来说只增加了几个工钱，不需要材料费。

在夏鹭精心竭力的努力下，第一期工程很快完工了。新建成的房子一律上下两层，砖混结构，白墙黛瓦，山头墙前后挑出，前面挑出悬梁雕塑的是鸟首形，后面挑出悬梁雕塑的是鱼尾形。每户与每户之间留有两米宽的小巷，前后相通，小巷的路面用旧屋基石块铺就。

每个村平面布局不同，鲤鱼王村如果鸟瞰就是一条鲤鱼的形状。孙家雁村形状则是一只展翅的大雁。鹤家滩村不姓鹤而是姓白，女主任白鹤就是这个村子里的。传说是古时候有一只丹顶鹤落到一片湖滩上而得名，慢慢地湖滩岸上就有了人家，到二十世纪末这个村子发展到二十多户。新建的鹤家滩村形状如一只丹顶鹤。这种设计构思是秋雁提出来的，后来白鹤、夏鹭都说这个构思巧。

村前村后以及屋前屋后的树木尽量保留原来的，花草多是重新栽植的，充分展示了渔岛文化风情的新村，犹如一幅幅美丽的画图。

迁入新居的那天，渔岛像过年那样热闹，家家户户张灯结彩，敲锣打鼓，爆竹烟花不绝于耳。村民们大摆宴席，家家户户把所有的亲戚朋友、村干部以及夏鹭公司的施工人员都请来。春鹅还临时组织了一支文艺演出队，在新村搭台演节目，一直闹了两天两晚。市、县电视台都来了记者，新闻节目及时报道了天鹅岛新农村建成农民喜进新居的感人情景。

第二期、第三期工程竣工后，渔岛的面貌彻底变了样，整个岛上洋溢着崭新的气息；人们的脸上挂满了笑容，人们对未来充满了信心，人们亲身感受到变化带来的幸福生活，人们齐心了，齐心得像一家人。

白鹤看到的是渔岛人精神状态的变化，这种变化更坚定了她发展渔岛经济建设的信心。

第十三章　仿古民居

　　渔岛新村竣工后，白鹤关心的是总共花了多少钱？夏鹭告诉她跟他预算的一样，共计三千万元人民币。这三千万全部是李老板垫的资，李老板没有交代夏鹭关于这笔款子如何跟村委会协商怎么归还的办法。夏鹭当然明白李老板的意图，他是想白鹤在没有能力归还这笔款子的情况下，自然要出卖那块地皮给他。

　　尽管白鹤也清楚李老板的意图，但她还是非常感激李老板的。如果不是李老板的支援，新村建设绝不可能这么快实现。她和春鹅代表村委会和全岛村民跟着夏鹭专程来到广州感谢李老板。

　　李嘉林见到白鹤亲自上门拜访，喜出望外。他预先叫办公室在附近的宾馆订了两个包间。当夏鹭带着春鹅、白鹤在宾馆住下后，李嘉林带着公司副总和秘书驱车赶到宾馆，为她们设宴接风。

　　"二位美女的光临真是我李某的莫大荣幸呀！欢迎，欢迎！"李嘉林一见面就恭维起来。

　　"让李董事长如此破费，我们真不敢当！我俩这次来广州是专程代表村委会和全岛村民感谢李董事对咱们新农村建设的大力支援，欢迎您常到咱们那里去做客！"白鹤握着李嘉林的手真诚地说。

"主任客气了，支援祖国的经济建设是我们港人的责任和义务。请二位就座！"李嘉林礼貌地做了个请的手势。

大家依次坐下。酒席异常丰富，不但有广东粤菜佳肴，还上了鲍鱼、鱼翅、老蚌怀珠、太妃鸡、醉鸭、对虾、马蹄鳖、东坡肉、云林鸭等高档名菜。

白鹤首先端起酒杯敬李老板。"董事长，你这么盛情，真让我们过意不去。来，我先敬您一杯！"

李嘉林忙站起身，举起酒杯。"白主任，您是远道而来的客，应当我敬您。来，干！"

两人都喝的茅台。李嘉林喝干自己杯中的酒又给白鹤斟了一满杯。"白主任，这一杯该我敬您，祝咱们合作得愉快。"他也给自己添了一杯，端起来先干掉了。他平时的酒量很大，五杯六杯不在话下。

谢谢董事长。白鹤爽快地干了。

嘉林公司的副总端着酒杯下位来到白鹤面前："听董事长说，白主任年轻漂亮，是个很了不起的人物，今天有幸认识白主任，果然不凡，令人佩服。来，敬您一杯！"

白鹤连忙站起。"哪里哪里，是董事长抬爱。早听夏工讲，贵公司个个都是精英。欢迎你们到咱们那里去指导工作。"

副总敬酒后，白鹤也回敬了他一杯。既然下了位，白鹤就干脆围着桌每人敬了一杯。大家看到白鹤一口气喝了八九杯白酒，依然面不改色，不禁佩服不已。

"白主任真是海量，女中豪杰呀！"其实他们不知道，白鹤是渔民的女儿，从小就跟着父母下湖打鱼。渔民长年在水面上作业，湿气重，不喝点酒咋行？渔民喝的是烧酒，度数高，味道烈。酒驱寒冷，壮筋骨，旺血气。白鹤的酒量慢慢地喝大了，平时她不太喜欢喝酒，来了客人必须喝一点。论酒量一顿斤把白酒是不成问题的。

李嘉林注意到了白鹤喝酒很豪爽，说明她的性格爽快，不难打交道，做生意就要跟这样的人合作。他平时观察夏鹭感觉到他也跟白鹤一样，直率。白鹤与夏鹭同一个地方人，两个人又是老同学。这个女主任能力比她的同学夏工还要强，如果把这样有文化有能力的青年人聘到自己的公司来真是如虎添翼。李嘉林是个看重人才的老板，他在酒桌上暗暗打起了白鹤的主意。

散席后，李老板叫公司里的人先回去，他还要和白主任谈点事。

夏鹭陪着董事长来到白鹤的房间，白鹤忙泡了两杯茶送到他们座位前。夏鹭以为董事长找白鹤肯定是谈度假村的事。李嘉林却不提这个事，他搜索了一大堆赞美的词送给白鹤后，话题突然一转："我在大陆工作十来年，遇到了不少的能人，但像白主任这样年轻这样有知识有能力的杰出女性还真是凤毛麟角！我公司尚缺一个总经理，如果白主任愿意，我愿出百万年薪聘请白主任担任本公司总经理。不知白主任能屈就吗？"

夏鹭和春鹅听了都一惊，"董事长看上了白鹤？"

白鹤忙说，"董事长厚爱了。我一个小小的回乡知青哪有能力管理您这么大的集团公司？再说我回到家乡后就从来没有想到要出去。"

"李董，小白的情况您不了解，她和我大学毕业后，她分配在省政府机关工作，一年以后她主动放弃公务员工作回家乡当村主任，带领群众立志要改变家乡的面貌。所以她不可能出来打工。"夏鹭在一旁为白鹤解围。

啊？白主任真是时代的楷模，敬佩敬佩！李嘉林听了夏鹭的介绍，才知道这位女主任原来是位思想这么好的青年。尤其像这样的女性大学生甘愿回到农村中去吃苦，去带领乡亲们共同创造幸福的生活，在如今这个物欲横流、人人都为自己的社会生活中，面前这位女主任要不就是圣人要不就是傻子。

"白主任如此胸怀大志，乃国家的栋梁，青年的榜样。令李某十分敬佩！我相信天鹅岛在您的领导下将会变成中国最美最富裕的地方。作为白主任的朋友，我们一定助您一臂之力。不知我那个度假村项目白主任考虑得怎么样呀？"李老板很快把话锋转到他最关心的问题上来。

"李董对咱们的支持这么大，您那个项目我们当然也会支持的。不过，你们的方案要重新调整一下。"

"如何调整？"

"主要是尽可能保护那块地皮上的地形、地貌和原有的植被。保护鄱阳湖上的自然生态环境是我们当前搞经济发展的一个原则。否则我这个主任不好向村民们交代。"

"地形、地貌不会有多大的改变，别墅布局可以采用坡地建筑。原有的植被就不好说了，因为我要建几十栋房子呀，还有道路。不过我们可以移植。其实房屋所占用的地皮面积很小，大部分还是绿化，会比原来更美丽。我们的设计是要把这个度假村建设成为东方的夏威夷，最美丽的自然生态度假村。夏工说了，要成为本集团公司的建筑名片。夏工你说是不是？"

"是，是。"夏鹭连连点头。

有这个指导思想就好。白鹤说。李董啊，您是特殊的特殊，天鹅岛是不能搞房地产开发的，您是第一个允许上岛搞度假村房产的开发商，也是最后一个，今后再也不允许了。这条原则我们要在村民代表大会上以条文的形式定下来。同意您的这个项目今天在这里我还不能完全确定下来，回去后还要做各方面的工作，我一个人也不能完全做主，请李董理解。

"谢谢白村长，要您费心了。我等您的消息。"

"李董，您帮咱们建设新村的三千万，如果度假村的项目搞得成，这三千万就从这里面扣掉。如果搞不成的话，我们会尽快筹集资金归还您，请放心。"

"好说，好说。度假村项目还是要促成啊，以后咱们合作的项目还多呢！哎呀，耽误你们休息，告辞了，晚上我再来陪你们。"

"不用了，您忙，晚上有夏工哪。"

"那怎么行呢？我要亲自来。"

李嘉林走后，夏鹭让白鹤先休息一下，他和春鹅到春鹅的房间去。

进房后，春鹅洗了把脸，替夏鹭倒了杯茶。夏鹭趁势想搂住她，春鹅推开他。"你真急，正经事还没谈好，就想不正经！"

"啥正经事？"夏鹭疑惑地看着她。

你说，"你那个李老板咋这么强烈地要求小鹤答应度假村的项目，能赚好多钱？"春鹅顺势坐到夏鹭身上，问。

"当然赚钱，能赚几个亿。李老板最有商业头脑。"

"赚几个亿，那么多钱？！怪不得建新村他拿三千万不叫腰酸。这么说来，他给咱们的土地出让金太少了。"

"如果这样比较起来是太少了点。不过像咱们那个偏僻的地方能卖六十万一亩就很高了。"

"咱们得再敲李老板几个钱，至少提到一百万一亩。反正就一锤子买卖，以后再冇得第二次，不敲白不敲，你去跟李老板说。"

"这个我就不好说了，目前我还是他手下的员工。"

"叫小鹤去说。"

"她也不好说，因为在村委会谈判时六十万的价格是她开出的。现在改变，人家怎么看她。"

"我去说！"

"你去说有啥用？"

"咋就没有用！我也是村委会副主任嘛，我就说大伙儿的意见。"

"那你就试试看吧。"

晚上，在酒席上春鹅主动出去，目标是李老板。李老板知道她是夏鹭的对象。夏鹭曾经跟他说过让她来公司工作。李老板端起酒杯，"鄱阳湖的水养美女，杨小姐这么漂亮，夏工有福啊。来，敬您一杯！"

"李董，您这么一个大老板拿这么一个小杯子，不配吧。来，咱们都换了个大杯了，喝个痛快。"

"杨小姐大丈夫，好。"服务员拿两个大杯子来。

服务员马上拿来两个大杯子。李老板打开一瓶茅台先倒进春鹅的酒杯，大概倒满八分杯再倒入自己的酒杯。瓶子里还剩下二两的样子。春鹅接过瓶子说，"李董舍不得酒了？要倒全部倒满。"她咕噜咕噜把瓶子里剩下的酒全部倒下去了，然后端起酒杯。"李董，来，干！"

李嘉林只喝了大半杯的酒，因为他只有半斤酒量，不能一口就喝个半斤，接下来敬酒怎么办。

春鹅一口干了。她见李老板还剩下小半杯酒，就端起李老板的杯子，要他也干掉。

李老板一再推辞，说："杨小姐海量，我只能喝三两，不能全干下去。"

春鹅不依不饶。"李董，您这是看人打发，昨天跟白主任喝您杯子里没有留酒，今天我敬您，您留这么多，您不诚意。您要知道我也是村里的副主任，您那个项目想不想我投赞成票？如果想，您就喝掉。"

"我知道杨主任肯定会投我的票。好，我就豁出去了！"他昨天听白鹤说过她一个人不做主，杨小姐是二把手，她支持自己事情就好办了。

李老板喝下这杯酒后，想改饮料。春鹅不让他换饮料，又给他斟了一杯白酒。

李老板怕春鹅又要他喝，忙把注意力移到项目上来。"杨主任，您刚才承诺了我喝下那杯酒您支持我们的度假村项目，没错吧？"

"没错，我承诺了我当然要做到。不过有一句话我要补充。"

"什么话？您说。"

"李董，您那个项目做起来能赚几个亿。可是给我们的出让费都抵不上您那个零头，不公平吧。您口口声声谈合作合作，共赢共赢。我要是把那块黄金地段随便卖给哪一家，人家也得要给个七八千万。您信不信？"

好厉害的小女子，狮子张大口！七八千万？李老板把白主任昨晚的话连起来一想，原来是要我多放些血。

"杨主任，您不了解地价行情，您那块地皮六十万一亩已经是全国同类地区最高的价格了，不能跟广州这个地方的地价比，这里的普通房价都到达了上万元一个平方米。谁出这个价到您那个岛上去买我的房子？您说我能赚得到几个亿吗？"

"您怎么卖我不清楚，反正您既然做起来了肯定会想办法出手。卖给像您这样的大老板、有钱的人，夏秋季节到渔岛去度假比城市舒服得多。将来农村的房价肯定要超过城市，您不要不信，这是经济时代的发展趋势。这是因为经济越发展，人们越有钱，就要找宜居的地方去生活。城市的环境越来越糟糕，只好到农村去找块好地方。再说，我们那里的自然环境不仅是全国最好的地方，就拿到全世界去也没有几个地方能比得上。目前咱们是要搞开发，底子薄，实在急需钱用，才出此下策，忍痛割爱打算卖一块地给您。到了我们的下一代还不知道他们要怎么咒我们，他们要骂我们是罪人啊！从这个意义上来讲，李董，你现在多出几千万元划得来还是划不来？您应该比我清楚吧。"

"从大道理上来说，杨主任说得对。但是现在只能是咱们这一代，还没有到下一代。现在只能按市场情况论事，您刚才承认你们现在要发展经济建设缺的是钱，没有钱啥事也干不成。卖了五十亩土地换来整个你们那里新农村的建成，这是为老百姓谋幸福的好事，老百姓永远感激你们，是不会骂你们的。你们的困难我也理解，今天白主任、杨主任都在这里，如果你们能答应的话，我再加个千把万咱们把合同签了。怎么样？我这个人干脆。"

"这样吧，每亩一百万凑个整数，您这么大的老板也不在乎这点钱。"春鹅说。

"一百万太高了，八十万一亩，我只当再支援你们一把。"李老板看着白鹤说道，他知道最后点头示意的还是她。

"八十万就八十万吧，看在李董事长支援咱们新村建设的情谊上，就按照李董事长的意见办。"白鹤说话了。

"好！"李老板高兴地站起来，端起酒杯，对白鹤和春鹅说："祝贺咱们的合作愉快，干杯！"

白鹤和春鹅同时站了起来，端起杯干了。

接下来是双方商量合同的具体条文，合同由夏鹭拟稿。双方协定明天下午在广州正式签字生效。

李老板带着夏鹭回公司。

白鹤和春鹅回房间。白鹤问春鹅，你怎么想到要加价呢？春鹅说，"你晓得李老板在度假村这个项目上要赚几多钱吧？鹭鹭告诉我说他可以赚几个亿！不敲他一点咱们太亏了。"

"几个亿？不可能吧。能卖那么高？"

鹭鹭说："眼下全国房价飙升，成倍地涨。李老板明年把度假村盖起来，放个一两年再卖出手，那时的房价还不晓得要几万块钱一个平方米。你算一算他五十栋能卖几多钱？你我都在农村不晓得外面的市场行情，今后要多出来走走，免得吃亏。"

白鹤总觉得自己原来开口说了六十万一亩，现在又加二十万，人家会说咱们说话不算数。好在李老板干脆八十万答应下来，这也是好事，又为村里多争了一千万，一千万可为渔岛老百姓做好多的好事。对于明天下午正式签合同，她心中总觉得不怎么踏实，她想最后征求一下秋雁的意见。

于是她拨通了秋雁的手机，"秋雁吧，我在广州……对，对。是关于与鹭鸶公司签署度假村项目的事情，我考虑再三，还是把这块地卖掉……你急什么呢？我有我的难处呀……要不，你抽空来一下嘛！……到了广州打我的电话，我等你。"

秋雁真的急了，叫她不要卖地她偏要卖，怎么搞的？秋雁放下手上的工作，开着车赶到广州。他一见到白鹤劈头就问，"我跟你讲得多清楚，说咱们的渔岛无论如何也不允许搞房地产开发，一搞就有可能毁掉了那里的自然生态，你为什么还要同意李老板去搞度假村呢？"

"你先坐下来，听我说嘛。搞一个小型的度假村也不至于像你说得那么严重。我反复考虑了几天几夜，最后还是决心同意李老板到岛上开发这个项目。有这么几条理由。"白鹤说。

"你还有理由？笑话，啥理由都不能成立。"秋雁没让她说下去就更来气了。

"咋就冇得理由？你太武断了！"白鹤不服气，"第一个理由是度假村项目跟一般意义上的房地产开发有区别。房地产开发是建成片成片的住宅楼房，还建高层建筑，那当然对自然生态破坏性大。而在五十亩的土地上建几十栋小别墅，每栋房子面积不过二百平方米，层高不超过两层，你想长年居住人数有多少？建这样的房子对生态破坏并不大，而且还会增加岛上的人文景观。第二个理由岛上的经济太困难了，我一下子又变不出钱来，但渔岛要改变面貌要发展总得要钱吧。你能给我几千万吗？还有什么法子能变成钱来？暂时只有这个办法，我想只要渡过了这个难关，以后就可以按照咱们的意志办事了。还有一个理由，李嘉林这个老板还是位不错的商人，我都没有想到他不提出任何条件就垫资几千万帮助咱们建成了新村项目,这一点让全岛的人民都感谢他。当然他的目的是想换取咱们同意他那个度假村项目。新村的建成有一个更深刻的意义，就是使人民群众看到了改革开放发展农村经济的美好前景。"

"你这些理由并不充分，而且还有为自己辩护之嫌。说白了是无奈和无能的理由！合同给我看看，看你们这怎么签的。"

"正式合同今天下午签，夏鹭拟的草稿在这里。春鹅，你给秋雁看看。"

秋雁接过草稿和设计图，一看就说："鹭鹭怎么搞这么个东西？"

春鹅吓了一跳，"鹭鹭怎么错了？错在哪里？"

"你们看，这些房子完全是搬外国的，咱们这里要建设也不能建成美国的夏威夷、泰国的笆篱雅，咱这里是中国的鄱阳湖，是鄱阳湖上的渔岛！要建成中国的天鹅岛，鄱阳湖上的天鹅岛，任何建筑都要突出鄱阳湖渔岛文化，要有自己的风格自己的特点和自己的文化。房屋的布局只能随坡就势，合同要规定绝不能破坏那里的地形地貌。房屋的高度一律不得超过两层，原有的植被一定要保护好，要做成自然生态林园式的度假村。"

"你这样一说，他的设计方案要推翻了，要重新设计？不知李老板接不接受这个意见。"白鹤有些为难。

"必须重新设计！你要提出建议和要求，鹭鹭是搞建筑的，他懂嘛。"秋雁的语言很坚决。

"好吧，下午我们跟李老板谈。你参加吗？"

"我不参加，因为我是反对这个项目的，怕到时影响你们的谈判。你坚持我的观点就行。"

下午李嘉林和白鹤的协商卡壳了。李老板对其他问题都没有意见，只是关于别墅房子的建筑风格和样式他不同意改，因为他们公司花了很大精力最后选定了这个欧式建筑的方案。而且在他看来，这种乳白色欧式别墅群在鄱阳湖的渔岛上特别醒目、特别好看，可与美国的夏威夷比美。他这些别墅是打算卖给或是租给那些外国富人和华侨商人的，这些人不一定欣赏中国风格的房屋。

由于双方达不成统一的协议，所以签署协议书的时间只好推迟一天。第二天的谈判，李老板提出由天鹅岛方提供新的设计方案再拿到谈判桌子上面来讨论。这一下把白鹤难住了，村里无能力搞出档次这么高的别墅群建筑方案，再说也拿不出这么一笔经费呀。

"李董，是你们建房子设计方案当然是你们自己拿出来。但是我们可以提供参改意见。我的意见是，采用中国传统居民建筑艺术风格。您不要误会，这并不是守旧更不是排外，因为世界几千年的人类文明史早已证明了中国的民居建筑艺术是世界一流的，迄今还没有发现有哪一个国家哪一个地区哪一个民族的居民建筑能超过它。十几年前美国一家博物馆花一个多亿将我国安徽黄山脚下一栋古民宅搬到美国去重建，结果轰动了整个美国，引来世界各国一百多万参观者。这件事大概您也知道吧。我建议您采用中国民居砖木结构的传统方法，不用水泥不用钢筋不用现代建筑材料，就用木材，木门、木窗、木屋架、木内墙隔板、木楼板，这些木料上您都可以雕花、雕鸟、雕人物故事。外墙同样可以采用中国古老的砖雕艺术。我相信，这样的别墅您是独创。外国人到咱们中国来看什么，看他们国家自己的东西？看别人容易见到的东西？不是吧。实际上他们看就看他们自己没有的东西，观赏中国的文化艺术。您说是不是这个道理？李董事长，我建议您到鄱阳湖周边的农村去参观参观，那里至今还保留着不少一两百年前的古民居，回来您再考虑您的度假村的方案。"

"您这个建议我可以考虑。白主任，不过合同不能再拖了。我们搞企业的时间就是金钱，如果我在您那里这个项目搞得成我就要组织资金和力量，如果搞不成我就要搞其他项目了。"

"合同可以签，做什么样子的房子以后双方再议，再定。"白鹤马上同意李嘉林的意见。

尽管时间推迟了一天，但天鹅岛度假村的开发项目还是在友好的气氛中签署了。李老板非常高兴，他要集中精力把这个"独创"创造出来。

这份合同明确了李嘉林应支付天鹅岛出让地皮费四千万人民币，扣去已投资建成的渔岛新村三千万元，剩余一千万在一个月之内一次性支付给甲方即天鹅岛新村。（后经报上级有关部门批准，村委会与李嘉林公司签订了土地使用权的合同）

送走白鹤和春鹅，李嘉林立即叫夏鹭做准备，三天内带两名技术设计人员赴鄱阳湖周边农村去考察古民居。

三天后，李嘉林一行五人乘飞机来到云江市。再在云江市租了两辆出租车，由夏鹭带领当日来到鄱阳湖之滨的南山县，这个县因宋代大诗人苏东坡来此地游览时写的一首诗而得名。这首诗其中有这么两句："水隔南山人不渡，东风吹老碧桃花。"南山县是从前景德镇的瓷商产品运向全国各地的必经之路，那时水运发达，用船从鄱阳湖运出去。

夏鹭找到县文物所，要求文物所的同志带领参观几个古建筑保存得比较好的农村村落。文物所的卢所长亲自带着夏鹭一行来到了一个名叫江上村的自然村参观。整个村子的民宅是围着一口池塘而建，进村只有一个大门，门头很有气派，只有三米宽的青砖上镂空雕刻着三国故事人物，栩栩如生。砖雕的上方是木头挑梁，挑梁凸出墙体一米多，上面盖着大型黑瓦，遮住了风雨对门头砖雕及木雕的侵袭。两米宽的木制大门雄浑墩厚，木门上两颗硕大的铜制狮子头守护着大门。进门之后里面是连体楼房。卢所长告诉大家，一重门关了六户人家，这里面有个故事。

一百三十年前，这个村子里有一位在景德镇瓷厂做瓷器技工，由于出自他之手的陶瓷玲珑剔透、釉色纯正、图画逼真、线条潇洒自如，品位很高，深受官府和民间喜爱。厂家很是器重他，要他多收徒弟，以便扩大生产。村里人本来都是种田，收入甚微，于是都要跟着他到景德镇瓷厂去当技工。他三年收了六十名徒弟，后来这六十名徒弟都赚了钱。有一天春节大伙儿都回来了，口袋里有了积蓄就想改造家中的旧房子。六十个人跟师傅一商量，师傅说你们做房子可以，但我有个要求：你们在外面要像一家人团结友爱，互相帮助，回来做房子要做在一块。你们都姓江，本来就是一家人。大伙儿齐声说好。于是一户连着一户紧挨着建了六十户，都关在里面。所有的房屋都是砖木结构，屋内装饰木雕和墙外的砖雕图案都是这六十个技工自己精心绘画的作品，历经一百三十多年依然保存完好。前几年被国家颁布为非物质文化遗产加以保护。现在这六十栋古民居没有住人，原有的村民全部迁出，县、乡文物部门开辟为旅游景点。自报纸、电视上登了江上村的照片和播放了江上村的专题节目后，海内外的参观者络绎不绝，最高峰一天接待了六七个旅行团。这个村现在旅游成了产业。

李嘉林参观后对这种风格的居民建设来了兴趣。回到广州他叫夏鹭技术部的工程师按照江上村的古民居风格设计几套方案。

技术部经过一个多月设计出了三套度假村别墅建筑方案，李嘉林要他再综合各家的优点，最后敲定一种方案发给白鹤，征求甲方的意见。

秋雁、白鹤和村委会干部对这个方案比较满意。白鹤代表甲方签字寄给了李嘉林。

李嘉林这才松了口气，这个项目总算尘埃落定。他准备开工示意。当建筑工程资金预算拿到他的桌子上时，他傻眼了：度假村光房屋的投资比原来高出三倍多！每栋别墅造价六百多万。他急忙把夏鹭叫来。

"夏工，造价这么高？每平方米合两万多！"

"要这么多钱。材料费并没有增加多少，主要是雕工。像这样的雕工工艺只能到福建去请石雕工匠和到东阳去请木雕工匠才能完成。我查阅了这两个地方当前的雕刻工价计算出来的。董事长，我们所要造的房子不能看作一般的建筑物了，而是一件精致的艺术作品了。所以建成后不仅是经济价值更重要的是艺术价值。今后您出售也好，搞旅游也好，或人家来居住度假也好，不能当作一般的别墅看待。我们现在虽然投下去的多了一点，将来回报一定是丰厚的。"

"你说得也对。但是成本太高了，这个事我还得好好考虑考虑。"

李嘉林在办公室里背着手走来走去。他要考虑这个项目将近一个亿投下去什么时候能收回成本，什么时候开始有利润，利润是多少？作为商人利润永远是放在首位的，不赚钱的事决不去做，赚多赚少又是另外一回事，当然赚得越多越好。他盘算着，这个项目做起来后，采取三种经营方式。一种是全部卖掉，每平方米在成本的基础增加三四成，如果能够卖出去，则可以赚一至两个亿。第二种方法是接待客人度假，天鹅岛气候、风光一年至少有八个月很好，每栋别墅每个月经营收入保守的计算一万二千元纯利，整个度假村一年的总收入近五百万，六年就可以收回成本，六年后房产还会升值。第三种方法是开展参观旅游业务，凡来岛上观赏候鸟的客人或来这里度假、休闲的客人都可以组织（主要是与旅行社挂钩）来度假村参观别墅群的建筑艺术，收门票、卖纪念品。这种收益就算不准了，一年到底有多少人来岛上参观旅游，谁也没法估计。如果一年有十万人来参观，可不得了，每人按一百元的门票和服务费就是一千万了。能不能达到十万人呢？这就要靠媒体宣传工作。还要看整个天鹅岛的发展情况，按白主任的思路岛上重点开发文化生态旅游项目，只要上岛来旅游的人就要让他们来度假村参观，这主要看我的度假村建成啥样的，还须建成旅游景点。

李嘉林顺着自己的思路飞速地想象着世界各地湿地自然生态风景胜地的旅游盛况，更希望这种盛况两年后能出现在天鹅岛自己的项目上。顿时他的思路一转，对，搞成旅游项目。他立即把夏鹭叫来。

"夏工，我有个想法，如果咱们不搞度假村，搞成一个高档次的仿中国古民宅建筑的旅游景点。参观、住宿、娱乐、购物一条龙服务，这样效益来得快。你看怎么样？"

"你是想把这些房子做得有观赏价值，又可以接待游客食宿，让他们体验中国古典居民的生活风俗，还可以卖一些纪念品，这当然很好。那房子设计还要重新考虑，里面的木雕装饰不能一般地仿古，要与众不同，要有鄱阳湖独特的文化符号。我打个比方，我们选鄱阳湖五十种珍稀候鸟，分别以艺术的状态雕刻装饰在五十栋房子里面，并将这些房子分别以候鸟的名字命名。这可能在全世界都没有过的，估计会吸引游客。"夏鹭说，他是渔岛出生的人，脑子里想到的总离不开候鸟。

"这个方案好。你们再搞个设计方案吧。跟天鹅岛的合同我已经签了字，你拿一份去寄给白主任，这个项目就这么定下来。"

"好。"夏鹭接过合同书回自己办公室去了。

第十四章　天鹅酒店

与李嘉林的公司把度假村的项目合同签下来后，渔岛不但彻底地解决了全体村民的居住条件，而且还获得了一千万元的储备资金。白鹤着手计划其他项目的建设工作，这笔钱主要用在建学校和医院两个项目上，目前这是村委会的工作重点。

正当她去找赵水生和余燕了解学校和医院筹建工作进程时，兰兰的小姨爹孔祥云陪着张总再次来到渔岛。白鹤把兰兰叫来一起接待张总。

张总进门一眼就看见了兰兰，劲头来了。他大步上前把手伸到兰兰面前："兰兰小姐今天格外漂亮！"

兰兰不好意思地跟他握了一下手，就走到孔祥云的面前打招呼："小姨爹，您也来了。"

"我是被张总拉来的。"小姨爹说。

"你小姨爹现在是我们公司的副总，我公司跟你们合作的项目由你小姨爹来主持。"

"大家坐吧。张总，请！"白鹤打招呼大家坐下。

"白主任，我们公司尊重你的意见，加工厂的项目暂时就放下，决定在你们这里投资兴建一家有特色的渔村酒店。这是我们初步设计的方案，今天来听取你们的意见。"张总拿出一大本彩色的设计方案。

白鹤接过一看，封面上写的是"天鹅岛大酒店效果图"。

翻开封面，图纸上出现了三栋两层楼高的赣北居民风格的房屋，这三栋房子"凹"字形布局。房子前面是一个小花园，花园的中央是一个大的假山喷泉，酒店的四周花草树木繁茂。

白鹤看了很满意，说："张总很有文化品位，这个设计方案完全符合咱们这里的自然和文化形态。"

"咱哪里有啥文化？高中都没有毕业。是孔总找设计院设计的。孔总是你们的亲戚，他了解这里的情况。"

"这个方案是市设计院董工设计的，他是上海同济大学的毕业生。他说在鄱阳湖的渔岛上建房子要考虑到与大自然和谐的理念。"孔祥云说。

"今后咱们搞项目建房子就请这位董工程师帮忙设计。"

"酒店开工后我们要请他来指导，到时我可以把他介绍给您。"

"那就感谢您了。张总来岛上投资建渔村酒店我们热烈欢迎。将来旅游的人多了，要一家像样的酒店，希望你们要把这个酒店建设好。这个方案咱们没有意见。"白鹤肯定了方案，接下来双方洽谈合作条件。

白鹤说："张总，我看了你们的预算，这个项目不含地皮和拆迁，光建筑投资只有八百来万元。是不是这样，咱们出地皮，拆迁也由咱们负责，建筑经费由你们负责。咱们按四六分成，你占大股。"

"整个项目占地面积不足十亩，在您这个地方十亩土地入股绝对抵不了七百二十万。按股份制，房屋也不是我一家的，双方共同的。我一下子投下去八百万，还不知几年能收回成本，你们占四成占多了点，白主任您是不是再考虑考虑。"

"张总啊，您也不要老眼光看农村，农村发展了，土地自然升值。目前处于开发初期，我敢保证，明年后年这里的土地绝对不止这个价。城市也是一样，谁投入得早谁占便宜。"

"这也是内行话。但是你没有考虑到，在出发时，酒店的客源不可乐观，经营几年有了规模有了影响，才有客源。我们做生意的不得不考虑利润。您说是啵？"

"当然要考虑利润，作为我们来说首先考虑的就是你们的利润，把客商的利润摆在第一位这是渔岛人的做人原则。好吧，这样，咱们再让一让，我们占三成半。"白鹤说。

"只能三成，你们再商量一下，怎么样？"张立志还希望自己多占些。

村委会的干部跟着白鹤来到另一个房间里商量，兰兰也被叫进来了。一部分人不赞成三成，一部分说三成就三成，总比空在那里好。村干部商量了好一会儿才回到商谈的桌前。白鹤说，"张总，大伙的意见还是希望您放宽一点，权当支援农村建设。"

兰兰有气了，"张总，您是大老板，那么斤斤计较，真小气，三成跟三成半相差有几多？"

张总没想到兰兰这么看他。他立即换上笑容，就按兰兰小姐的意见，"三成半就三成半，下午签合同。不过上次的条件不变，兰兰小姐算我公司的，等酒店建成了我要聘请兰兰小姐担任酒店总经理！"

兰兰站起来："行！"

胡勇惊讶地望着兰兰。孔祥云带头鼓起掌来，张总和大家也鼓起了掌。

合同签署后，酒店正式筹建。筹建处根据张总的意见设在兰兰家，他借机把兰兰家的装修一下，乐得兰兰父母把他当成女婿看待。

孔祥云带着兰兰整天在工地上忙碌。

胡勇借故来找兰兰。"兰兰，你真卖劲啰，几天见不着你的面。"

"你冇看见？工地有几多事要我过问。小姨爹一个人忙不过来，我不守在这里能行？"

"你现在是不是真叫姓张的封你一个总经理给收买了？"

"你胡说啥呀？你不信任我？小心眼！我做这些事都是主任吩咐的。她说都是为俺全岛村民谋利益，看你还是村干部！冇得工夫跟你扯了，那边在要材料，有空再说。"兰兰说罢，手一挥，跑到工地上去了。

胡勇望着兰兰的背影，心里真不是味道。

他转过身找到白鹤。"主任，兰兰答应姓张的做酒店总经理，是你的主意？"

白鹤说，"这件事我正要找时间跟你解释。你看，这几天太忙了，没时间找你。这件事我是这样考虑的，张总他咱们村投资很明显是冲兰兰来的，如果兰兰一味拒绝，他就不会投资了。当前咱们村干部最重要的是应该把全岛村民的利益放在第一位，把个人的得失放在第二位，否则大伙选咱们当干部为的啥呀？这个道理你比我懂。我相信兰兰尽管答应了张总的聘任，她绝对不会对你变心。张总是剃头挑子——一头热。再说，感情这个东西不是金钱物质能收买得了的。你要正确对待这件事，不能影响工作情绪。开发刚刚开始，你要带领全岛的共青团员全身心地投身到火热的经济建设中去。还要嘱咐你一句，张总这个人我多方面了解一下，人品不坏，是自我奋斗出来的企业家，他来咱们这里帮助咱们搞新农村建设，要欢迎人家。至于他想兰兰的事，我打算找适当的时候跟他讲明白。"

胡勇心里不高兴地走了。胡勇刚走，余燕过来了。

"燕子，有事吗？"白鹤问。

"冇得大事，我想到兰兰工地上去看看。"

"好，咱们一块儿去吧。"

一路上。余燕问："秋雁来电话了吗？"

刚才我跟他打了一个电话，问问生态园项目上的事。

"叶总是秋雁老板的女儿？"

"是。"

"主任，你发现没有，叶总对秋雁表现得不大一般，有点那个味道。"

"我早看在眼里了。叶总年纪轻轻，专业学得很精，她在外国读了博士，连秋雁都佩服她。这样的人才如果用在咱们这里，可以大展身手，大有用处。"

"她看中了咱们这里，是不是还有别的意思？"

"啥意思？"

"你问我！你心里比我更清楚。"

"也许吧。"

"你不担心？"

"秋雁不是那种人。我了解他。他在她的公司做事，服从她是很正常的现象。何况这个女人的条件那么好。"

"你不要掉以轻心。男人最大的弱点是经不起女人的诱惑。这个女人既有钱，又漂亮，能力又在他之上，谁保证他不动心。"余燕在提醒她。

白鹤笑了笑。"一个男人如果在爱情问题上失去了坚定的意志，那这个男人也不值得一个女人去留恋。女人也一样。你看，兰兰就不会被张总的金钱、待遇所打动。我最佩服兰兰这样的人。"

"兰兰现在也不能下结论，要看胡勇的表现。我看小胡很有些担心。"

二人说着，来到了兰兰的工地。

兰兰戴着头盔从工地钻出来，"主任、小燕，你们来了！"

"工程进展咋样？有啥困难吗？"白鹤问。

"进展还是不错，就是材料跟不上。木船运不赢。"

"走，咱们去找捕捞队，叫他们支援一下。"

白鹤把兰兰、余燕带到湖边渔业捕捞队。

"黄叔，酒店工地的材料跟不上，运输船不够。我想请你们抽几条船去帮两天忙。运输费照算。好啵？"黄叔是捕捞队队长。

"冇问题。几时要？"

"现在就要，最好派五条船。"兰兰回答。

黄叔站在岸上向靠岸的船喊："45号、62号、68号、80号、83号，你们五条船开过来，跟兰兰走。"

兰兰跳上45号船，指挥着向湖对岸驶去。

增加了五条渔船运输材料，保证了工程的正常进度。兰兰没有想到的是材料运到工地，技术人员反映地面砖不合格，主要是质量有问题。兰兰立即把负责购买材料的老罗找来，问这是怎么回事？老罗说，"我是按设计要求在建材大市场挑最好的买的，咋又有质量问题呢？"

技术员拿来两块同样的地面砖，当着兰兰和老罗的面放平在地面上，然后拿来一只装了水的杯子，慢慢地分别倒在这两块地面砖上，其间一块砖吸水性很好，另一块却很慢。技术员再把老罗买来的地面砖让老罗自己选二十块出来，侧面靠在一起放好，让兰兰和老罗目测："你看，是一样厚薄吗？不用尺量，肉眼就可以看出来厚薄不一。老罗你自己说说这种材料合格吗？"

老罗脸红了，骂了一句："操他娘的×，用次品敷衍老子，装船，装船！老子找他换去。"

运上岛来的几船地面砖又让老罗运回去了，工地又只好停工待料。兰兰气不打一处来，找到小姨父。"姨父，罗师傅怎么搞的，出这事，耽误施工！"孔祥云也气："他那个人就这么个料，还不是从中搞黑钱害人。钻头不顾屁股！"

"张总晓得不？"

"张总咋不晓得，冇办法，是他的老表。"

"这种人怎么能叫他做材料员，开掉！"

"张总的娘不肯，说她就这么一个侄儿，下岗了冇事干，硬是要张总带着。"

"张总对他冇得法子？"

"赶也赶过，骂也骂过。他就是那种坯子，皮比猪皮还厚。张总也是无奈。"

"以后工地进材料还得多留个心，次品充正品，把房子都搞坏了。要技术员把好关。"

"只能这样，你注意就是。"

第三天，老罗重新把地面砖运回工地。兰兰叫技术员验收后，这回是正品。这么一折腾多花了上千元运输费，倒霉的是张老板。不过老罗花了力气一分钱的回扣也没捞到，他恨死了技术员。

这件事让兰兰有些不理解，既然张总跟老罗是亲戚，怎么亲戚坑亲戚呢？在渔岛且不说亲戚之间不会发生这样的事，就是村民之间也不会发生这样的事。你在人家公司做工，人家给了你工资，你就要替人家把事办好，怎么能黑了良心搞钱呢？那一天张总来到工地，兰兰就把这件事跟他讲了。张总气得大骂：妈的×，狗改不了吃屎。他立刻拨通了老罗的手机，"源民吧……你又干的好事。……你不用解释了，你到财务处把这个月的工资结了，到别处高就吧！"说完就挂了手机。

叫他滚！

罗源民知道表哥晓得了地面砖的事，他在电话里把责任推到了大市场地面砖销售商的身上，表哥不信。材料员是个肥差，丢了每月至少损失一两千元的额外收入。他得想办法让老表息怒。他没有回公司，更没有去财务处结工资，而是急急赶到渔岛，亲自找老表说明情况。

张总见到他，没好脸色。"你怎么还没走？"

"老表，这个事真不是我的错。谁晓得那个卖地砖的真混，骗老子。你不信，去问他！"

"还用我去问！你自家心里清楚。你钱迷了心窍，不顾别人的死活。你晓得啵，你用次品货来顶正品货，毁了我的工程？你不说帮我还害了我，我要你干啥？"

"哎呀，真是天大的冤枉啊！我绝没有叫他拿次品，我给的是正品的价格，那狗东西蒙了我，我操他八辈子祖宗！"罗源民急了起来，他害怕老表炒他鱿鱼。

"不是你的问题更好，我会去搞清楚的。你先回去待两天再说。"张立志希望这次真不是老表搞的名堂。

"好，你去调查。"罗源民只好走了。

他并没有回家，而是赶到大城市地面砖销售商家找到老板，说明来意。叫老板一定要替他把担子承担下来，就说是发货的小鬼发错了货。今后我的生意还是给你做。如果这一次真是让张总查出了真相，我倒了霉你也少了一个客户。老板想想也是，"放心，我帮你打个马虎眼，以后生意还靠你啰。"

"那当然，那当然！来，抽支烟。"如今当老板的都精得很，手下干活儿的搞个钱真不容易。老罗"啪"的一声打着火机先替老板点烟再点着自己的烟，他猛吸了两口。"妈的，总算熬过去了。"

张立志还真抽时间来到大市场销售店调查那批地面砖的事。店老板心中有数，一口咬定是店里的工作人员发错了货，罗师傅自己不晓得。"真对不起，是我们工作的疏忽，以后保证绝不会有这种现象发生。"

张立志见他说得蛮诚恳，也就信了。

晚上，老罗特地把地面砖商店老板请出来，在一家小酒店吃了顿酒，表示谢意。

第十五章　大打出手

天鹅岛大酒店竣工，很快就投入使用。张总举办了一个隆重盛大的开业典礼。

开业典礼在酒店大门口的场地上举办。

张总把县旅游局局长、云江市一些朋友和企业界的伙伴请来了。白鹤叫村干部通知各村村代表都参加，一共三百多人。春鹅把村里的文艺演唱队请来了，凑个热闹。

副总孔祥云主持大会，他首先请县旅游局杜局长讲话。大家热烈鼓掌。

杜局长说，"乡亲们好！天鹅岛大酒店开张营业标志着这个世代以捕鱼为生的渔岛在改革开放的今天走上了多元化的生产新路子，向文化旅游迈了一大步。天鹅岛这么美丽，只要你们创造好住、吃、行、玩的条件，一定会有更多的中外游客光临。我祝贺你们，也希望各地的游客来天鹅岛旅游、观赏，让咱们的生活更加幸福和快乐。谢谢大家。"

又是一片掌声。下面是白鹤讲话。

她说，"今天咱们的天鹅岛迎来了一个美好的日子，天鹅岛大酒店胜利建成并于今天正式开张营业。在这里我代表全岛人民感谢张总热情参加咱们渔岛的新农村建设。天鹅岛是鄱阳湖上最美丽的渔岛，这里有最美的自然生态环境，有极为丰富的历史文化旅游资源。我们欢迎在座的老总们来这里投资建设，我们还有很多项目已经列入了开发规划。我相信，通过大家共同的努力，天鹅岛一定会打造成休闲、旅游、观赏、文化、娱乐为一体的人间天堂！"

下面群众纷纷鼓掌。坐在嘉宾席的老总们交头接耳议论开了。最后张总讲话。

他说，"天鹅岛真是草美、水美、人更美的地方。说句心里话，我来这里投资不是想赚钱，而是想做这里的人。我这个人跟别人不一样，怪！人家是想从农村到城市去，想做城里人。我自幼在城市长大，却恋着山美、水美、天空美的农村。农村人纯朴、善良，感谢白主任和村委会的真诚合作。还要感谢兰兰小姐，是她日日夜夜在这里操劳，负责把大酒店建起来了。在这里我宣布，柳兰兰同志正式被聘请担任酒店的总经理。希望得到乡亲们的支持！"

又是一阵热烈的鼓掌声。接下来是宴会，大家一边品味着独特的全鱼席美味，一边欣赏着文艺节目。

新上任的酒店总经理柳兰兰端着酒杯一桌一桌地敬酒，三十多桌酒。她喝醉了，余燕扶她到房间的床上休息。

张总把他的朋友一个个地介绍给白鹤，白鹤一个个地敬酒。这些城里的老总有的也想在这里搞个啥项目做。他们看好了这里旅游休闲项目的前景，也纷纷跟白鹤套近乎。白鹤说，"欢迎各位到咱们岛上各处去参观参观，享受享受这里的新鲜空气，各位如有兴趣的话，我愿意陪同前往。

"好，有美女主任陪同哪有不去的道理，下午就去！"应话的是一位姓石的老总。

在白鹤与老总们说话的时候，张总看见胡勇扶着兰兰从房间里走出来。他赶忙过去问："柳总，怎么了？"

一个服务员说："柳总喝醉了，还没醒。"

"还没醒就让她在房间多睡一会吗，怎么能让她起来了呢？"

"是胡书记把她弄起来了。"

张总赶上前去扶兰兰。"就在酒店休息一下。服务员，搞点醋来.

胡勇："回家去方便些。"

张立志："这里不一样吗？"

胡勇依然扶着兰兰往外走。"冇家里方便。张总，你忙你的，有我照顾就行。"

"我照顾她，不麻烦你了。她是我的老总。"张总说着强行把兰兰拉回来。

胡勇不让。"老总有啥了不起，她是我的女朋友，跟我回去！"

张总用力推开胡勇。"你这是说哪年的话，她现在是我的女朋友，谁也不许碰她！"

胡勇火了："她是你的女朋友？你做梦！兰兰，跟我走！"

张总本来就喝多了酒，一听胡勇这话，顿时头都大了，一拳打过去。胡勇没有准备，险些栽到酒店门口的台阶下，他猛地一跺脚，向前一扑，照张总的脸狠狠地打了一拳。张立志躲避不及，鼻血流了出来。他随手将自己的皮包砸过去，胡勇一让，皮包砸得老远。

他们在门外的打斗惊动了正在酒席上喝酒的客人。白鹤第一个跑出来，首先喝住胡勇："小胡，你干什么？给我住手！"

她一喝，两个人都停住了。胡勇指着张总骂了一句："他这个不怕丑的，还想兰兰……。"

"还不走，回去！"白鹤还没等胡勇把话说完就明白了他们为什么打架。她怕再闹下去造成极不好的影响，便不由分说地赶走了胡勇。

胡勇走后，白鹤叫余燕把兰兰扶回家去。回身向张总道歉："对不起，对不起，明天我会狠狠批评他！"

"那小子，太不像话了！"张总捡起自己的皮包就进屋去了。

张总的朋友忙问发生了啥事？白鹤忙招呼大家进屋说："没啥事，没啥事。"趁白鹤与来宾们说话之际，张总偷偷溜出来到兰兰家去看看，他不放心兰兰，醉成那样。

兰兰躺在床上，娘正让她喝点醋。

兰兰爹见张总来了，便说："你是有身份的人，不要跟农村里一样。来，喝茶，熄熄火。"

兰兰听见了她爹的这句话，"爹，你说啥呀？"爹来气了，你不要护着胡勇，他再纠缠你，我就不客气！

张总洗了把脸，把血迹擦掉。那小子一拳不轻，肌肉还有些痛。他见兰兰没事已经清醒了，便打算回酒店去，客人还在那里。

当他刚要出门，突然门外一个青年喝道："姓张的，你滚出来！"屋里人一惊，跑出去一看，十几个村里头的青年一字排开，怒气冲冲站在门口。

张总往后一退，退到屋里。他知道来者不善，肯定是胡勇叫来的人实施报复。一个小子指着屋里喊："姓张的哪去了，他狗胆包天，敢到咱们这里来撒野，今天要他喂鱼去！"

兰兰跑出来："谁叫你们跑到这里来闹事，胡勇呢？"

胡勇不在人群中，一个小子出来说："姓张的今天打了胡勇，老子要捶死他！"

兰兰爹大吼一声："谁敢？你们跟老子滚，跑到老子家家门口？，冇得王法？标桨的东西！"

青年人只好散去，走之前指着屋里喊："叫姓张的放老实点，下次让我碰着了，小心打断他的脚！"

"放屁！"兰兰爹抓了一把铲子要去追打他们，被兰兰拦住了。

"张总，我送你去酒店。不要怕，他们不敢对你咋样。"张总回到酒店就对云江来的朋友说，"走，回去。"石总他们本来还想下午去岛上参观。这突如其来的变故，也只好跟着张总回云江。过了湖，张总给兰兰打了个电话，叫她关了酒店，不营业了。

兰兰给胡勇打了个电话，愤怒地骂了一句"混蛋"！然后就把电话挂了。

事情闹到这个地步，白鹤立即召开村委会。

白鹤很严肃地批评胡勇："你还像个村干部吗？你今天犯的错误造成了多么坏的影响，你自己跟大伙儿说清楚！为了你个人的事，不顾全村人的利益，你还煽动村民企图把事情闹大，你晓得你的行为是什么行为吗？你想到后果没有？警告你，出了事你要负主要法律责任！"

胡勇申辩："他们去闹事，根本不是我叫去的，我又不晓得，你可以调查。是他们知道了张立志打我，为我抱不平。"

赵水生说，"我问了几个愣头，确实不是胡勇鼓动去的。小胡，不管咋讲，今天的事情影响很坏，还有那么多客人在场。现在啥时代了，还结伙去打架。你要好好反省反省。"

余燕："你这一搞，把咱们这里的形象搞坏了，你还是团支部书记，要好好检讨！"

白鹤："咱们招商引资刚开始，你就把投资的老板打跑了，还有谁敢来这里投资开发？"

胡勇："我又冇打跑他，他先打了我。"

白鹤："他已经关了酒店，不营业了，还不是你们吓跑的？"

胡勇："我接受大家的批评。今天是我冲动了，控制不了自己。今天他们去兰兰家闹事我负主要责任。我一定去平息他们，保证以后再不发生这样的事。"

白鹤："我现在宣布村委会对胡勇同志的处理意见，鉴于胡勇同志失去理智，凭个人感情用事，不考虑本村改革开放大业，挑起部分村民谩骂威胁客商张立志先生，造成严重后果的错误，决定给予胡勇同志停职反省的处理。希望胡勇同志深刻反省自己的错误，加强自身的思想教育，向村委会做出书面检讨，并向张立志先生道歉，为天鹅岛挽回影响。"

散会后，胡勇气呼呼找到那几个到兰兰家闹事的同村青年，把他们破口大骂了一顿："谁叫你们去闹事，混账！一群法盲。我的事全给你们搞乱了！"

其中一人说："大伙儿还不是想替你出口气。"

胡勇："帮倒忙了，你们舒服了？"

另一青年："谁晓得会帮倒忙？"

胡勇气呼呼地走了。

他去找兰兰。兰兰正在酒店锁大门，"兰兰，真不营业？"

兰兰扭头看见是他，没好脸色地说："还不是你干的好事，你们十几个人去打一个人，谁还敢来？！"

"不是我叫他们去的。刚才我骂了那些标桨一顿，还不是为了你才得罪了姓张的，你心里清楚。"

"为我就要跟人家打架？亏你还是村干部，一点文明都不讲，连一个老百姓都不如。"

"真不是我先动的手，我是反击。你当时醉了不清楚，你可以去问姓张的。后来那几个剃头的到你家闹事，我的确不知道。这件事我已经把主要责任都担下来了，刚才在村委会上做了检讨。主任要我向姓张的道歉，你替我打个电话给他，请他原谅。我自己打，太没面子了，求你帮个忙，好吗？"

"我不打，你自家打。"她说完转身走了。

上午在宴席上，张总的朋友石总还对白鹤讲他想来岛上搞个项目，下午他们全部跟着张总走了。全都是胡勇惹的祸，村委会对胡勇作了处理，白鹤自然要把村委会的态度告诉张立志。让他去跟他的朋友讲，这样就可以消除这些老板对投资环境的误解。她找兰兰来要她陪自己一起去云江一趟，新开张的酒店不能关门。

兰兰说她也是这么想。

第二天，白鹤和兰兰专程来到张立志的公司。进门白鹤就说，"张总，对不起，我和兰兰来慰问您，请您原谅！"

张总没好脸色。"没想到你们村里的那帮人如此野蛮，不是兰兰和她爹在场，昨天我说不定真的喂了鄱阳湖的鱼，太可怕了！"

兰兰："真敢把你扔去喂鱼？吓唬你的，那么胆小。"

白鹤："胡勇对您无礼，咱们村委会已经进行批评教育，并让他停职检查了。"

张总："这样的人也配当村干部？"

兰兰："他已经认识到自己的错误，还叫我转告向你表示道歉，希望你原谅。酒店刚开张就停业是很浪费的。张总，还是照常营业吧。"

"你开张，那帮人还去闹事咋办，谁担保？我看那帮人凶得很，说不定把我的店给砸掉，暂时不能开业。"

"张总，酒店照常营业，我敢担保，以后再也不允许任何人干扰酒店的生意，请放心。村委会给酒店配两个保安。"白鹤说。

"您在这里担保我还不能完全放心，我一个外地人，胡勇他们一帮是当地人。他们要是一撒野，强龙斗不过地头蛇，倒霉的是我。要开你们去开，啥时候把我的投资还给我就行了。"

"张总，您这就想错了，谁也没有把您当作外地人，您是咱们的合作伙伴，咱有责任好好保护您及您在咱们那里的资产。我还是那句话，请您相信我们，保证您在咱们那里做生意不会有人找麻烦。"白鹤很真诚地说。

"张总，酒店是你开的，你占大头，不营业就亏本，还咋收回投资呢？我们主任一再向你保证，像昨天的事再也不会发生。昨天要怪只能怪我，是我多喝了几杯酒，惹出这么大的祸。昨天的事，你和小胡都有不对的地方，你不该先动手打人。大家都把你看成了客人，主任、咱爸咱妈都为你说话，你不要得理不让人。你的店不开也不能强迫你，不开就不开，我这个总经理也不当了。主任，走！"兰兰说完拉着白鹤就走。

白鹤一把按住她。"兰兰，不要耍小孩子脾气，跟张总好好谈谈。"

张立志经兰兰这么一说，心中也知道昨天是自己先动的手，才把事情闹大了。后来兰兰的爹爹把那帮闹事的人骂走才给自己解了围，今天白主任又亲自上门来，再不转变也就说不过去了，于是趁势改口："兰兰，别走别走，答应你开业总可以吧。走，中午请你和主任吃饭，去饭店。"

张立志拨通了孔祥云的手机："孔总吗？我立志，请到春风楼订一个包厢，兰兰和白村长在我这里……对，对。请叫小姨一块来……我们马上到……嗯，嗯……好，好。"

白鹤："张总，能不能请您的朋友石总一道来？"

好，我现在就跟他打电话。"喂，石总吗？我立志呀……中午春风楼……对。"

张总开着车把兰兰和白鹤接到了春风楼大酒店。不一会儿，兰兰的小姨和小姨爹也来了。小姨见到兰兰就一把搂着她，"兰兰，听你小姨爹说你当了张总酒店的老总了，不错嘛！"

"张总是赶鸭子上架，我哪有啥能耐，边干边学呗。小姨，啥时候去我们酒店看看？"

"一定去，一定去。"小姨忙答应。

孔祥云请大家入座。刚入座，石总赶来了。石总一看白鹤、兰兰她们也在座，便迟疑了一下，然后走上前去与白鹤握手。"美女主任来了，荣幸荣幸！"白鹤马上说，"又一次见到石总真高兴。"二人握手后坐了下来。

服务员给每位客人面前的酒杯里斟满了酒。

白鹤端起杯先敬石总："石总，这杯酒敬您，希望您也能和张总一样成为我们的好朋友。"

石总："白主任真是女中精英，张总是我的好朋友，希望主任多多关照，可不能让人欺负哦，我敬您，干！"

"石总，您放心，谁也不敢欺负张总。昨天发生的事只是个别人干的，以后再也不会有类似的事发生。我们正加强全村的思想教育，优化投资环境，让企业家到我们那里去投资创业安全、放心。"

"说实话，你们那里的自然环境的确让我动心，本来我打算也去你那里搞个项目，但看到张总的遭遇，石某不敢冒险了。"

"石总，您如果有诚意，我保证再也不会有那样的事情重演。张总的酒店明天恢复正常营业。古话说，英雄不打不相识。说不定，张总渔岛的坏事还会变成好事呢。岛上的村民对他会更好，更欢迎。"

石总听白鹤这么一说，立马回过头来问张总："你的酒店还办下去？"

张总："有白主任他们撑腰，应该没有什么问题吧，先做做看。酒店已经建起来了，不营业怎么行。"

石总又转过身对白鹤说："白主任，做湖滨浴场的项目我有这个意向，不过也要看看再说。"

白鹤知道他是看张总的酒店开张后情况怎么样，便说："我随时准备欢迎石总。"

白鹤回来后，召开了村委会扩大会议，公司领导班子和各自然村村民代表都参加了。这是一个重要的会议，会议的中心问题是如何提高全岛村民的思想认识，优化投资环境，加强法律知识的学习，做一个文明的公民，保护投资商的利益，共同建设天鹅岛新农村。

白鹤在会上说："当前我们最重要的任务是加强对群众的教育，特别是那些平时喜欢起哄的人要集中起来学习，这个工作交给赵连长完成。这次由于一些人的哄闹，给我们新农村建设造成了不小的损失，影响极坏。有的老板本来打算来岛上投资开发，可现在人家不敢来了。大家说，不整治一下，我们的招商引资怎么搞得好？"

会后，赵水生把那天闹事的十一位青年人请到民兵连部来集中学习。他采取军事训练的办法，让这些人在太阳底下排队、操练、唱军歌、学文件，然后一个个写保证书。

第十六章　叶总失踪

　　白鹤一直忙于酒店里的事，好几天都没有去秋雁生态园工地，昨天碰见秋雁的妈，说秋雁爹发了病，她请医务所祝医生去看看，祝医生早晨就将病人送到县医院去了，秋雁还不知道这件事。

　　秋雁和叶雪楣正在工地上指挥施工。

　　白鹤走过来了。

　　"小鹤，有事吗？"

　　"你爹发病了，祝医生把他送到县医院去了，刚才打电话来说问题不严重，可能是心脏有点毛病。"

　　"我爹有心脏病？"秋雁忙放下手上的活儿，对叶雪楣说，"叶总，我爹病了，我去县医院一趟。"

　　"你爸病了？我同你一起去看看。"

　　"不用。工地离不开你，我去去就回。"

　　"工地不打紧，咱们走。"不容分说，叶总拉着秋雁就走。

　　白鹤站在那里，望着他们匆匆离去的背影。

　　县医院病房。老人躺在病床上，医生在看病历记录。秋雁和叶总冲了进来。

　　"爹，咋样了？"

老人睁开眼睛望着儿子，又看了叶雪楣一眼，无力地说："叶总，你这么忙也来了？"

"孙伯，哪里难过？"

医生："可能是风湿病，心跳过速。"

护士进来："谁是病人家属，去办理住院手续。"

秋雁跟着护士刚到住院部交费处办理老爹的住院手续，一摸口袋只带了一千元钱，还差两千元。在一旁的叶总立即在自己的皮包里拿出三千元递给了医院的收款员。

"回去还您。"秋雁轻声说。

叶雪楣："谁要你还！"

二人返回病房。护士正在为病人打吊针。病人脸色难看，护士叫他别动，安静躺着。叶雪楣又出去了。

老人吃力地伸出一只手拉住儿子的手，说："爹是老毛病，不打紧。你和叶总都忙，不耽误工程，快回去。叶总是个好孩子，你妈和我都要你拿定主意，不要错过了。白鹤那边就算了，工程做好了，你还是跟叶总回深圳创业。"

"爹，你好好治病，我的事我会考虑，您和妈不用担心。"

叶雪楣买了一大堆营养品和一束鲜花进来，放在病床头边的方柜子上。"孙伯，您安心治病，有什么困难叫小孙找我。"

孙伯向叶雪楣挥了挥手，说："难为你了，姑娘！"

叶雪楣对秋雁说："我先回去，你在这里观察一下孙伯的病情，明天如果没有大问题你再回去，有问题打我电话。"

秋雁："好，你赶快回去，工地没人做主不行。"他送叶雪楣到汽车站乘车回天鹅岛。

叶总返回工地，白鹤一直没走，她在工地招呼着，见叶雪楣回来了，急忙问："秋雁没跟您一块儿回来，他爹的病咋样？"

"医生说是风湿性心脏病，但问题不是很大，小孙留下观察

144

一下，他明天回来。"

白鹤放下手上的活儿，急忙赶到县里去。

她一进县医院的病房门，见秋雁伏在他爹的病床边睡着了，便轻手轻脚走过去。老人正在输液，眼睛闭着的。

"大伯，好点吗？"

老人睁着眼。"比来时好多了。主任，你这么忙不该来看我。"

"我不放心，来看看您。"白鹤从口袋里摸出两百元钱，放在老人的枕头底下，"您买点营养品吃吃，希望您早点好，秋雁就可以放心。"

"你拿钱做什么事，拿回去自己用。"

二人的谈话，把秋雁惊醒了，他抬起头，"小鹤，你又跑来了？"

"听叶总说你没有回去，不知大伯的病情咋样，想来看看。你太累了，找个地方睡去，我来值班。"

"医生说我爹不要紧，在医院打三天针就可以边吃药边疗养。我刚才睡了一阵，现在可以照顾了。村里那么多事，你回去吧。"

"雁儿，主任放了钱这里。"老人从枕头底下摸出钱塞给白鹤。

"钱不缺，你自家钱不够用，拿着。"秋雁将钱塞给白鹤。

白鹤不高兴了。"这是我的一点心意，等大伯好了，你买点东西给他补补身子。"

"爹，白鹤这么说，您就收下吧。"

"你这个孩子，咋能随便收人家的钱呢？我叫你还给她你就还给她哩，人家也困难。"

白鹤见老人执意不领自己的情，示意秋雁收下。秋雁只好说，"爹，你好生躺着，针还没打完，这钱叫小鹤拿回去就是了。"

白鹤从老人的态度中觉察到了秋雁父母对自己态度的，原因准是秋雁的生活中出现了一个有钱的叶总。便对老人说，"大伯，我回去了，您好好治病，让祝医生在这里护理您几天，好不？"

　　老人忙应道："好，好！"

　　白鹤告辞了。秋雁对爹说："爹，有祝医生在这里，我和妈都放心。我先回去，叶总一个人在工地忙不过来。明天有时间我再来看您。"

　　老人："你走吧，明天不用来，医生说打几天针就可以回去。记得叫你妈不要着急，她要在家里为你做饭。"

　　秋雁告别爹，三步并作两步追上白鹤。"白鹤，等我一下。"

　　白鹤："你也回岛？"

　　秋雁："有医师照护比咱们好。我跟你一块回去，感谢你把祝医生留下来。"

　　白鹤放慢脚步，走在秋雁身边。说，"你爹好像对我生分了许多？"

　　"没有吧。"

　　"我看得出来。"

　　"别想许多，老人是老人的心思。"

　　"你的心思呢？"

　　"我冇有什么心思。"

　　"不可能吧，叶雪楣成天在你身边，你没想法，她可是有想法的啰。你要提高警惕。"

　　"你咋也小心眼？"

　　"不是我小心眼。你们男人哪，喜欢脚踩两只船。要不，你一家对她那么好！"

　　"啥好不好的，她为了咱们岛的发展来投资，你能不欢迎？"

　　"我没说她来投资咱们不欢迎。我是说她来咱们岛是为了你！"

"你这是多心了。她投资是大伙受益。白鹤,你真的不要瞎猜,我和她从来没有提到过个人的问题。你相信我,我不是一个没有立场的人,不要影响工作。"

"你表了这个态,我就放心了。秋雁,我心里只有你,希望你珍惜这份感情!"

"我更是,咱们的感情是纯洁的。"

白鹤的脸上露出了笑容。

秋雁娘做好了晚饭。叶雪楣收工回来,"大娘,小孙回来没有?"

"还有有。不管他,你饿了你先吃。"

"呀,大娘又做了这么多好吃的,真香!"叶雪楣正要吃饭,秋雁回来了。

叶雪楣兴奋地:"小孙回来了,赶快来吃,妈做了好多好吃的菜。"

秋雁:"你先吃,我洗洗手。"

秋雁娘一见儿子回来了,着急地问:"你爹咋样啦?"

"不要紧,过两天就可以回家。"秋雁回道。

三人围着桌子吃饭。秋雁娘一个劲地往叶雪楣碗里夹菜。

"大娘,您自己也吃。小孙,你妈真好!"

秋雁娘:"姑娘,你是大城市的,来咱们乡下吃苦,真难为你。"

"大娘,不苦,在您家比什么地方都好。"

叶雪楣吃完饭,对秋雁说:"小孙,我不想去你们主任家睡。"

秋雁放下筷子,望着她:"不去她那里睡到哪里去睡?"

"就在你家睡。"

"我家条件太差,没你睡的房间。还是到白鹤家去,她对你很好。"

"我又没说主任对我不好。我想在你家睡，跟你妈睡。"

"主任是女同志，我是男的，你在我家睡，别人会瞎说，影响不好吧。"

"管别人说不说，只要我愿意就得了，我又不是为别人而活着。我看别人不会说什么，问题是你乐意不乐意？"

"我认为这样不好，你还是像现在这样，在我家吃饭，晚上到白鹤家去睡，这样方便。"

"你不欢迎我？"

"我怎么不欢迎你呢？我的意思是你我是异性朋友，在这方面注意点好。"

秋雁娘见姑娘不高兴了，连忙说："秋儿，你就随叶总吧，她不嫌我这个农村老妈子就让她在我家住，我乐意，旁人能说啥！"

"妈，你说啥话，叶总一个闺女咋能留在家中过夜！"

叶雪楣一听，立马起身走了。

秋雁娘上前去拉，没有把她拉回来。

第二天，叶雪楣没有来工地。秋雁打她的手机，关机。

白鹤跑来了。"秋雁，你怎么搞的，跟叶总吵了架？"

"没有呀，她说啥？"

"她啥也没说，清早起床流着眼泪走了。"

"走了，到哪里去了？"

"没来工地？"

"没来。"

"你赶快找到她！"

"我这就打电话。"秋雁再次打通叶雪楣的手机，手机仍然关着。

"准是过湖去了。"

"我去找。"秋雁向湖边渡口跑去。一条渡船已经驶到了湖中心。他立即招来了另一条渡船追去。过了湖，跳上汽车，追到云江火车站，在车站四处寻找，手机怎么也打不通。他急出了一身臭汗，万般无奈地一屁股坐在路边的石凳上，用手捶着自己的脑袋。

秋雁颓丧地回到岛上的工地。白鹤见他一个人回来，忙问："叶总没有找到？"

"手机不通，云江没找到，估计是回深圳去了。"

"肯定是你们昨天闹了矛盾，否则她不会这样。"

"哪里闹矛盾，为了一点小事她就不高兴了。"

"啥事？"

"她要在我家睡，我没有同意。"

"在你家睡？"白鹤不想再问下去，立刻转过了话题："她走了，工地咋办？这么多工人都等着材料，没钱支付材料费，建材市场不发货。"

秋雁脸色难看地坐到工地的石料上，掏出手机给叶雪楣发了一条信息：

叶总，对不起您，都怪我！希望您不要生气，盼您早日来岛，工程等着您呢！

秋雁

信息发出，久久不见回音。秋雁心急如焚，他又站起来，在白鹤面前走来走去。

他再拨手机，叶总仍然关机。他只好拨响了叶总办公室的电话，接电话的是办公室的工作人员。"喂……我是孙秋雁……叶总如果回来请你立即给我挂个电话，……对。谢谢！"

秋雁再给叶雪楣发了一条信息。

"叶总：我向您道歉！您现在在哪里？我在等您！！"

秋雁发了信息后，焦急地等着。

白鹤也很急。"秋雁，叶总暂时联系不上，工程不能停工。是不是你去跟大市场老板商量一下，先赊些材料来，叶总回来了再付款？"

　　"试试看吧。"秋雁立刻动身去建材大市场。

　　秋雁找到市场经理。"二老板，跟您商量一个事。"

　　叫二老板的人从店里走了出来："您是？"

　　"我是深圳亚华公司工程技术部的，我姓孙……。"

　　"您是孙工！看我这记性，您请进。"二老板立马想起了秋雁。

　　秋雁来到二老板的办公室，女服务生客气地沏了茶。二老板递上香烟给秋雁，秋雁谢绝："谢谢，不抽烟。"

　　二老板："孙工，有什么事吧？"

　　"是这样的，我们生态园工地材料跟不上，管经费的老总有急事去深圳了。眼下工地停工待料，所以想跟您商量一下，先拉点材料回去，过几天送钱来，不知行不？"

　　"孙工开了口，这个面子要卖的。你们是大公司，还怕跑了我的钱，要哪些材料，您写个单子就行了。"二老板的确是个爽快人。

　　秋雁心中大喜。立即写下单子，二老板叫他签上大名，并写上结账日期。秋雁签名后，停下笔，问二老板："十天之内结清款子行不？"

　　"十天就十天。孙工，丑话说在先，十天之内一定要结账，现在讲诚信啰！"

　　"当然，当然。"秋雁写上十天结账的日期。

　　二老板接过单一算："呀，不少呀，九万三千六。"他在上面签了字，随后交工作人员带秋雁去领货。

　　秋雁坐着拉材料的货车回到工地。

　　白鹤立即组织工人搬材料。

　　工地又忙碌起来了。

第十七章　白鹤吃醋

十天的期限快到，还联系不上叶雪楣。秋雁急得像热锅里的蚂蚁一样，必须要去找她，否则整个工程无法按原计划进行。

他找到白鹤："你在工地照料两天，我去深圳一趟，十天的期限马上到，人家会来催钱的。"

"好吧，你快去快回。万一叶总那里有问题，你就直接找董事长。"白鹤叮嘱他。

秋雁下了火车，直奔叶雪楣的办公室。

叶雪楣正在与客户谈话，见他进门也没搭理他。秋雁在一旁静候着。

客户走了。秋雁赶紧坐到叶雪楣的办公桌前。"叶总，您咋一直不接我的电话，让我急死了，您没事吧？"

叶雪楣没抬头看他，也没好脸色。"有事！"

"啥事？"

"有气！"

"还没消气？"

"消不了。你太不在乎我的感受，你找我干吗？"

"您别误会，我十分尊重您，找您有急事，工程停工待料。

151

我只好向建材店赊了几万元钱的债，人家催款，您能否打点钱过去？"

"我没钱，你自己与人家结账。"

秋雁急了："叶总，千错万错都是我的错，我向您道歉！但项目是您的，您不管不行呀！"

"这个项目我不做了。"

秋雁"啊"了一声，跌坐在椅子上，半晌说不出话来，呆呆地望着叶总。

叶雪楣故意不理他，一心在摆弄自己的电脑。

屋子里静极了，秋雁急促的呼吸声都能听见，他的额头上开始冒出细细的汗珠。

"叶总，工程已接近完成一半，您真的丢掉不做？"

"真的不做了。"

"那可要白白浪费几百万了！"

"浪费就浪费，我愿意！"

"为的啥呀？"

"就是因为你——孙秋雁，你不欢迎我！"

"咱们全岛人民都热烈欢迎您，我敢不欢迎您？"

"欢迎我，假话。连个住的地方都不给我，咋叫欢迎？"

"您重新跟我回去，就住在我家，总可以吧。"

"现在求我去你家住，我不去，除非你要给我解释清楚你为什么不让我住在你家，我才可以考虑跟你回去的问题。"

"小楣，真的没有别的原因，只是农村人思想还不太开放。您住在我家，怕人家说闲话，影响我们的工作，请您能理解。"

一声小名"小楣"让叶总感到惊喜。"你刚才喊我什么？"

秋雁自知失语，"小楣"只有她父亲叫过，公司上下谁也不敢这样叫她。

"我又叫错了，对不起，叶总。"他拿起叶总桌子上的卫生纸擦去自己额头上的汗。

　　"谁说你叫错了。你这个人哪，叫我怎么说你呢？别人说你聪明，我就说你傻，只晓得懂得自己，不懂得别人！"

　　"叶总，我平时的确不大捉摸别人的心理，只一心干活儿，让我慢慢地去读懂叶总。"秋雁长长地舒了一口气，自己起身倒了一杯水，咕噜咕噜一口气喝下去了。看来他很口渴。

　　叶雪楣暗暗一笑。"饿了吧，晚上到我家吃饭，我爸今晚在家。"

　　"好，听叶总安排。"

　　晚上，秋雁跟着叶总走进深圳华侨别墅村的一栋欧式建筑。叶董事长坐在大厅沙发上看报纸。

　　"董事长，您好！"

　　"哦，小孙来了，这边坐。"叶父放下报纸，指着身边的沙发招呼秋雁。

　　秋雁坐在叶父左侧的位子上。

　　叶雪楣先到厨房看了一下，厨房里一名从五星级酒店请来的高级厨师正在忙活。她嘱咐师傅加两个菜，然后她来到客厅，坐在秋雁对面的沙发上，先给爸爸削了一个水果，再给秋雁也削了一个。

　　叶父："小孙，你们那个工程进度怎么样啊？"

　　"董事长，我正要向您汇报。进度还是很快，乡里、县里、村里各级都很支持。生态园的主体建筑全部完工，雕塑也完成了五分之三，园艺部分马上可以施工。"

　　"那好，那好。我给你们提两点要求，一点是要做精致，把它当作一件世界级的艺术品来做。我在董事会上说过这也是我们亚华的一个标志性的工程。二点是你们要抓紧时间，你们两个人都守在那里，公司里很多工作都暂时放了下来。"

叶父转过脸对女儿说："小楣呀，你不要以为你读了博士，我看秋雁不比你差，你还要谦虚，多向他学习学习。这个工程结束后，你们回来，我想让小孙做你的助理，给他加点担子。"

秋雁马上说："董事长过奖了，晚辈诚惶诚恐，实不敢当！我来公司时间不长，也没有什么贡献，加上自己的能力、水平都离董事长和总经理的要求差得很远，所以总经理助理的担子实在担当不了。请董事长另行考虑，公司里比我能力强的人很多。"

"秋雁呀，你就不要谦虚了。董事会对你的看法不错，你来亚华也有两年了吧，年轻人嘛，要向前看。"

"董事长，我的确不能胜任，十分感谢董事长的信任。我会努力工作的。"

叶雪楣见秋雁反复推辞不高兴了。"你就不要左推右推了，我爸要培养你， 你还不领情，不像话！"

秋雁偷偷看了看叶雪楣的脸色，轻声说："谢谢董事长的培养。"

叶雪楣跟秋雁回到了天鹅岛。

秋雁把自己的那间房子加以修整并粉刷一新，床上也换上了新被褥，房间配上了一台新彩电，让给叶总临时住。吃饭照旧是在他家吃。

到了晚上，叶雪楣入睡前发现秋雁不在家，便问他妈："大妈，小孙呢？"

"他到村委会睏去了。"大妈说。

"咋不在家睡呢？"

"他说家里冇得地方睡。"

叶雪楣在堂厅里转了一圈，的确没有地方，也就不说什么，关房门睡自己的觉。

晨曦从明亮的窗子里洒到叶雪楣的床上。睡梦中的她更加美丽。

秋雁起得很早，他回家吃早餐。叶总还没起床，他轻手轻脚走到她的房间，看了一眼，又反身带上门出去了。

门响的声音把叶雪楣惊醒了。她睁开眼睛，阳光照进来了，啊，不早了，赶快起来。

"叶总，您多睡一会儿，昨晚睡得怎样？条件太差，真委屈你了。"秋雁说。

"很好，我睡得很香。你在哪里睡去了？"

"在村部凑合着。"

"村部有空房子？带我去看看。"

"那有啥看头？我在这里长大的，啥地方都可以睡。"

叶总执意要去看秋雁睡的地方。秋雁没法，只好吃完早饭把她带到村部来。

秋雁是在白鹤的办公室临时搭个木板床，铺上自己的被子睡一晚。

"这是主任的办公室，她是个女的，你也敢睡？"叶总问。

"她只是白天办公，晚上又不在这里，有什么关系。"

"这个房子她不是有钥匙吗？不行，你不能在这里睡！你就在自家的堂厅里搭铺睡。走，搬回去！"叶总的口气不容置疑。

"搬回去就搬回去，服从命令。"秋雁无奈，再也不敢惹她生气，卷起被褥就往回走。

出门时，正撞着白鹤进来。"秋雁，怎么搬回去，昨夜没睡好？"

秋雁偷偷向她使了个眼色，白鹤心中明白，她立刻对叶雪楣打招呼："叶总，您好。"

"您好。"叶总应付了一声。

155

白鹤站在门口，眼巴巴地望着他们二人一同走了。

白天，白鹤忙着学校筹建的事，没工夫想别的事了。到了晚上，她总觉得心里不是味儿，叶雪楣与秋雁在一个屋子里！于是，她借故有事来到秋雁家。她看了一下叶雪楣住的房间，来到客厅。秋雁有意当着白鹤的面在堂厅搭起床铺。

"晚上，你这样睏？"白鹤问。

堂厅和房间只有一墙之隔，一男一女一里一外地睡着。白鹤心里打破了五味瓶。

白鹤把秋雁叫了出去。他们来到离村子有一段距离的湖边坐下。

"你为啥不在我办公室睏？"

"叶总坚决不同意，要我回家睏。考虑到再不能影响她的情绪，只好随她。"

"一个闺男，一个闺女，同在一个屋里睏，鬼晓得能发生啥事？"

"有啥事发生？你这是不相信我。"

白鹤突然哭了起来。"我是引狼入室啊……。"

秋雁慌神了，他一把抱住白鹤。"小鹤，请你千万千万相信我，我绝不会做出对不住你的事，我可以对天发誓。"

白鹤挣开他。"我宁愿这个项目不搞，把姓叶的赶走。你如果爱我，你就马上辞职回来！"

"你莫发傻，你理智些，咱们都是成年人，又不是小孩，还耍小孩子脾气？"

"就不理智！在情感问题上没有理智。你知道吗，你这样做对我的伤害有多大？我早就发现你们不正常，她为啥到这里来投资？还不是为了你！"

"小鹤，你也是有高层次文化素质的女人，看问题不能只看一些现象。而且你是一位基层领导干部，将来还要当更高层次的领导。遇事要冷静，要服从大局。当前改变咱们村的落后面貌，发展岛上的经济是全岛人民的大局，也是你我追求的目标。你说能放弃这个工程吗？"

"我没有那么高素质！我就是不让别的女人把你从我身边挖走。我要把她赶走！她的投资我退给她，项目我另外去寻找投资商。她不是救世主，没有她咱们新农村照样建设好！"

"你这是在说气话。这个项目停工谁的损失最大你想过没有？等于你单方面终止合同，还得赔偿人家，你哪来几百万？再说，那将会带来一种什么样的社会影响？"

"我想不了许多，我就是不愿看到你和她在一起！我受的伤害，我的感受，你一点都不考虑，你太坏了！"

"我完全理解你的感受，我也知道你所受到的伤害，这都是为了我，我深深地内疚！我何尝不想去抚平你的心，让你得到愉快和幸福。可是我太没有力量了，太无能了，有时我非常恨我自己！小鹤，我们还年轻，还只是刚刚踏入社会，刚刚开始人生的征途，面对着征途上的暴风雨，我常常显得束手无策，显得不知所措。但是，我想只要去勇敢地面对它，一定会闯过去，一定会实现我们美好的梦想。希望你相信我，也要对自己充满信心。只要你我彼此坚守自己心中那份纯洁、那份真情，我们的爱情一定会结出丰硕的果实来！"

秋雁的一番话深深地打动了白鹤。白鹤情不自禁地倒入他的怀中，紧紧地抱着秋雁。说，"雁，理解我吧，因为我太爱你了。原谅作为一个女人的狭隘和自私，我也希望看到你用行动来承诺自己的誓言！"

"我答应你，我会用自己的实际行动来实现我对你的承诺。我还要给你带来快乐和幸福，这是我作为一个男人必须应该做到的。"

白鹤坐起来，看看天色。"不早了，回去休息吧！明天你我还有那么多的事。"

　　"好，我送你回去。"

　　"我不要你送。我早已习惯了夜里一个人回去。"

　　"小鹤，你回来当主任，真辛苦呀。村子里有多少事都要你去做，太累了。"

　　"我倒不觉得苦，也不觉得累。回来一年多我看到了咱们渔岛起了这么大的变化，渔民们永远告别了潮湿低矮的住房。而且家家户户还可以接待来自全国各地的游客，收入增加了，生活过好了，他们看到了光明的前景。说实话，我每次走进新村，都有一种无法用语言形容的兴奋。张总的酒店也建成了，你的生态园和夏鹭的度假村落成后，天鹅岛的面貌为之一新。最重要的是学校和医院这两个项目要抓紧。市委刘书记表示要财政支持，但财政的拨款有限，大头还要靠我们自己想办法。我最近考虑如何争取全国一些大企业的资助，采取建希望小学的模式。"

　　秋雁立刻反对把希望寄托在别人的施舍上。他说，"咱们渔岛有三百多户，现在每户的经济状况已有了根本性的好转，每户每年拿出一部分。村委会在全年收入中提出一部分，再加上国家批款，三者加起来我看差不多。先把学校和医院的必须设备购置齐，开业后就有收入，再逐年完善。依靠自己的力量把事情办好才能长久，如果靠别人捐款或施舍只能是短命的。学校和医院还是要全体渔岛人民来办，不能让私人去办，让私人投资去办必定把它办成了企业。企业的根本目的是利润。学校和医院的目的绝对不是利润，而是人本主义和人道主义。我希望你和村委会干部在这个问题上一定从渔岛永远的美好和幸福的根本利益着眼计划这两个项目的建设。"

　　秋雁的话让白鹤的心灵一震，自己一直考虑的只是村里有没有钱，时时刻刻都在为建学校、医院着急，千方百计想找有钱的老板来投资，还幻想着某一位慈善家捐献一笔巨款，帮岛上建起学校和医院。这种想法和思维拿秋雁的观念来看是一种多么软弱无能的表现。是的，一定要用自己的双手去创造一切。秋雁又一次地提醒了自己，要马上调整自己的思路。

他们边走边谈，不一会儿到了分手的时候。白鹤主动吻了秋雁一下，匆匆回家了。

第十八章　另类招聘

生态园的工程进度很快。叶雪楣对自己的作品很满意，她在主题雕塑天鹅音乐喷泉前欣赏那优美的《春江花月夜》乐曲。

陆续有不少的村民围拢来参观。

人们三三两两地由天鹅雕塑景观处走向候鸟乐园，走向桃花源，走向爱莲池，走向鄱阳湖鱼类馆，走向鄱阳湖植被生态园……参观的人们常常发出"真好看呀！"的赞叹声。

叶雪楣取出自己的照相机，不断地拍摄着人们在各景点参观的场景。

她回到秋雁家中，把照相机中的照片通过电脑发给深圳的爸爸。她在邮箱里写上："老爸，这就是您女儿即将完成的一幅伟大作品，美吧？"

秋雁回来，她又将这些照片一张一张地翻给她看，问："怎么样？"

秋雁："杰作！"

叶雪楣用手指调皮地刮了他一下鼻子："马屁精！"

"叶总，生态园的工程马上要竣工了。招聘管理人员您怎么打算？"

"公开招聘。"

“条件呢？”

“我没有细想，但是这么几个条件是必须的。第一，文化程度要大学毕业；第二英语六级，电脑熟练；第三身体健康，形象好；第四敬业、爱岗。你看呢？”

“恐怕条件要求太高了吧。按你这个条件，那么这个岛上没有几个人符合条件。”

“在网上向全国招聘，本地没有符合条件的就不招收嘛。”

“恐怕不好吧，依我的意见应该以本村为主。有些特殊工种可以对外招，如导游、候鸟的疾病预防治疗。做外宾的导游需要会讲英语的。其他一般园林管理工作只要岛上的村民就行了。”

“我看你这个人是在农村待长了时间，思想跟不上形势！像这样高品位的生态园一般化的管理是不行的，要用现代化的管理技术，将来还要由电脑来管理。没文化的村民能行？”

“你的观念是对的。但这座生态园不是在发达国家，也不是在发达的城市，而是在农村。要考虑到农村的现状和实际，才能充分发挥它的功能，才能创造更高的效益。”

“什么实际？”叶雪楣不懂秋雁的意思。

“你占用了村民上百亩土地，使他们失去了生产对象。我指的实际上就是这个。”

“我补偿了他们。”

“补偿对他们来说是暂时的，他们需要长期的生存条件。这一部分村民等于失业了，我们要考虑他们再就业的问题。”

“再就业的问题应该由主任他们去考虑，不是我的责任。”

“这不是个责任问题，这是一个社会学的问题。”

“这我就不懂了，这跟社会学有什么关系呢？”

“你是博士生，应该比我更懂。”

“你这个本科生比我这个博士生博学才多，你不要老开涮

161

我，坏蛋！"

秋雁说，"这块土地对岛上的村民来说是有感情的，如果你聘请他们依然在这块土地上干活儿，在他们的心理上是一种平衡或者说叫满足。他们尽管是帮你打工，但在他们的意识中依然是在为自己干活儿。对工作比外地人认真，对这里的一草一木更比外地人爱护。这就达成了一种和谐的生产状态。反过来，如果你不要他们来这里工作，都请外地人，那么他们的心理就不平衡了，就会产生一种排斥情绪，最后演化成社会问题。"

"你真是个社会学家，把问题分析得这么透彻。但是他们的文化程度那么低，我把他们招进来能干什么活呀？"

"我们可以采取培训班的办法，不断提高他们的文化水平和工作能力。"

"你负责培训他们。反正要达到我的条件才能上岗，我上千万元的项目不是为了解决村民的就业问题。"

生态园的大门口贴出了"招聘启事"的公告。

公告前挤满了观看的人群。人们看后议论开了：

"条件太高了，是诚心不要我们泥腿子来做工！"

"人家城里人有这样好的条件，谁也不会到农村来工作。"

"不一定。叶总工资开得这么高，有人来。现在在城市打工不就千把来块钱嘛。"

"不见得。大学生毕业都往城里跑，有几个愿意下乡的？"

其实，招聘启事在网上一发布，陆续就有很多外地青年来天鹅岛报名应试。

考官叶总和秋雁忙着接待应聘者。

可叶总没有想到，就在她面试外来应聘人员的时候，上百名外出打工的本村青年几乎都闻讯赶来，他们围着临时考场起哄：

"不要外地人！"

"叶总，你在我们这里建公园，首先要照顾当地人。"

"不让我们进园工作，就别想在岛上办公园！"

叶雪楣从来没见过这场面，她吓得不知所措。

秋雁立即制止那些乱喊乱叫的人："你们喊什么喊？你们哪一个在外地打工不要考试应聘？一点文明都不讲，丢人！"

这时，白鹤赶来了。她对起哄的人说，"叶总在这里帮助咱们搞建设，你们在这里起哄，这像话吗？你们懂不懂得尊重人家，有没有感恩的心？亏你们还在外面见了世面，太丢人了！走，全部跟我到村部去，有什么想法跟我说！"

她转身对叶雪楣和秋雁说："叶总、秋雁，你们也一道去。咱们临时召开一个招聘会。"

人群跟着白鹤向村部走去。

村委会干部已经把会场设在村部门前的空场子上。白鹤把叶总请到主席位坐下，接着她对着场子上所有回村的在外务工青年说："我现在向你们介绍一下叶总，我们的叶总是一位爱国华侨青年，是一位文化层次很高的优秀女企业家。她投资一千多万元在咱们这里建设了一座高品位的生态公园,让咱们的渔岛更加美丽。我想你们每一个人都参观了。毫不夸张地说，这座生态园在全世界都算得上第一流的。这是咱们渔岛的荣耀，它将给咱们岛带来巨大的财富。"

白鹤说到这里，下面响起了热烈的掌声。

叶总感激地从座位上站起来，对面刚才起哄的人群也鼓起掌来。

白鹤继续说："你们自己说说，管理这样一座公园的工人没有文化，没有现代科技技能行吗？你们长年在外打工很辛苦，一年下来赚不到什么钱，现在回来了，我很高兴，希望你们回来和大伙儿共同建设自己家的家乡。你们也都是有一定文化的人，至少读了初中。要想到生态园工作，先参加培训学习后应聘，符合条件的才能上岗。我会跟叶总商量，优先考虑你们。咱们也不能排斥外地人，有的高科技岗位你们不能胜任，还是要招聘别人。培训学习时间从明天就开始，由秋雁负责。大家说行不行？"

下面齐声回答："行！"

会后，秋雁悄悄凑近白鹤："小鹤，你真是个当领导的料。上百号人在叶总那里起哄，处理不当，后果不堪设想。"

"没有那么严重吧，他们只是想到生态园来工作，不会对叶总怎么样。"

"叶总从来没有见过这样的场面，她会被吓跑的。我真担心又出现上次那样的情形。万一她又跑了，麻烦就大了。你一来就稳住了叶总的情绪，又替上百人解决了回乡就业的机会。"

"你要提醒叶总，今后这些人进了园工作，每年都要培训，特别要加强文化知识的教育。秋雁，我越来越感到咱们渔岛落后就落后在文化教育上，我的梦想就是咱们这个渔岛上的青年人个个都读上大学。只有文化发达了，经济才能发达。你看，叶总有这么高的文化，所以她才能创造出这么高层次高品位的产业来。怪不得你一天到晚都吊在她的屁股后面！"

"看，看，你又在说怪话！我怎么是吊在她屁股后面，这是工作嘛，我成天跟着你行吗？"

"我没那福气。"

"又说鬼话。"

"这个项目完工了，叶总回深圳吧？"白鹤问。

"可能要回去，深圳总公司还要她去打理。她不可能待在这里。"

"你呢？"

"不想去深圳，就留在这里。天天跟在你屁股后面转悠转悠。"

"是你的真心话？"

"你这个人哪，老是不相信人，没劲？"

"不是不相信别人，是不相信你！我看姓叶的抓你抓得很紧，我担心。"

"有啥担心，她吃了我不成？"

"那还真说不定。她的条件比我太优越了，对男人她太有诱惑力了。我担心你立场不坚定。"

"别胡思乱想！"

叶总把回岛应聘的一百多人分成三个组，先分别送到深圳、海南岛、苏州三地参观实习。回来之后集中培训学习两个月。她请来了园艺专家、旅游学校老师、电脑学校老师以及市文博专家给他们讲课。她本人和秋雁也担任了培训班老师。学员的学习很认真，这两个多月的生活对他们来说终生难忘。大家最大的收获是懂得了人活着不是为了赚钱过生活，而是要创新世界创新生活，让天下人民都过上幸福生活。

经过学习和培训，这一百多名回岛青年基本合格，都穿上了整齐的工作服走上了各自的工作岗位。在不到一个月的工作时间里，他们接待了来自各地的游客一万多人。叶总对他们的工作很满意，他们第一个月领到了比在外地打工所拿到的工资多出五六百元的薪水，这让他们感到了家乡如今比外面的世界更精彩。

在回家的路上，叶总告诉秋雁："刚才接到我爸的电话，要我马上回去，公司有事要我去处理。你明天跟不跟我一道回去？"

"公园刚开业，你我都走了行吗？我留下来，你先回去。"

"也好，我回去后公司再派一名管理层的人来负责生态园的全面工作。你随后就赶回去，马来西亚的项目签下来了，爸爸要我们两个人都去搞那个项目。"

"马来西亚那个项目不大，用不了咱们俩都去，你一个人足够了。我想再在这里考察一个项目，你来做。这里的开发前景很好，大有前途。"

"你还想做个什么项目？"叶总问，

"咱们这个湖心岛的气候是地球上为数不多的宜人之地，如果在这里搞一个湿地植被的科研项目会有重大价值。当然这个科研项目需要得到国家的支持。"秋雁说。

"这样的项目恐怕像我们这样的公司做不了，因为它主要是专业科研人员，我们公司哪来的这方面人才？再说，我爸的公司也不涉及这方面的业务。"

"啊？这是个多么有意义的项目！叶总，您是个有知识的青年，处在当前这个时代我们应该做些什么，或者说为人类做些什么，不知您想过这个问题没有？"

"我最想做的是我的专业，我不管赚不赚钱，我只想能实现我的梦想。这座庄园也可以说是我向梦想迈出的第一步，我更想在世界很多的地方建造很多很多美丽的园林，让世界上很多人能欣赏我的作品。"叶雪楣天真地说着。

"你还是个中学生啊。"秋雁发现叶总并没有理解自己的意思。

"你怎么说我还是个中学生呢？"

"我指的中学时代是每一个人最幻想的时代，你已经从大学时代走向了社会生活，还那么充满着个人的幻想，也挺可爱的。"

"那不是理想吗？我的脑子里就是这么想的呀！"

"当然是你的理想，如果你的理想能实现无疑对人类是个贡献。你没有想过你能实现吗？凭你家族的经济实力，你可以做两三个甚至十个这样的园林。这也只能说你是在做你的事业，或者说是在做你的专业。我的意思是我们这一代的知识青年应为社会做点什么。为人类做点什么？比如说，我是学环境专业的，由于世界近两

166

百年来人类为了生存为了发展，对地球生态、地球资源进行了疯狂的掠夺和破坏，长此下去，人类将如何生存下来。我常常在思考这样一个问题，我们最迫切的任务是保护地球，保护地球自然生态，保护地球资源。难题是保护自然和人类要发展之间巨大的矛盾。如何解决这个矛盾，这应当是当前最重要研究课题。我所设想的湿地植被研究所就是为了这个重要课题进行的尝试。"

"哦，你是胸怀天下。我没有你那么伟大的抱负。也许我是在外国长大的缘故，我受的教育与你在中国受的教育不同，外国青年比较注重自我。但我的祖籍是中国，所以对你的思想和品德我是很钦佩的。"

"这就是东西方文化的差异。对于全人类来说，它们又是组成人类社会精神生活的一个同一体。所以不管是西方文化还是东方文化都是人类进化的产物，只是由于生存的客观条件的不同带来了差异。但是生存是一个共同的目标。全世界各国、各地区、各种族的人类都要为了这么一个共同的目标而奋斗"

秋雁发现自己有点像在说教，马上打住了自己的话题。"哎呀，扯远了。到家了，你早点休息，吃了晚饭我还要去护鸟队看看。"

叶雪楣说："你早去早回，我明天早晨就要走了，你要送我。"

"好，我一会儿就回。"秋雁说着朝湖边的小路走去。叶雪楣明天就要走了，几个月来他俩在一起工作一起生活，他感到她虽然出生在富豪之家，但她身上有太多别的女孩所不具有的东西。工作十分认真，做每一件事都追求完美，浑身散发着一种天然的纯真，充满着幻想。如果不是白鹤自幼在他心中播种了阳光，他肯定将叶雪楣选定为自己的终身伴侣。这两个优秀的女人交错地在脑海中浮现，有时他内心不免感到十分痛苦。

秋雁顺着湖堤朝前走去，他看着渔岛上的新村在黄昏的夕阳下显得那么美丽，渐渐地灯光如满天的星星闪亮起来，内心充满着对白鹤的感激之情。

渔村的变化，渔民们的新生活，就在白鹤回乡工作仅仅两年之内如梦幻般地实现了。这种变化古岛等了几千年啊！

月亮升起来了，月光洒在大地上，洒在湖面上，湖水泛着粼粼银波。他回忆起儿时与夏鹭、白鹤、春鹅、小悠然、胡勇等伙伴在湖滩戏耍的情景，那是多美的一幅图画呀。他停下了脚步，坐了下来，干脆倒下去仰卧在湖堤的草地上，两眼紧紧地盯着夜空中的星星……。

不知过了多久，小悠然的巡逻船过来了。他看见堤上躺了一个人，走近一看，是秋雁，"秋雁，你怎么一个人躺在这里？"

秋雁马上坐起来，说："悠悠，我可能过几天就要回深圳了，这些天忙工程，一直没有跟你在一起聊聊天，今晚想来找你。"

"走，跟我上船去。你这位大忙人，很想跟你在一块儿玩玩，都有得机会。今夜跟我巡湖去。"

"好！"秋雁跟着小悠然跳上了船。

小悠然对二牛说："二牛，你划船。秋雁来了，我跟他喝两盅。"

二牛从船舱应声而出。

"二牛！"秋雁上前跟他击了一下手掌。二牛说："秋雁，好好跟悠悠喝几盅，他总是有得对手。"

小悠然把一个小方凳搬到渔船的尾部，在一个竹筒里倒出一盘子小毛花鱼，又拿来一瓶酒满满斟了两杯。

"悠悠哪，我自上大学后到现在八九年来都有得机会和小伙伴们在一起享受这么快乐的时光。来，我敬你！"

"不，不。你是干大事业的，有文化有出息，为咱们渔岛争了光，我先敬你。"小悠然脖子一仰一口干了。

秋雁也把自己的酒干了，夹起一条毛花鱼边有滋有味地吃起来，边说："悠悠，别看我在人家大公司做白领，拿的工资比你们多，但是生活过得并不比你们快活。你真是神仙呀，吃的是湖里的鱼，喝的是湖里的水，吸的是湖岛的干净空气，日夜与候鸟为伴，自由自在，优哉乐哉，真叫人羡慕啰。来，喝！"

"秋雁，你说得不假。像我这么一个土生土长的渔家崽俚，也没什么文化，长年厮守着这块土地，习惯了。说真的，你就给我再高的薪水叫我外出打工，我还真不愿去呢。啥地方也没咱这个渔岛好。我看惯了这里的鱼儿在湖中游，听惯了这里的鸟儿在天空唱歌。爹妈骂我冇有出息，我自家说自家不见得比别人冇有出息。我保护着候鸟，跟偷鸟贼打斗，我开心，过瘾！来，喝。"小悠然端起酒盅咕噜喝了一大口，又夹了几只小毛花鱼吧喳吧喳地吃起来。

"悠悠哪，咱们这个渔岛比世界上任何岛屿都美，美就美在这一湖清水和湖滩上的候鸟。你领导的护鸟队保护着候鸟，你的贡献大呀！来，让我敬你一杯！"

小悠然和秋雁不知不觉都喝醉了，二人仰躺在船板上。

二牛轻轻摇摆着船桨，小木船在平静的湖面上悠悠地荡漾着。

渔岛静静地进入了梦乡。

第十九章　古宅博览

当夏鹭率领工程队进驻天鹅岛兴建度假村时，白鹤得到一个消息：鄱阳湖南岸的一些常年低洼地区正在搞移民建镇。他们把原来的村落拆掉转移到地势较高的地方重建，建成集镇式的农民新村。

她马上找到夏鹭商量，被拆除的那些老房子绝大多数都是典型的明清时代吴楚风格的古建筑，如果把这些老房子整体买过来，以修旧如旧的原则搬到度假村来重建，岂不是比你们仿古建筑更有价值吗？

夏鹭听后眼睛一亮，这真是个绝好的想法。他是建筑专业毕业的，尽管在广州搞的是现代建筑设计，但他始终觉得现在全国房地产业的迅猛发展毁掉了多少中国优秀甚至十分宝贵的古代建筑。如果按白鹤的思路把那些古民居保留下来，那确实是对中国建筑文化的一大贡献。他当即决定带几名助手到沿湖一些地区去考察一下，看看那些古民居的现状。

经过十多天的走访察看，夏鹭选中了五十栋比较完好的古民宅，都拍了照片。然后他急急赶回广州向李老板汇报了白鹤和他本人的想法。

李老板要他计算一下迁建旧民宅和原先的计划之间差额。夏鹭估算后，报告给董事长，迁建旧民宅比原计划投资的经费要节约三分之一左右接近一个多亿的资金。但李老板考虑的是那些旧民宅搬到天鹅岛恢复后的经济效益。这是需要论证的，夏鹭从来没有做过这样的论证。但是他只觉得那么多有价值的旧民宅农民把它当作无用的废物给拆除掉太可惜了！拆下来的旧砖、旧瓦大部分在拆迁过程中被弄碎，只有少数的被用来砌猪栏、牛栏或者脚屋。拆下来的木料、木板、木橼子、模梁、窗格、窗楣门楣、木立柱大都被当作柴烧掉了，稍微好一点的也只能把它们锯后用到牛栏、猪栏上去了。恰恰是这些上百年的木料上，先人雕刻了十分生动的人物、花鸟图案。这种砖木结构的旧民宅承载着中国优秀的传统文化，这种建筑文化随着大面积的移民建镇，很快就会在中国的农村土地上消亡，这真是中华文化的一场劫难啊！如自己能够在家乡的土地上恢复搬迁五十栋这样的建筑，也算是为保护这种文化尽了一点微薄的力量。

李董事长却顾虑花一个多亿将那些破房子搬到度假村能不能吸引游客，能不能做成一个景点，房屋本身的价值是多少？夏鹭组织了几次论证会，大家的意见并不统一。有的认为了农民的旧宅太破旧了，按原形态搬迁恢复一是难度大，二是没有多大的实用和观赏价值；有的则认为即使原形态搬迁复建成功，不一定有游人去参观，产生不了经济效益；还有的人认为固定资产的价值太小，投资过大，划不来。

夏鹭提出，搬迁复建完全保持原屋内外形态是不现实的，也是不可能的。主要是保留主体文化形态和建筑风格，最主要的是保存珍贵的文物，百年砖瓦、百年木雕、百年的建造艺术，这些都是珍贵的文物，把它们完好地保存下来。使它们重新焕发出一二百年前的精神风貌和文化光彩。重点是修复。如果修复得好，我相信不但有观赏价值同时也有使用价值，至于它的固定资产价值，随着中国农村这样的房子越来越少，随着时间的推移，它的价值一定会越来越高，甚至不可以用金钱来估量。

会后，夏鹭如实把大家的意见报告了董事长，最后他强调了自己的观点。如果董事长把眼光放远一点，您只是花了一个多亿在中国最美的地方建创了一座中国古民居博物馆，功德无量！

夏鹭的这句话把李嘉林的兴趣吊起来了。"中国古民居博物馆，这个概念很好！夏工，你真是个有文化的人啊，你马上着手组织搞个设计方案给我。但是，度假村项目不能放弃，你去跟白主任商量，在天鹅岛我先做旧民居项目，做完了这个项目再做度假村项目。希望白主任能再划一块地皮给我。"

"再要一块地皮？不知道行不行，上次白主任特别强调我们要的那块度假村地皮是第一次也是最后一次。"夏鹭提醒董事长。

"那怎么办呢？你去试试看吧。"李嘉林当然想在那座宝贵的湖岛上多弄点地皮，那就是黄金呀，将来花再多的钱也买不到一寸土地。

"好吧，我回去一趟。"夏鹭心中很高兴。董事长终于同意旧民宅这个项目，等于抢救了即将被毁掉的一批珍贵文物。

夏鹭急急赶回岛上，告诉白鹤他的公司决定开发搬迁恢复鄱阳湖地域古民居项目，提出希望村委会在适当的地方再划一两亩地皮做这个项目。

白鹤一听说增加划拨土地的事，很明确地告诉夏鹭这是绝对不可能的。她提出一个方案：把古民居博览村（她建议将博物馆改为博览村更为准确些）和度假村就建在一起，度假村别墅少建二三十栋让出一二十亩的土地出来。

夏鹭认为这样也有好处，两个景点放在一起更便于游客参观，也便于管理。他和白鹤说了一些项目细节上的事，又匆匆赶回广州。

李老板听夏鹭说白主任在增加地皮的问题上没有一点余地，也只好重新调整度假村原来的设计方案。经董事会讨论，最后确定度假村别墅减少二十栋，让出二十亩土地兴建"中国鄱阳湖古民宅博览村"，完全接受了白鹤的建议。李老板要夏鹭先建博览村，再建度假村。

夏鹭回到天鹅岛把公司的决定告诉了白鹤，白鹤根据夏鹭的要求，在村子里抽了十二个男劳力协助他去湖滨农村去购买旧民宅。

夏鹭带着民工第一站来到梅家滩村，这个村是水淹村，每当湖水一高过警戒线，这个村就被水淹掉。所以县防洪指挥部决定今年汛期前将这个村子拆迁，搬到地势较高的梅岭重建，每户由国家补贴一万五千元搬迁费。

梅家滩是个古老的村庄，全村有六十余户，大部分民宅比较破旧，上次夏鹭来查看的时候发现有十来户的房屋墙基由第四期冰川石砌成的，墙体青砖的规格比现在生产的机砖大，典型的清中期或清末期产品。屋内的木柱、木廊门、槅门、堂厅、梯梁、窗扇、窗格斗雕刻着十分精致生动的花草鱼鸟、八仙过海、三国人物、水浒人物等图案。在这个村子里购买农民旧民宅时，农民只开出了每栋房子两三万元的价格。夏鹭很吃惊，这样的房子至少可以买到十几二十万一栋，可惜农民并不知道它们的价值，把它们当作废料卖掉。他在工程预算中列出了二三十万一栋，没想到差距太大了。当着公司人员的面他故意避开价格，故意转移话题，背地里他悄悄对主任说，你们开出的价格太低，可以提高两到三倍，不能让农民吃亏。

第二天由主任主持的协商会上，主任代表出提出每栋五到八万元的价格。公司的人感到奇怪，昨天夏鹭在问农民时，农民亲口说的卖个两三万元钱算是捡来的便宜。怎么今天主任却说出这么高的价格？

主任解释说，"乡里的领导交代了，农民自己不清楚旧房子的价值，县文管部门不让卖，说那都是古董。村里考虑到农民建新房钱不够，才让他们卖掉。你们不买拉倒，江苏、福建常常有专收购老民房的人来找这些东西，留下来说不定还能卖个好价钱。"主任的这些话其实是夏鹭昨天跟他讲的。他今天变成自己的东西，为村民多要两个钱。这主任年轻、聪明。

主任这么一说，公司其他人也不好再还价了，他们都知道这些房子远不止这个价格。双方谈妥，一手付钱一手交房。没三天工夫，这十栋古民宅一砖一瓦一木一料全都拉到了天鹅岛。技术人员指挥砖木工匠开始投入修复重建的施工中去。

第二天，主任来到了天鹅岛，找到夏鹭送给他五万元钱，说是卖旧房的农户十分感谢他。多卖了那么多的钱，做梦都没有想到，十户人家一家给了他五千元的回扣，表示谢意。

夏鹭吓了一跳，说自己绝不是想得个回扣，他也是农村长大的，同情农民兄弟没有文化，不晓得自己财产的价值，不忍心让他们亏得太多，才那样做。这钱请主任拿回去退给他们。

主任说如果你不收，就是看不起咱们这些农民，像你这样的老板天下难找，说什么也要领农民这个情。他把钱丢下就走了。

夏鹭明白如果他私下收了这五万块钱的回扣，让李董事长发现了可就不是一件小事了，炒鱿鱼是肯定的，还坏了自己的名声。他想来想去，只有去找白鹤商量。

白鹤的意见一是退给农户；二是交给李董事长。夏鹭说交给李董事长肯定不行，他会怀疑这里面有名堂。退回去，农户又坚决不肯。干脆这个钱交给你，由你们村委会去处理。

"你就把它交给财会，暂时放在村里，等我有空时还是帮你退给梅家滩去。"白鹤说。

夏鹭把五万块钱交到村委会财务部之后不久，同他一起来的同事向李嘉林董事长揭发了他买旧民宅吃回扣的事。

李董事长并没有马上发作，他只是专门在公司派了个亲信来管夏鹭工地的账。他是怕现在处理夏鹭会影响工程，等工程完工后再作理论。

夏鹭并不知道公司有人告状的事，他继续收购旧民宅。由于梅家滩的破房子卖到了那么高的价钱。周边的搬迁农民纷纷找上门来要卖自己的旧房子。但价值并没有比梅家滩村的低，因为主任在大会上有交代，不要作践自己。

花了两个月的时间，五十栋古民宅全部运到了天鹅岛博览村工地。五十栋左右古民房总共只花了五百多万元，比原计划的少了一半多。尽管替公司节约了几百万元，但夏鹭的心中并不舒服，他很清楚古民宅的价值，这让农民吃了大亏。而农民吃亏就是吃在没有文化，这样的亏还不知道他们吃了多少。那个地方离景德镇很近，历史上有很多人在景德镇瓷厂里做过工，每家每户或多或少都留下了一些古瓷器。听说近几年各地的文物贩子经常来这里收买古瓷，用极低的价格在农民家中买走了很珍贵的古瓷，有的青花釉红鲤鱼瓷盘精美绝伦，有的粉彩四耳瓶国家博物馆都十分稀少。文物贩子几百元千把元就买走了。十分可惜！

为了赶速度，李嘉林在广州总部又调来一批技术人员和砖木工匠。博览村工程的进度很快，三个月就完成了整个主体工程任务，室内装饰和室外绿化的工程队也开进来了。夏鹭除了指挥外还每一个细节每一个细节地检查验收。内装饰和室外绿化花了两个半月的时间，冬月初"中国天鹅岛古民宅博览村"大功告成。

李嘉林花巨资在全国各大报纸电台刊登了广告。竣工的那天，李嘉林董事长率公司领导，邀请了省、市、县各级领导来到博览村举行落成典礼大会。

这一天，各地有十多个旅行团来天鹅岛参观并参加了大会，电视台记者进行了宣传报道。大会后上万人被邀参观了五十栋古民宅，大家赞叹不已。

晚上，白鹤代表村委会设鱼宴招待了李董事长等客人。饭后，李董事长找夏鹭个别谈话。"夏工呀，这几个月来您辛苦了，本来我应该亲自来工地过问过问，您知道由于香港那边有事非要我去处理才没来。不过，我是完全信赖您的，您在公司已经有了两年多了，上上下下都信得过您。您把这个项目做得这么好，我非常高兴，也非常感谢您。"

李老板从来没有当面这么赞扬过员工的，夏鹭听起来反倒有点不舒服。说心里话，他在这个项目是特别用心特别投入，因为有一个家乡情结在里面，做这个项目不仅是为老板做跟，更重要的是为自己的家乡做。他说，"感谢董事长的信任和厚爱，做好工作是我的责任，也是每一位员工的本分。做得不好的地方希望董事长多批评。"

李老板点燃了一支烟。夏鹭不抽烟他也就没有给他烟。抽了一口，然后慢慢从口袋里摸出了一张纸，说："夏工，有一件小事，你不要介意，更不要放在心上，您先看看吧。"

夏鹭接过纸条一看，顿时脸色都变了。原来是一封揭发信，揭发他吃农民回扣的事。

夏鹭看后并没有及时还给李老板。李嘉林从他手上拿过来，取出打火机将它烧掉了。李老板是故意当面做给夏鹭看的。李老板这一手很高明，一是警告夏鹭不要瞒着他做什么损公司利己的事；二是你是受过高等教育的人，背后干这样的事怎么向我解释，我李某对你那么信任那么重用，你却吃里爬外，你也太对不住我吧！

夏鹭没有思考那么多，他只好如实说："董事长，这个事情我没有主动向您汇报，我对不起您，应该向您道歉。我当时的想法是这样的，我带公司的人去那里收购农民旧民房，我问他们价格，农户说一栋房子两三万元。我一听觉得价格太低了，不要说跟公司原来预算的收购价格比，就是跟单买房屋古木雕的出让价比也很低了。因为农民不懂得古文物的价值，他们只当作废料卖。我考虑到这些农户生活贫困，占他们的便宜我们的良心过不去。于是我向主任提示了一下，说他们的旧房子可以卖到比他们自己开的价格多一两倍的钱。实际上开出的这个价格还是比较低，主要是考虑到公司的利益.没想到他们拿到我们的钱后非常感激我，每户给我五千元的回扣一共五万元。这钱我无论如何不能拿，当即拒绝了，但他们的主任坚决不肯带回去，强行丢了下来。我把这五万块钱交给了天鹅岛村委会财务部去了，让他们暂时保管一下。打算等工程完工后我和白主任再去那里退给每家每户。这件事您可以去村委会调查一下。我绝没有想从中自己捞一把的思想，如果为了自己从中贪污一笔钱而不顾公司的经济利益，那我的品行太低劣了，白念了这么多年的书。"

揭发信并没有说夏鹭拿了五万元回扣的内容，只是说他抬高了收购价格，怀疑他拿了回扣。否则卖主自己先说两三万元怎么后来却花了五万八万一栋呢？夏鹭却原原本本地在董事长面前承认了那五万元的事。

李老板当然知道这些古民房的价值，何况修复后的样子更让他觉得自己捡了大便宜。但是作为他手下的一位员工，却主动抬高收购价格总是一件不利于公司的事，这种做法是拿老板的钱去讨好别人。这样的行为李老板自然是很恼火的。如果拿老板的钱做了人情，自己还从中拿回扣，这样的人李老板更是不能容忍。摆在面前的是夏鹭自己讲抬高价格是怕农民吃亏，五万元钱的回扣交给了村委会准备退给农民。无论怎么说，都是损害了公司的利益。你同情农民，起码也只能跟我说呀，怎么能站在卖方的立场上干这种事呢？今后叫我怎么信任你呢？夏鹭的解释不足以让李老板信服。但是，李老板不想炒夏鹭的鱿鱼，从业务能力、工作态度方面看，目前找个人替代他还真不容易。今天把这个事挑明，目的是想警告夏鹭一下，希望他今后再也不要背着老板干什么事。

李嘉林说，"夏工，这件事已经过去了，你也不要有啥思想包袱，我也绝不会对其他人讲。那五万元你和村委会退还给农民算了。"

夏鹭觉得很对不起董事长。没想到董事长如此大度，如此胸怀。他只觉得自己小肚鸡肠，当初如果把自己同情农民的真实想法告诉了董事长，也许董事长会同意提高古民宅的收购价格。他很后悔自己这件事办得很糟糕，在董事长面前和在公司内部造成了很坏的影响。

第二十章　鄱湖渔鼓

　　白鹤看到岛上已经发生了翻天覆地的变化，心中自然十分高兴。生态园、博览村、大酒店、渔民新村一个个项目如期建成。她感激秋雁的指导，感激夏鹭的支持，感激春鹅的付出，更感激全岛村民的齐心努力。岛上大多数渔民已经脱贫，但还有少数人仍然在贫困线上，特别是劳力少、身体不好的村民日子过得紧巴巴的。这让她心中老是不好受。

　　这天，她来到罗树坊村。走进了罗爷的家。罗爷与老伴儿都是上了年岁的人，老伴长年不出门，眼睛视力不好。二老一生只养育了一个女儿，女儿又嫁到湖对岸的柳家村去了，不能经常来照顾自己的父母。

　　白鹤小时候常看到罗爷串村走户唱渔歌、打渔鼓，讨口百家饭吃。罗爷唱得真好听，白鹤一直记在心头。

　　"罗爷，您在修鼓？"罗爷正向渔鼓上抹一层亮亮的油漆。

　　"哦，主任来了！"罗爷抬起头，随手抓了一只板凳让白鹤坐。

　　"奶奶呢？"白鹤在堂屋没看见罗奶奶，便问。

　　她让女儿接过湖去了，住两天就回来。罗爷替白鹤倒了一杯开水。

　　"罗爷，您的渔歌唱得真好，好久没听您唱了。"

"鼓旧了，我出出新。主任，我有个想法，生态园每天有不少的人去参观，我想村里让我天天在那里去演唱，搞两个收益，行啵？"

"怎不行，这是好事呀。"白鹤想了想，又说："罗爷，上次县里来人要了您的材料去，向市里报您的鄱阳湖渔鼓传统曲目非遗传承人。据说已经批下来了，文件马上下到村里。我有个想法，您不要再像从前一样一个人唱，靠人家丢点赏钱。村里替你组建一支文艺演唱队。您做老师，教她们，培养一支专唱渔歌的队伍，每天在生态园大舞台演出，演给游客看，免费给大家观赏，您和文艺队员的工资由村里的集团公司发，这样行啵？"

"当然行，有这样的好事，我罗江真正地翻身了。"罗爷叫罗江，一时兴奋起来。

"说定了，这件事我回去叫春鹅具体去操办。"白鹤起身告辞。

白鹤在村委会上把组建"鄱阳渔鼓"演唱队的想法征求大家的意见，大伙都说这是渔岛的特产，流传了几百年，土得掉渣，让城市里开开眼界也好，举手同意了。白鹤指定春鹅负责这项工作，正好她是学文艺专业出身的，内行。

春鹅把村里几位长得漂亮的妹子找来了，秋月、小菊、茶花、水秀，还有四位男孩子，组建了一支文艺演出队，请罗爷每天教他们。

春鹅正在去村部的路上，接到老同学的父亲云江市作家协会主席兰岭的电话。

"春鹅吗，我是……听说你回乡做起了大事业，把家乡建设得很不错，……是呀，是呀，……我这不正要说这件事么，最近有个作家采风团到庐山来，我想顺便带他们去你们那里看看鄱阳湖的风光，就这个意思……好，好，就这么定，不见不散！"

春鹅到村部将兰主席的电话内容向白鹤做了汇报。白鹤马上说:"这可是个好机会,中国大陆和港台二十多位著名作家的分量很重,他们手头的笔杆子很厉害,让他们把我们岛向海内外做个宣传,这真是个不花钱的广告。春鹅,你通知各部门做好接待工作。"

白鹤的脑子就是不一般,免费的广告这个词用得的妙,她把作家看成她的广告宣传员了。

作家采风团在庐山参观后,兰主席就带领他们来到了天鹅岛。作家踏上渔岛的土地就感到了一种湿地生态自然公园的气息,花的鲜艳,树木的茂盛,空气的洁净,湖水的碧绿,天空的蔚蓝,让他们如入仙境。

白鹤亲自陪同作家们漫步在渔岛的小路上,边参观边向他们讲述着这里的古时与现在,讲述着这里的风土与人情,讲述着这里的未来。作家们静静地听着,生怕漏掉她口里发出来的每一个字,每一句话,每一个生动的故事。他们对这位年轻、气度不凡的女主任赞叹不已。

晚餐,村委会在天鹅大酒店设鱼宴招待客人。餐后,春鹅邀请作家们去生态园大舞台观看《鄱湖渔鼓》曲艺节目。

幕布徐徐拉开,舞台上九位男女演员全部渔民打扮,罗爷坐在中间,四男四女分站在两边,他们胸前挂了一只特别的渔鼓(即鱼皮做的鼓)。

随着乐曲声起,演员们轻轻拨弄着渔鼓,一阵清脆悠扬的鼓声如春雨般由远至近,由小到大,由缓而急,频频送入听众的耳膜中。是那样打动心弦,那样浸润心肺。真是此曲只应天上有,人间难得几回闻。

一曲终了,八位青年男女演员退场。罗爷仍然坐着不动,犹如一尊古老的雕像,饱经风雨的脸上一道道波浪式的刻纹微微地抖动着。只见他突然双手敲打着渔鼓，渔鼓发出一阵急骤的雨点声，声音激昂，划破了整个夜空，在空中久久回响。然后猛地停了下来，整个场子一片寂静，这时他才亮起来嗓子唱起了渔歌：

我家生了个渔家女，
年方二八十六春。
走起路来鹤跳舞啊，
谈起话来雁唱歌，
身材长得似白鹭呀，
两只眼睛迷死人。
东村的崽俚偷偷看啰，
西村的崽俚猫抓心，
渔村的小伙子个个想哪，
梦中却想搂一下小美人。
不是小女子眼光高，
也不是小女子瞧不起人，
只因为她看中了渔家崽呀。
渔家崽俚一身功夫惹人爱，
渔网撒得像鸟展翅啊，
船儿划得像龙摆尾，
清早下湖捕鱼去，
傍晚回来满船归，
皮肤晒得黑咚咚，
身体壮得牛牯牯，
岛上的姑娘谁不爱，
他偏偏看上了渔家女……

罗爷的说唱婉转而又悠长，一字一顿，回味无穷，还夹杂着朴实的幽默之感。

作家们听得如醉如痴。

罗爷慢慢起身向观众深深地鞠了一个躬，移步退场了。顿时观众席响起雷鸣般的掌声和呼叫声。

接着八名男女演员上台表演《撒网》节目，节目完后正准备退场时，突然被台下一个声音喊住了：

"请等一下！"喊话的是作家采风团里的台湾作家林先生。

只见林先生带着三位来自台湾的同行走上舞台。他面对观众说：

"各位女士，各位先生！你们这里的渔鼓曲目是我跑遍世界都没有看到过的最好的节目。大陆和台湾宝岛本是一家人。让我们台湾来的几位作家跟鄱阳湖天鹅岛文艺队的艺术家们同台演出，先向大家表演一个大陆同胞十分熟悉的台湾民歌《阿里山的姑娘》。"

两地艺术家、作家的同台演出将这台特殊的晚会推向了高潮。

果然不出白鹤所料，作家采风回去之后没有多久，广州作协主席就在《羊城晚报》上著文介绍了《鄱湖渔鼓》的乡土特色。港台作家在香港和台湾的报纸上大篇幅地介绍了这次演出，并配了大量的照片。中央电视台在专题节目中对罗爷和他所表演的鄱湖渔鼓以中国传统非物质文化遗产曲目和传承人做了专题报道。

这样一来，云江市和县里的领导对罗爷重视起来，指示文化部门派人去天鹅岛走访罗爷。

市县的人来找罗爷，罗爷却失踪了。白鹤问春鹅这是怎么回事？

春鹅说刚刚秋月来告诉她，罗爷被人叫走了。

"什么人叫走的？"

"不知道。"

"到哪里去了？"

"也不知道。"

春鹅火速来到罗爷家，问罗奶奶。罗奶奶开始死活也不说，后来被春鹅问急了。老人只好透漏一句："是一位姓秦的和一位姓陈的把老家伙叫走的。"

县文化局的领导听说有一位姓秦的，猜想是县文化局的小秦。他立即拨通小秦的手机，小秦在文化局领导面前不敢撒谎，只好实说是市一家演出公司的陈总把罗爷带走了。

白鹤立马叫春鹅和市县来的同志去县文化馆找小秦，追回罗爷。

春鹅从小秦那里得到了罗爷的消息：原来云江市一家私人演出公司的老板陈总原系市话剧团一名老演员，剧团解散，他邀几位同行注册了一家私人演出公司，长年在江浙一带经济发达地区走穴。陈总是在中央电视台节目中知道了罗爷，就通过县文化局的小秦找到罗爷，答应每月给罗爷开三千元的工资。罗爷在村上每月工资只有一千五百元，陈总翻了一倍，这样才把罗爷弄走了。

春鹅邀上了秋月一道赶到陈总走穴的浙江宁波奉化。

陈总的演出队正在奉化的经济开发区工业园演出。台下只有几百观众，台上陈总正在向台下的观众隆重推出罗爷：奉化的父老乡亲们，大家晚上好，今天我给你们带来了一位中央电视台刚刚介绍过的好节目，叫《鄱湖渔鼓》，它的表演者是我们国家的民间国宝——罗爷，希望大家喜欢！

罗爷上台深深地鞠了一躬，便坐下来拨动着胸前的渔鼓。罗爷的演唱赢得了观众一阵阵喝彩和鼓掌。

一个漂亮的女演员端着一只盘子来到观众面前，说："各位老板，如果你们欣赏了罗爷的节目开心的话，就请赏他两个吧。"

坐在前排的都是企业老板，纷纷从口袋里捞出百元的票子往盘子里丢。

演出结束后，罗爷向陈总要赏钱。陈总捞出一百元给他。罗爷不满："我看见刚才老板们赏了那么多钱，你只给我一张？"

陈总大吼一声："一台戏一百元还少哇，你在家里有多少？真不知足！"

这时，春鹅和秋月走了过来："罗爷！"

罗爷猛见她们，吓得直往后退。

陈总发现两个陌生人来找罗爷，忙走过来。还不等他开口，春鹅就问："你就是陈总吗？"

"你们是哪里的？"

"我们是罗爷一个村上的。"

秋月指着春鹅说："这是我们村委会的杨主任。"

陈总心中一惊："你们找罗爷来了？"

"是的，我们找罗爷回去。"

陈总急了："那不行！我们已经聘请他到文艺演出公司参加演出，你们找他回去不是想拆我的台！"

春鹅严肃地说："我还没说你拆我们的台呢？你倒先打一耙！我们村早已让罗爷组织文艺队，为游客演出。你没有与我们村上的人打招呼，就偷偷把罗爷弄走。我们的演出队现在停工了，给我们造成不小的损失，这笔账回去再跟你算！你晓得啵，罗爷是咱们渔岛上的民间艺术传承人，我们有保护他的责任。你私自把他骗来为你卖唱，为你私人赚钱，这已经侵犯了他的人身权益。回云江去，我还要找你的主管部门，你等着！"

陈总听了额头上直冒冷汗，只好连忙赔上笑脸："主任，有话好说，好说！您这么远路赶来，辛苦了，我请客！"

春鹅："不客气，咱们刚吃过了。"

陈总："都是家乡人，难得难得，请二位赏脸。"转过身对一位女演员说，"小凤，你去选一家好的茶楼。罗爷，一起去。"

罗爷本来就吓糊涂了，只好点头："好，好。"

春鹅和秋月对视了一下，说："也好，有些事也要跟陈总说说。"

大家来到天心茶庄，小凤已经点好了茶点在候着。

　　坐下来，春鹅先发话："陈总好像也是市京剧团的老角，怎么在外闯荡？"

　　陈总："一言难尽。剧团前年改制，像咱这老家伙给下岗了。咋办呢？一家老小总要生活，没办法，就跟几个同行注册了一个演出公司，到外面来混口饭吃。"

　　春鹅："在云江本地演出不行？"

　　陈总："演过，我们那里穷，出钱的少，工资都赚不到。只好来经济发达地区。虽说演员辛苦点，收益还可以。混吧。"

　　春鹅："陈总，我倒有个想法，不知好说不好说？"春鹅在试探他。

　　"有啥不好说。你们年轻人，有文化。"陈总端起茶壶向春鹅茶杯里添茶，又端来一盘茶点送到她的面前。

　　春鹅说："咱们岛这两年大变化，打造文化旅游项目，刚组建了一支演出队，人才不够。我们有个想法，如果岛上旅游业兴起来了，必须要有一台好节目让游客观赏。咱们那里的传统节目都是原生态的，演出来我敢保证比张艺谋的《印象·刘三姐》好看。陈总，你是行家，如果您感兴趣，我把你们请到我们岛上去，与罗爷他们一道，共同把我们演出队建起来，精心打造一台鄱阳湖特色的节目，天天演出。待遇可以采取股份制的分配方式，也可以采取按场次计算的方法，反正可以协商。"

　　陈总："你那里我也不怎么了解，交通不太方便，每天能有多少游客？没有游客谁看？桂林的游客几多，张艺谋他那个《印象·刘三姐》当然火。罗爷的渔鼓虽说是很有地方特色，内容还是太单调了。打造一台节目，不是那么容易的事。"

　　春鹅看出陈总的顾虑，便说："我们那里的古老曲目多着呢，村里正在组织人力在挖掘收集，打造一台节目是没有问题的，只要我们下功夫。至于游客的问题，我们有我们的理念，为了保护岛上的原生态，我们不是要招揽很多游客，而是要把来岛上参观的游客控制在一定的量上，这一点跟其他旅游区不同。我们的目标是要让游客享受到高层次的文化美餐。你们都是剧团的老艺人，像这样长年在外奔波也很辛苦，如果回去同我们一起重新组合鄱湖渔岛文艺演唱团。只要大家齐心协力，我敢保证每个人的收入不低于你们现在的情况，前期我们还可以给大家发工资，情况好起来了就采取基本工资加提成的办法计酬，按市场经济规律管理剧团，你看如何？我最后还补上一句，你们可以先去岛上工作一段时间看看，如果你们认为没有前途随时可以走人，这段时间的工资由我们集团公司支付。"

陈总看对方说到这个份上，的确有些动心。年轻时代他也是有理想有抱负的文艺愤青，只是剧团解散后，为了生计才拉起这么一支队伍，在外走穴，虽说是能赚两个钱，但也很辛苦。如果回去真能搞地方特色文艺，又何尝不是一件好事呢？

"杨主任，这样吧，我去跟我们团里的同行们商量商量，如果大家都愿意去你那里，我会马上告诉你，请把你的手机号码给我。我看你这个主任很实在也很实诚，我服了！"

春鹅很高兴。没想到此次寻找罗爷收获这么大，还带这么一支专业演出队伍回去，白鹤肯定很满意。

双方很快交换了联系方式。春鹅就告别陈总，带着罗爷登上了返程的火车。

第二十一章　渔民返乡

白鹤刚踏进办公室的门，就有十几个农民闯了进来。

"谁是村主任？"

"我是。请问您老是……"

"我们都是这个岛上的老渔民。"

"我怎么都不认识呀？先请坐吧。"

"你年纪轻，我们离开这个岛的时候，你还没有出生呢。"

白鹤赶紧让座，倒茶，把大家迎到会议室坐下来。

"请问大伯，你们贵姓，原来是哪个村的。"

"我姓何，是洲头的。今天来的有柳树村的、聂坡村的、杨塘村的。都是在渔岛上土生土长的。"

"何伯，你们今天找我有啥事呀？"

"我们这十几户人家是 1962 年逃荒出去的，后来就落户在对岸的谷子包。如今岛上发展了，变样了，咱们要求迁回来，也叫作落叶归根吧。"

白鹤心头一紧："大伯，这事可能不太好办。你们已经出去三、四十年了，咋能回来？"

"咋就不能回来？我们祖祖辈辈是渔岛上的人，你去村子里问问。我们都上了年纪，将来死了骨头还丢到外面去！"

会议室一时发出阵阵的吵闹声。

白鹤还从来没见这架势，心里有点慌，忙说："爷爷、伯伯们，请你们安静。这个事不是一时三刻解决得了的。请你们先回去，等村里商量以后再答复大伙儿，行不？"

"不行，我们今天不回去！"

白鹤立即把赵水生和会计找来，三个人紧急碰头，然后又进会议室对大家说："要不这样，你们先在宾馆住下，在岛上参观参观。村委会马上开会讨论你们提出的要求。"

何大伯看看大家："这样也行，反正我们不走了。"

白鹤叫会计把大家带到兰兰的酒店去。并嘱："你跟兰兰说，住宿吃饭的开销都记在村委会的账上。"

这是一次特别的村委会。白鹤不敢自作主张，她心里清楚她面对的是自己的乡亲，他们世世代代在渔岛上生活，四十年前他们被迫背井离乡，今天眼看到岛上好起来了，要求回来，从情感上她没有理由不答应老人的要求。但如果一下子十几户都迁回来，建房、土地，还有几十号人老的老小的小生活怎么安排，眼下村里还没有这个能力。

"请大家拿个主意吧。"白鹤望着大家。

赵水生首先发言："你把名单给我，我去调查调查看是不是都是咱岛上的老渔户。"

白鹤把刚才老人们留下的一份名单给了水生。

"这些人哪，原先岛上穷，跑了。现在见富裕了，又要回来。我看，不能让他们回来！"有人发牢骚说。

"十几户，哪能一下子都回迁。要回也只能分期分批，一年迁几户，做几年计划这样比较实际。"也有人出谋划策。

白鹤看大伙儿的意见不统一。只好说："简单地拒绝他们恐怕会激起矛盾。还是先让水生核实一下吧，回头再商量。"

水生拿着名字到洲头、柳树、聂坡、杨塘四个村核实回来，证明这十五户人家的确是 1962 年搬走的。有的还有亲戚在岛上，有的中途不是不想迁回来，只是因为他们家中的后生不同意，所以一直没能回来。"

　　白鹤听了水生的汇报，想了想说："这样吧，在这四个自然村每村请两个代表来村委会商量一下。"

　　水生应了一声："我这就去请。"

　　不多时辰，四个村的代表都来到了村委会。

　　白鹤说明意图，让大家先发表意见。

　　夏坡村的："按理说，都是岛上的老人，同一个祖宗，要回来，也应该接收。"

　　杨塘村的："我们村有五户，如果都回来，建房地皮不说，责任地还要分给他们。这个事难办。"

　　柳村的："我倒有个折中的办法，凡是在岛上出生的人就让他们把户口迁回来。不在岛上出生的一个也不同意在这里落户。我算了一下，1962 年以前在岛上出生的人不到半数。"

　　洲头村的马上反驳："这个办法怕不行，一家拆成了两家，而且老人都迁回，将来是村里的负担。"

　　柳村的："是这里的老人想回来，不让他们回来，说不过去。不在这里出生的人，让他们在这里落户不合理。老人愿意来的，他的儿子就应该替老子做房子，出养老费，这是国家法律规定的，儿女还敢不养？"

　　白鹤说："在岛上出生、长大的那些老人对故土有感情，越是到了老年越念旧。刚才柳村代表提出的办法有一定的道理。我去征求他们的意见。如果他们同意这个办法，各村要做好安置工作。大家回去商量一下，每个老人补助几千块钱安家费，村委会也补一点。总之要让这些老年人在这里幸福地度过自己的晚年。"

白鹤叫水生把老人们请到了会议室，说："大爷、大伯们，这两天都到你们的老村看了看啵？"

"看了，变化真大呀，原来的破屋都换新了，主任领导有方！"老人们夸起了眼前这位年轻的女主任。

"大爷大伯们，村里这两天为了答复你们的问题，开了几个会。大家的意见是1962年从岛上迁出去的人原则上同意迁回来。不在岛上出生的人不能在这里落户，……"

"那怎么行？光我们上了年纪的人回来，将来老了，动不得了，谁伺候我们？"白鹤的话还没讲完，就有老人反对。

又是一阵起哄的吵声。

白鹤提高嗓子："请各位静一静！大家也清楚！咱们这个岛上的人口越来越多，土地越来越少。再增加十几户人口，负担一时难以承受。同意你们这些老人回来确实是从你们的情感出发，因为你们出生在这里，在这里至少也住了二十多年，对故土有着深厚的感情。我们年青一代也能够理解，也应该尊重你们。我希望你们能理解我们的难处，支持我们的工作。"

何大伯："要说感情的话，我们这些人在岛上大都生活了一二十年吧，在谷子包生儿育女已经生活了四十多年，感情还是对谷子包深。"

他停了停，喝了口水。接着说："实话告诉你，我们这些老家伙不来无所谓，主要是年轻人要来。他们看到如今渔岛不比从前，有这么多就业的机会，酒店呀、公园呀、宾馆呀，工作好找。我的意见是让年轻人来，我们不来，他们抵我们的指标。各家各户都是这么个情况，这次来找你们也是他们要我们来的。"

白鹤心头一惊："原来是这么回事！"

她想了想，说："这样好不好，今天你们先回去了，让我们再商量商量。三天后你们派两三名代表来就行了，我正式答复你们。"

何大伯："那就麻烦你了，我们先回去。"他向其他老人招了招手，大伙儿跟着他走了。

老人走后，村委会继续开会。

白鹤："老人们的儿女们原来都在外地打工，这是个好现象。"

"啥好现象，你接受得了那么多人？岛上的人口本身就多。"水生顶了白鹤一句。

"我是说，从前渔民穷得活不下去，逃生到外地去了。如今外地人想来做咱们渔岛人。只是中间整整花了四十多年时间，太长了，发展太慢了。岛上要发展还是要靠人，老人们的子女来岛上工作也是一支建设力量。"

她缓了一口气，说："这样好不好？既然这十五户老渔民的子女想来岛上工作，我们可以跟他们签订一个合同，把他们同咱们渔民的子女一样看待，招工享有优先权，不论一户有几个子女都可以应聘，户口暂时一律不迁。大家讨论一下统一意见。"

三天后，谷子包来了三位老渔民代表。他们听取了白鹤的意见后，表示老人们没有什么意见，不落户不知孩子们有没有意见，要回去商量。

"这样吧，你们回去通知你们的子女，带户口和身份证来岛上登个记，征求征求他们的意见。"

谷子包老渔民三十多名子女要迁去天鹅岛落户的消息传到谷子包村委会干部的耳朵里，大家都感到震惊。

村主任马德生大发脾气："一个也不准走，在这里生在这里长，几十年了从来没有听说谁要迁走，这肯定是天鹅岛有人煽动的！"

一封检举信摆在了县政府李县长的办公桌上。

李县长把信访局长找来，叫他们去调查一下。

信访局调查的结果送到了李县长的面前。李县长批示请谷子包村委会自己做好青年人的工作。

马主任找到何大伯："何叔，你们十几户渔民在这里落户生活了几十年，怎么突然想到要迁回去呢？"

何叔："不去了，他们不同意接受。"

马主任："听说你们跟他们签了协议，年轻人招到他们那里去做工？"

"还不是看到人家发达了，收入高，年轻人要去那是年轻人的事。"

"我们村里的年轻人都走了，村里的生产哪个干，建设哪个搞？这明显是挖我的墙脚嘛，一个也不准去！"说着，马主任气愤地出了何叔的门。

何叔望着他的背影说："哼，人家那里变了样，你怎么不让这里也变样？"

谷子包召开村民大会，马主任在会上说："我们村土地多，人口少。如今土地是最大的资源，乡里刚刚开了会，动员在外地打工人员回乡创业。可是我们村现在还有人想到别人那里去，我希望大家要爱自己的家乡，同心协力，像渔岛一样改变这里的落后面貌。村委会决定对外招商引资，人家建酒店，咱们还要建工厂呢，大伙儿都可以进工厂当工人，拿薪水。总之一句，咱们谷子包要甩掉贫穷落后的帽子！"

他的话还真有鼓动作用，年轻人踮起脚来问："主任，咱们村啥时办工厂呀？"

"马上。明天就有省城的老板来咱们村的考察，你们等着！"马主任很有信心地对村民们说。

第二十二章　金沙文物

石总在张总的陪同下来到天鹅岛，与白鹤洽谈开发金沙滩的项目。

白鹤带领村委会的干部与石总一行来到张总的白天鹅大酒店小会议室坐下，兰兰吩咐服务员上茶。

白鹤先开口："欢迎石总来我们岛参加新农村建设！您很有眼力，看中了这片沙滩水质好，沙细润、均匀，颜色纯正、好看，尤其是阳光充足，真是天然的浴场。"

石总："你们这里的条件是不错，我第一次来就看上了。我要在您这里建一个高档的鄱湖大浴场，希望您给予优惠政策。"

"那是肯定的。石总，这样好不好，双方的负责人今天都在这里，就这个项目的合作细则现在开始磋商。"

石总："好。"

张总趁石总和白鹤洽谈时，他来到兰兰的办公室。

兰兰一个人正在计算着近几天酒店的进出账目，也没理会张总。

张总从皮包里拿出一只精致的小盒子，放在兰兰面前，说："兰兰，酒店多亏了你操心，效益不错。这是我在上海给你带了个小礼品，不知道你喜欢不喜欢？"

兰兰打开一看，是一条闪闪发光的金项链，下面还有一个"心"形的蓝宝石坠子。她马上关上盒子，说："张总，这么贵重的东西，我不能收。"

"这真是我的一点心意，你不领情？"

"我不能平白无故地收人家的礼物。"兰兰把金项链推向了坐在对面的张总面前。

"兰兰，我知道你心中还是哪个姓胡的小子，我就不相信，我不如他？"张总有气地说。

"你说啥呀。什么如不如他。我还年轻，个人的事看缘分。"

"兰兰，我是真心爱你的。你不光漂亮，你有个性。我就喜欢你这样的个性。"

"你喜欢我一个农村的女孩干吗？你是城市里的老板，城市里漂亮的女孩多的是。"

"我这个人古怪，就是喜欢农村的女孩纯洁、朴实，做老婆好，放心。"

"你怎么晓得我做你的老婆就让你放心呢？"

"这是我的感觉嘛。"

"你还是不要在我身上花费心思。你条件这么好，事业成功，人也不错，趁早找个对象成个家，对你的事业有帮助。张总，我们可以成为好朋友，相识也是一种缘分。您放心，不管我们谈不谈恋爱，酒店的工作我会用心去做，不会让你失望。"

"我在你小姨爹面前发过誓，这辈子一定要感谢你。不管你愿不愿意跟我谈恋爱，今天这个小礼品你一定要收下！"说着，他又将小盒子推向了兰兰。

"张总，真的不行。这几千块钱的礼品，我不接受，你……"

这时，有服务员进来："张总，白主任请您去一下。"

张总起身跟着服务员出去了。兰兰只好把金项链的小盒子收藏了起来。

鄱阳湖大浴场项目正式开工。

石总派建筑工程队队长王二毛带着工人来现场施工。

王二毛手握铁铲用力往沙滩的沙里铲下去，然后又拔起来，放在眼底一看："这么好的沙！"

晚上，他雇来了一条船，叫几个工人往船上装沙。装满了，趁着天黑悄悄地把船驶向对岸。

船靠了码头，他掏出手机叫来了沙贩子。

沙贩子跳上船，用双手搓了搓细沙。满意地点了点头："不错，卸货！"

船上的沙卸完了，沙贩子将一叠人民币数给了王二毛。

第二天晚上，王二毛雇来了两条船，继续偷沙。

小悠然的巡湖船行到了金沙滩的湖面。他站在船头隐隐约约看见湖面上有两条船走动。便对二牛说："二牛，掉转船头，追上那两条船，看看是不是偷鱼的？"

二牛奋力将自己的船靠近了那两条来历不明的木船。

小悠然大喝一声："船上干什么的？我们是护鸟队的，停下来检查！"

"运沙的。"木船上的人答应。

小悠然纵身跳上了一条木船，果然是满满的一船细沙。你们这是从哪里挖出来的沙，运到哪里去？

"王老板叫我们运的，拉到对岸码头去。"

"浴场工地的王老板？"

"是。"

"是把我们的沙挖走运到码头去卖钱？"

"废话，肯定是去卖钱。"船老大手一挥，指挥着两条木船划走了。

小悠然不敢怠慢，当夜将这件事向白鹤主任做了汇报。

第二天一大早，白鹤和民兵连长赵水生赶到金沙滩工地，查看到了几个大窟窿，立即把王二毛找来问："这是怎么回事？"

王二毛支支吾吾："是，是我们挖的。"

"挖的沙哪去了？"

"工地上用。"

赵水生眼一瞪："你还不老实，偷去卖了！昨晚让我们护鸟队抓了个正着。"

王二毛无语。

白鹤指着王二毛："王老板，你这是非法行为，懂吗？你破坏了我们的自然环境。赵连长，你去水上公安局报案！"

王二毛一听惊慌了："主任，主任，有话好说，不要报案，求您了！"

白鹤："那你现在跟我去村委会！"

"好，好。"王二毛只要不报案就行，赶快跟着白鹤来到村委会。

"王老板，你是石总的施工队伍与我们合作，背着甲方干这样的事是很不应该的！细沙是我们渔岛上的自然资源，岛上的人十分珍惜，从来不允许任何人挖。你竟敢大船大船地偷盗！你自己老实说，你偷卖了多少？"

"我才挖了三船，就被你们抓到了，该我倒霉！主任，这样好吧，我全退给你们，一共卖了四万多块钱。"王二毛说着从皮包里摸出一扎人民币放在白鹤面前。

白鹤叫水生点个数，交给财会。让王二毛写个条子。

王二毛写了一个交款的条子。这时他松了口气，神情放松下来了。"主任，你刚才说了，这里的细沙是你们的一大资源。我看你们这里的细沙很多，可以说取之不尽。沙质又好，可以卖高价钱。如果咱们合作，你出沙，我负责挖和销售，保证比搞什么浴场来钱得快！"

"照你这样去做，我们这个岛要被你挖沉，我们都要被淹死，亏你想得出！"

"是，是。只当我刚才没说，我刚才是放屁！"王二毛打了一下自己的嘴巴，准备走路。

这时，正好石总闻讯赶来了。他一进门就指着王二毛大骂起来："老王，你说你这个人怎么钻钱也不看地方？我们是朋友，这个工程才包给你做，你好，你干出这么一桩见不得人的事，你丢人不丢人？混账！"

王二毛："石总，你不要发气嘛，我错了，已经向白主任承认了错误，钱全部退了。"

突然，门口走来两名公安人员："谁是王二毛？"

王二毛吓得脚发软："我，我是。"

公安人员亮出证件："我们是水上公安局的，跟我们走一趟。"

王二毛慌忙分辩："我又没有犯法，去公安局干吗？"

"你违法私自挖湖里的沙，已经不是一两次了，你还说没犯法？走！"公安人员闪到他的背后。王二毛只好老老实实跟着公安人员走了。

王二毛被带走后，白鹤把石总留下来，说："石总，这件事给我们提了个醒，我们的协议还得加上一条，你在那里建浴场，有责任保护好金沙滩上的一切自然资源，再也不允许任何人损害一草一木一粒沙一块石。行吗？"

石总："我照您说的办。"

石总辞掉了王二毛的施工队，重新请了一家。浴场工地很快又开工了。

一位工人一锄挖下去，被震得手痛。他的铁锄也缺了一小口。他叫起来："铁！"

　　大家围拢起来，再往深挖，果然挖出了一个铁器来。

　　工人们看着，却不晓得这是啥玩意儿。其中一个工人拿在手上仔细看了看，烂铁一块，屁用都没有！他随手一甩丢到湖中的深水中去了。

　　大伙儿又继续干活儿。

　　石总工地上检查工程进度。他来到工人住的工棚看看，无意中发现工人睡的木板床上有一把生锈的金属砍刀。他拿起来反复观看，觉得这是个古物。便问："谁捡到的呀？"

　　一民工端着饭碗过来："是我在沙里面挖出来的。烂了，没什么用。"

　　石总在口袋里摸出两包香烟丢给这个民工："我拿去玩，给你烟抽。"

　　民工接过烟，把砍刀给了石总。

　　石总平时有业余收藏的爱好，他认定这把上锈的砍刀有很高的年份，就拿到省博物馆，请文物专家帮忙鉴定一下。

　　老专家将砍刀拿在手上反复看了看，又用一块小白布轻轻擦去砍刀上的泥沙，隐隐约约在刀背处发现三个篆体字，其中"陈"字比较明显。他取出放大镜仔细全身看了一遍，然后对石总说："这把砍刀有几百年历史了，大概在元末民初，是古代的一种武器，有一定的文物价值，回去好好收藏吧。"

　　石总支付了六百元鉴定费，请专家写了鉴定书。高兴地拿着古刀回去了。

　　他回到工地，又找到那个民工，问："上次你挖到那个生锈的刀，还有别人挖到什么东西吗？"边问边又摸出两包烟丢给民工。"

民工告诉他："前几天有人挖出了一个比我挖的大好多的烂铁砣。"

石总兴奋起来："在哪里？"

大伙看了，说没啥用，丢到湖里去了。

"混蛋！"石总心里骂了一句。又问民工："你知道丢到什么地方？你下午替我捞出来，我买一条烟你抽。"

民工"扑"的一声跳进水里，摸了半天，空手上岸。

石总叫他去喊几个民工来帮忙下水去捞。又捣鼓了半天，终于将那个铁砣捞了上来。

石总一看，似乎像古代士兵手上拿的盾牌一样的东西。

他急急往省城跑。

石总走后，工人在纷纷议论起来："可能是古董，石总看得这么重，叫我们停下工来替他去捞。说不定值大钱？"

两天后石总回来了。民工问："那铁砣卖了大价钱不，分一点弟兄们吧？"

石总捞出三百元给他们："是块烂铁，不值钱。你们辛苦了，拿去买两条烟大家分了。开工吧，开工吧。今后你们挖到什么东西告诉我，赏你们。"

民工们越觉得那东西值钱，要不老板不会给这么多钱让他们买烟抽。于是乎，议论开了，一传十，十传百，传到岛上的人知道了。

金沙滩工地一下子涌来了二三十位村民，大家拿着锄头铁铲挖宝。

石总见这架势，立即叫民工们上前制止。

双方剑拔弩张，村民强行要挖。石总发怒了："我们在搞建设，你们来捣乱，耽误了工程，你们负责！"

"这是我们岛上的宝贝，你叫民工挖走了。我们自己要挖！"

村民不让步。

"谁讲挖出了什么宝贝，做梦！"

"你工地上的人说的，就是你拿回家去了。"一位村民说。

"胡扯！回去，回去，不要在这里闹事，再不走，我叫你们主任来！"

"叫主任就叫主任。我们自己村里的土地还不能挖，让外人挖，笑话！"

石总无奈，只好拨通了白鹤的手机。

白鹤接到石总的电话后，立即带着民兵连长赵水生赶到现场。

白鹤问拿着铁铲的村民："你们这是干什么，打架呀？"

"我们不是来打架，是来挖宝的，他们不让挖。"

"哪来的宝哇？"

"民工们挖出了两件宝贝，都叫姓石的拿去了。"

白鹤转向石总："你们挖出了什么宝贝，在哪里？"

石总："别听他们胡扯，哪里有什么宝贝。"

"有，他们自己说出来的。"一村民肯定地告诉主任。

"哪里是什么宝贝，是两块烂铁，不值钱，我是为了好玩。"石总只好改口说。

白鹤对石总说："无论是什么东西，你先拿回来，让我们看看。"

石总："行，过两天我抽空回去拿。"

白鹤回村部后叫水生给县文物部门打个电话，请他们的专家过两天来一下，看看民工挖出来的东西是不是文物。

县文物局接到电话后，却等不及了，马上派老闻和小余赶到了天鹅岛。

赵水生带领他们到金沙滩工地找到石建。石建十分不情愿地告诉文物专家说："民工在施工时挖到了两个烂铁疙瘩，没什么用。"

老闻追问："东西呢？"

"我带回家了，玩玩。"

"去您家让我们看看。"小余说。

石建为难地说："工地这几天很忙，我走不开，过几天我回去取来。"

老闻不放松："要不这样，你忙你的。你跟家里打个电话，我们马上赶去你家看。"

石建无退路，只好说："那好吧，我这就陪你们去。"

闻老师和小余认真地查看着这两件从湖中挖出来的铁器，两个人又讨论了一番，最后确定是五六百年历史的兵器。

闻老师坐下来，呷了口茶，对石建说："石总，这两件东西都是元末的文物，在鄱阳湖里躺了几百年，按《文物法》属国家的。您不能私藏，应该及时向我们报告，交给国家。当然，您今天拿出来交县文物局，我们也要给您一定的奖励。您看如何？"

石建平时玩古董，很清楚这些规定，事到如今知道留不住这两个古兵器，只好说："既然专家说了是文物，那你们就拿走吧。至于奖励不奖励，也没两个钱，算了吧。"

闻老师叫小余写了个收条，二人在上面签了名，交给石建，便告辞了。

第二天，县文化局局长带来了四五个专业人员，直扑金沙滩工地现场。

白鹤和村干部接到县里的电话全部赶到金沙滩。

文物局局长对白鹤说："昨天那两件文物经鉴定，是元末陈友谅和朱元璋在鄱阳湖交战时留下来的遗物。据文献记载，这个地方可能是古战场遗址。我们已向省、市文物局做了汇报，马上组织一支专家队伍来这里考古发掘，可能还有不少文物。如果确定是古战场遗址，你们就不能开发了，要采取保护措施。所以从今天起，你们的工程立即停工，并派专人进行现场保护。"

白鹤："好。"

金沙滩浴场工程停工，石建找到白鹤："你们把工程一停，我的损失就惨了！"

白鹤："石总，这是小局服从大局的事情，我们双方都没有预料到。现在不是停工损失问题，可能整个项目都要取消。"

"项目取消，为什么？"

"文物局讲那里可能是古战场历史遗址，国家要保护，不能破坏。"

"那怎么办？我已经投了几十万元！"

"先等一等吧，省、市专家明天要来勘察。损失不会让你一个人承担，我们会考虑的，你放心。"

石建摊开双手："唉，见鬼！怎么会遇上这么个麻烦事呢？"

省、市、县文物部门一行九人来到金沙滩现场。专家组取出现代仪器进行测验，仪器上有强烈的反应，专家们兴奋起来。

县文物局局长对白鹤和在场的人讲："下面有大量的金属物件，可能是个重大的发现！"

晚上，专家组在天鹅大酒店开会，白鹤被邀请参加。

省专家："根据今天电子测定的数据分析，基本上可以确定金沙滩和附近浅水域纵横十公里的地方是历史遗址。根据文献记载和已经出土的文物考证，这里就是元末陈友谅和朱元璋鄱阳湖大战的一个重要战场。很有历史研究的价值！"

他转向白鹤："白主任，你们的开发项目立即停止。县文物局部门要采取措施予以保护。等秋后鄱阳湖的水位退了，省里组织专家来进行考古发掘。"

白鹤："我们的开发项目是在这之前确定的，开发商已经投入了几十万元的资金，取消合同村里是要赔偿的。村里拿不出这笔钱，省文物部门是不是考虑补偿的问题？"

"现在全省文物保护的经费很缺，我们回去研究一下，适当地给一点补偿。主要还是靠你们自己想办法。"省文物局领导实话实说。

白鹤："我们这里底子太薄，这么多钱无法解决，希望省、市文物部门想想办法，否则无法向开发商交代。"

省、市文物局领导相互交换了一下眼色，说："我们把你们的问题带回去，商量后再告诉你们。不管怎么样你们要好好保护国家文物。"

白鹤点了点头："放心，我们会教育好群众，不允许任何人再到这里来挖文物。"

白鹤召开村委会商量石总开发浴场项目的问题。她说："按照合同，由我方提出终止协议，对方的损失完全由我承担。这件事现在由于国家要保护文物的原因，我们可以不必承担全部责任，但石总咬住这个问题，大家有什么好的办法吗？"

夏鹭首先发言："浴场还是可以建的，避开古战场遗址，向两边挪几公里嘛。"

赵水生："规划面积可以缩小一点，夏鹭的建议可行。原则是不占岛上的绿地面积就行了。"

白鹤："那样也行，浴场还是可以建。但是石总重新开工，金沙滩丢下去的几十万他可能还是要我们补偿，这个问题怎么解决？"

会计："可以跟他讲清楚，如果不要我们补偿，那么浴场开发项目就给他做，如果他不同意，这个项目就不给他干。我们可以把这个当作一个条件跟他谈。现在不像当初，岛上现在建设规划有这个样子，想到这里来开发的老板多得很，他愿意放弃？"

"这不行。这叫强加于人，不公平，我们不能做这样的事。"白鹤马上纠正了他的想法。

村委会开了半天，大家也没有拿出一个好的办法来。白鹤只好说："我们向省、市、县三级文物部门打个正式报告，申请政府给予补偿，看上面能给多少钱，余下的由村里补足。只能这样，散会！"

会后，白鹤把石建找来。

白鹤："石总，金沙滩的项目停了，鄱阳湖大浴场的项目还是要建。刚才村委会开了专门的会议，大家的意见是在金沙滩古战场遗址向西挪几公里的金沙滩重新建个浴场。现在找你来是商量修改我们原来的设计方案。方案设计好后，给文物部门送一份，他们同意后就可以施工。你看如何？"

石建："西边的沙滩我也看了一下，建浴场没问题，只是面积小了点，能不能向东扩一点呢？"

"那不行。向东扩一点就到了绿地，不能占一寸绿地，这是原则。小就小一点，有什么关系呢？白鹤说。"

石建："行，就按你说的办。主任，我那几十万的损失，村里怎么说？"

"你放心，不会让你白丢了。请稍等些时间，会赔偿给你的，放心好了。"

石建："有你这句话，我就放心了。"

白鹤："你尽快把新的图纸拿出来，争取早日开工。"

石建："好，我马上去深圳设计院。只是修改，时间不会太长。"

白鹤："还有合同，也要重新签。"

石建："行。"

第二十三章　教育论争

　　秋雁把生态园的项目结束后正打算先回深圳处理一下自己的事，再正式向叶董事长提出辞职回家乡与白鹤、夏鹭、春鹅儿时的伙伴们一起用自己的双手建设家乡，突然接到叶雪楣的电话，说她爸想为渔岛捐建一所希望小学。

　　秋雁十分兴奋，赶紧把这个好消息告诉白鹤。

　　白鹤听后没有什么反应。说："雁，我们去金沙滩走走吧。"

　　秋雁只好跟着她走出村部，踏着湖草向湖畔的沙滩走去。

　　"秋雁哪，你还不大了解我啊。"

　　"我不了解你还有谁比我更了解你，我不知道你指的是哪个方面？"

　　"就拿建学校这件事来说吧，你知道我是怎么想的？"

　　"岛上千年无学校，你一当主任最想做的一件事就是在岛上兴建一所正规的学校，让咱们村里的儿童再也不要隔湖隔水去对岸念书。"

　　"对。我们十项规划最重要的是建设一所学校，这是渔岛千百年人们心中的渴望。渔岛穷在哪里，不是穷在没有高楼大厦，不是穷在没有宾馆酒店，不是穷在没有生态园和大浴场，而是穷在世世代代没有学校。世界上最发达的国家首先是他们的教育事业发达。我国现在优秀的大学生纷纷跑到外国去读研读博，这多可悲啊！如果我们有世界第一流的学校，不但可以供自己国家的学子就读，而且还可以吸引世界各国的优秀人才，那我们的国家就真正立于世界民族之林了。

"我们国家五千年的历史，为什么春秋战国、汉、唐、宋时代出那么多的思想家、文学家、发明家、医学家、科学家、军事家呢？是因为这几个朝代国家的教育很开放，遍地都是学堂，公学、私学，一位老先生就可在自己家中招收几个学生办起私塾起来了。这是多好的一种现象啊！

"渔岛从前的几户渔民繁衍到现在三百多户上千号人，至今没有一所学校，所以一直处于贫穷落后的状态。刚刚开始有了变化，通过大家的努力进行招商引资，建起了几个旅游项目，开始有了收入，渔民的生活也有了改善。秋雁，你知道吧，做这些不是我的目的，供别人玩，让村民们增加收入，这绝不能真正让渔岛上的乡亲们获得幸福。

"幸福是什么，是住得好，穿得好，吃得好，玩得好吗？简单的解释是物质加精神的总和！所以光经济发展了是不行的，人的生活一个十分重要的层面是精神。我先抓经济建设，抓项目，一旦有钱了立即就要调整思路，抓教育，把教育抓上去，提高全渔岛人民的文化素质。落到实处就是急需建起一所学校，让渔岛所有的适龄儿童一个不落地全部入学，同时让没有念过书的村民无论老少男女都能够受到业余教育。这样就不是办一所希望小学的事了，而是要办一所特殊的学校，白天学生上课，晚上成人上课。这就是我刚才没有及时回答你叶总想来岛上捐赠一座希望小学的缘故。"

白鹤的一席话让秋雁不得不从内心佩服，她的眼光不但远大，而且思想比自己不知道要深邃多少。

"小鹤，你的观念我十分赞同。但叶董事长捐学的事应该是件好事，村里应该拿出积极的态度。"秋雁边跟着白鹤慢步向前走，边提醒她叶雪楣刚才在电话中向他讲的这个好消息。

白鹤没有马上回答他，只是自顾朝前走，快到沙滩时，她找了块草地坐下来。秋雁紧挨着她旁边坐下，急待听到她的回复。

白鹤突然冒出一句："秋雁，你以前不是一直反对渔岛依靠企业赞助来办学校的吗？莫非因为叶董事长是叶小楣的父亲就要让我特别对待？"

秋雁涨红了脸，一下子结结巴巴起来："我不也是为了给你分担压力嘛！"

白鹤态度坚决地说："我们不要别人捐赠。"

秋雁一惊："那是为什么？以前我反对是怕你低三下四地去求别人，现在有现成好事的送上门来，当然可以接受嘛，这与叶小楣有什么关系呢？你不要瞎想好吗？"

"我的意思是我们要靠自己的力量建学校，把它纳入村里的长久规划才行。我在村委会上讲了，为了尽快把学校建起来，让村民们再过几年苦日子，旅游项目营利百分之八十五以上留下来投资建校。我算了一下，明年就可以破土动工，逐年扩建一点，五年计划，建出一个海岛的清华园。你信不信？"

"信、信。小鹤，我真佩服你，在你身边真幸福！"秋雁情不自禁地把白鹤紧紧搂在怀里。

白鹤用手轻轻拧了一下他的大腿，说："那里有人，不要让人家看见。不跟你多扯了，去看陈友谅和朱元璋的古战场。"

秋雁松开白鹤，起身。"咱们这个古老的渔岛虽然这么小，但历史文化很深厚。这次无意中发现了古战场，说不定什么时候再挖出一个什么历史文化遗址。可以开发很多旅游景点。"

白鹤："我们渔岛除水下历史文化外，地面上的民间历史文化更丰富。特别是鄱阳湖渔民生活风俗、民情以及形态，这些都是极其宝贵的财富。我想在县文化局聘请几位老师来，帮助我们成立文化研究所，系统地搜集整理挖掘这些珍贵的文化。"

秋雁："这个想法很好。我有不少资料，抽空整理出来给你。这些资源加以开发利用，将来会带来丰厚的经济效益。"

"你这个人呀，满脑子的经济观念，可能是看华侨大老板的缘故，真是近朱者赤，近墨者黑。"白鹤说。

"我这有什么错，现在政府不是这么号召的吗？发掘各地的历史传统文化，加以利用，发展经济。"秋雁不服。

白鹤："那是有些地方政府领导人的思维。对于整个国家整个民族来说，历史遗迹、传统文化，应该第一是保护第二还是保护，在保护的前提下才能谈得上传承和发扬。我最不赞同拿它们去赚钱，拿老祖宗的东西去赚钱，只能说明后代无能。开发利用往往一开发就变味了，全国这样的例子还少吗？"

秋雁问："那古战场遗址发掘出来后你不是说要建成一处景点吗，供旅游的人观看？"

白鹤："古战场发掘出来后，首先要保护好。当然也要让游客观看。还不知道文物部门是怎样一个规划，我想，如果让村里来搞，只能在遗址外建几个观赏塔，游客只能在塔上观看，不能进入保护区。"说着，说着，二人来到金沙滩停了下来。

闪着银光的沙滩犹如一块巨大的丝绸布铺在大地上，一边是绿色的草木沿着沙滩从东向西无限地伸展过去，一边是浅蓝色的湖水浩浩荡荡涌向无穷无尽的天际。

秋雁抬手一指："这里的地域多宽阔啊，可以想象到当年朱元璋与陈友谅在这里发生战斗的场面该有多壮观。"

白鹤没有附和他，只是凝视眼前的这一片湖面。

"小鹤，你在想什么？"秋雁见状，问。

"你猜。"白鹤仍没回头看他。

"你想规划这一片湖域。"

"不是。"

"那你在想什么？"

"我想到这几天在这里发生的事。"

"民工挖出文物的事？"

"对。民工们挖出了两件铁疙瘩，包括你我在内绝大多数人都不知道是文物，更不知道它有那么大的文物价值。只有文物专家才认识它，如果没有文物专家，这样宝贝的东西只能让民工换几包香烟抽 掉。这就是文化的价值！"

"你看，有文化和没有文化，有知识和没有知识多大的差别呀。所以我不只是想在我们岛上建小学，而是要建一所从小学到本科大学的新型学校。让岛上每一个孩子从小学一年级读起一直读到大学本科毕业，全免费，取消中考和高考，让岛上的每一个孩子都受到大学的文化教育。"

秋雁一听，觉得她的想法太脱离中国的现实了："你这超前思维，不可能实现，首先上面就不会批准你办这样的学校。"

"怎么不能批，现在城市里各种民办形式的学校多得很，国家政策是支持的。"白鹤说。

"办什么样的学校，国家政策是有严格规定的，小学要具备小学的条件，中学要具备中学的条件，大学本科的条件更苛刻。学校规模，生源、师资、教学设备，课程设置，等等，等等，你能办得到吗？"秋雁说。

"你说得那么复杂，我可不是那么想的。岛上人口总共才千把人，不要那么大的规模。生源就是岛上所有的适龄儿童和没念过书的村民。教师我用优厚待遇向全国招聘，甚至名牌大学的退休教授、博导都可以聘来。我们办的学校不叫什么什么大学，就叫鄱阳湖渔村学校。先申请办个小学，小学办成后创造条件办中学部，等条件成熟后再申请办大学部。国家的政策到那时我看是会放松的。现在的教育体制很不合理，要改革。我们也可以成为国家教育制度改革的试点嘛。现在中考，高考，就使得相当一部分学生失去继续学习的机会。这样就造成了中国长久以来文化层次的金字塔状态，严重阻碍了中国社会的发展。"

秋雁还是不能怎么赞成她的思想："不通过中考、高考统统升级，怎么能保证学生的学习质量？"

白鹤："现在的教育体制才是阻碍学生学习质量的主要原因。你回忆一下，我们自小学到大学，学校抓的重点不是放在升学率上？老师教的是为了升学，学生学的还是为了升学。到底让学生学习了什么知识，我想办的渔村学校一定是让学生学习文化知识，用文化知识去启迪他们的智慧之门，使他们成为真正的人才。"

秋雁："小鹤，说实话，你的思想太快了，我怎么也赶不上。不过我能理解你是想靠自己的双手和智慧创造生活，我会全力支持你把渔村学校办起来，这是改变渔村面貌最根本的措施。现在我们就应该着手筹建渔村小学。"

白鹤："当前最重要的工作就是这项工作，村委会马上开会研究。你有空就列席我们的村委会。"

秋雁："我可能没空，今天接到叶总的电话，叫我马上赶回去。"

白鹤瞪了他一眼："你走，走快点！"

秋雁望着她，正想解释，白鹤已快步转身回去了。他傻傻地望着她的背影消失在芦苇丛中。

秋雁飞回深圳后立即赶到叶亚华的办公室："董事长，生态园的工程全部完工了，这是验收报告。"

叶亚华起身替他泡了一杯茶："好吧，辛苦了。听小楣说，你们那里发展得很快呀。听小楣讲，你们岛上至今没有学校，我想为你们做点贡献，捐建一所希望小学。你和小楣搞个预算，看要多少钱。"

秋雁："谢谢董事长！"

叶雪楣："小雁，方案带来了吗？"

秋雁为难地说："没有。"

"怎么，我不是给你打了电话吗？告诉你说爸爸准备给你们捐赠一所希望小学，叫你赶快做个设计方案吗？"

秋雁："董事长，是这样的。叶总给我打电话说这件事，我马上找到白主任。可是我们渔岛那个小白主任哇，真的有点另类。她的意思是改变渔村面貌只靠自己，一概不接受社会各方面的捐赠。她特别嘱咐我要代表她当面好好谢谢董事长的美意。"

叶亚华一听，真有点惊讶。他来中国大陆投资，当地政府也好，其他社会团体也好，还有学校、医院、福利院等都在向他伸手，要他做慈善公益事业，每年他公司总要拿一些钱来应付这些部门。还从来没有遇到过一家拒绝他捐赠的，这个白主任一下吊起了他的胃口！

叶亚华伸出大拇指对秋雁说："你那个主任恐怕全国独一无二，了不起，有志气！当年我们这些到马来西亚的华侨凡是靠自己奋斗的大都发起来了，那些靠别人捐助的人至今仍然贫穷。回去告诉你那个白主任，我叶某敬佩她，这笔钱她不接受我就改变个形式捐给那些贫穷人家的孩子上学总可以吧。"

秋雁说："白主任的理念是受捐人往往在文化心理上产生不

求上进的思想。董事长，您的意思我一定转告白主任。"

叶亚华停了一会儿，对秋雁说："小雁，你回公司吧，很多事等着你呢。"

秋雁："董事长，我答应了我们的主任，一定要协助她把渔岛的学校建起来。公司的事有叶总，她比我强。"

叶亚华想了想，说："那再给你三个月时间吧，你去帮助她等于我公司帮她的忙。小楣，小雁刚回来，晚上带到家里去吃饭吧，你跟家里打个招呼。"

"在公司吃饭就可以了，免得打扰您！"秋雁忙说。

"啰唆什么，走！"叶雪楣手一挥，起身走出董事长办公室。

第二十四章　雪楣之恋

秋雁只好跟着叶雪楣来到华侨别墅村。

这是一栋欧式建筑风格的三层楼别墅。进了大门，是花团锦簇的花园，长春花、鸡蛋花、红龙花、黄金叶、软枝黄蝉等名贵花卉尽展风姿。油棕、小叶榄仁、大花紫薇、旅人蕉、花叶橡胶榕等亚热带植物生机勃勃。秋雁从这些花木中感受到了叶雪楣是个热爱生活、性格阳光、充满青春气息的女孩子。

进了屋，首先映入秋雁眼帘的是大厅正面墙上的一幅《鄱阳湖天鹅岛生态园》全景图。左边是天鹅的艺术照片，右边是大雁的艺术照。

天鹅照的配文是"大美"二字。

大雁照的配文是"忠贞"二字。

生态园的配文是"梦想"二字。

叶雪楣指着图问秋雁："美吧？"

秋雁："美极了。您的梦想终于在我的家乡变成了现实。叶总，感谢您！"

"拿什么感谢我呀？"

"授予您天鹅岛荣誉村民，好吗？"

"不做荣誉村民，要做正式村民。"

"高攀你了，叶总！"秋雁当然听出了叶雪楣的意思。

叶雪楣突然用双手捧着他的脸，狠狠地吻了一下。

秋雁惊慌地向墙根退去，用手擦了擦叶雪楣吻过的地方，心跳得很厉害，瞪着眼愣愣地望着她。

"这么看我干什么，不认识？"她大大方方地拉着他上她的房间去。

她的房间在别墅的二楼，很豪华，很宽敞。房间南面有个很大的阳台，阳台上种着各种花卉，紫怡花、爬藤欧月、四色玫瑰、金边瑞香、建兰、鲜艳芳香。

秋雁走向栏杆，扶栏远望，层层翠绿，座座楼房，条条马路，再往远处是宽阔的大海。然而此时他无心欣赏这眼前的景色，脸上渐渐露出了痛苦的表情，内心极为矛盾。

叶雪楣兴冲冲取来相机。"小雁，站好，让我来为你拍几张相。"

秋雁没有反应。

她走上前拍了他一下，他猛回身看着她，迅速回过神来。

"叶总，我替您拍。"他从她手上接过相机。叶雪楣摆弄着各种姿势，让秋雁为自己拍照。

叶雪楣拍完，要替他照。他说："叶总，还是不拍吧，我从来不会照相，长得难看。"

"谁说难看，我看得顺眼就好。站好，开始了！"

"咔嚓、咔嚓"，叶雪楣又端来水果。二人坐在阳光椅子上。她削了一只苹果给秋雁。

"谢谢！"他随手将水果放在前面茶几的盆子里，没吃。

"你有心思？"叶雪楣才发现秋雁情绪不对劲。

"没有。只是不习惯。"

"你真是农村出生的孩子，在你家习惯，在我这里反而不习惯。慢慢我要你习惯。"

"叶总，可能跟我的出身有关，我对城市里的生活真的不习惯。总觉得还是家乡好。说真心话，我想辞职，回渔村工作。"

叶雪楣手上的苹果掉了下来，惊讶地看着他："你想辞职？"

"是。"秋雁从实回答。

叶雪楣脸色陡然大变："你真让我爸失望！"

秋雁："叶总，您和您爸对我太好了，我一直不敢开口，怕伤害你们。我内心很愧疚，也很痛苦。"

叶雪楣哭了起来。

秋雁慌了。"叶总，别，别哭！是我对不起您，请原谅！"他赶紧拿起桌子上的卫生纸替她擦眼泪。

叶雪楣突然拼命地捶他，边捶边哭："你走，你走，永远不要见我！……呜，呜……。"

"叶总，别哭，别哭！"他用双手扶住她。

她扑进他的怀里，紧紧地抱住他。伤心地哭着。

"叶总，我心里明白，自进您公司来，您一直对我很好。我对不住您，我伤害了您的情感！我觉得您我之间的差距太大，您的条件这么好，您那么优秀，您和您爸有这么大的事业。我配不上您，真的！"

叶雪楣抬起头，说："我不认为我们之间有什么差距，我从不把家里的资产看成是什么条件。我虽然出生在外国，爸爸从小教育我，我们身上流的是中国的血液，我同你一样有同样的理想和追求，你和我之间有太多的共同点。在我心中，你就是我的白马王子，我不说一句假话。秋雁，你不要离开我，好吗？"

叶雪楣的真情打动了秋雁，他的泪水哗哗地流了下来……。

秋雁不知道自己是怎么走出叶雪楣的别墅的。他没有回公司也没有回自己的宿舍，漫无目的地沿着滨江大道向海边走去。来到海边的沙滩，他一下子瘫倒在沙滩上，仰面凝视着天空。天空万里无云，不时有隆隆的飞机声从头顶划过。他闭上眼睛，回想大学毕业后应聘来亚华工作近三年的时光。初识叶雪楣，只是把她看成是一位华侨富豪的娇小姐，美丽、时髦、高傲。平时除了项目上的汇报没有什么交流，后来逐渐发现她找他的频率增多，大事小事都把他找去，听他的建议和意见。而且董事长对他也重视起来。

从与她越来越多的接触过程中，他似乎对她有了感性的了解。她是一个好学的女孩，特别是对集团公司开展的各项业务她都十分认真地去找资料查书籍，向专业技术人员咨询。而且公司里做的项目绝大多数与她学习的专业无关，因为她是老总，而且她爸爸准备将公司交给她，所以她格外努力。这在富二代中是很少的，可能缘于她父亲的长期教诲。她的父亲是爱国华侨，她也很爱中国。最让自己佩服的是她与一般女企业家不同的是，她并不看重金钱，看重的是自己的理想，自己的追求。她特别追求完美追求美好，热爱生活热爱自然。

如果不是白鹤在他心中已经占有位置，他这辈子能找到她作自己的侣伴，真是上帝的恩赐。

她什么时候爱上他的，为什么会爱上他？他在心中怎么也找不到答案。他想，自己一个贫寒人家出身的子弟，一无本钱二无相貌，在择偶的问题上对她这样公主般的女孩想都不敢去想。在她手下只有老老实实地工作，认认真真地完成她交给的工作任务。

他只隐隐觉得与她在一起探讨工程项目时，理念上是那么默契。她追求美，他追求文化，彼此默契，一个普普通通的项目在他们手中就成了文化符号，就与众不同。而且她在征求自己的意见时总是听得那么专注，听得那么认真，她总是发出赞赏的声音。开始她的爸爸并没有注意到孙秋雁，只看作是公司的一般员工。听女儿说了之后。他才注意到了秋雁，并有意地给秋雁加了一些技术项目。通过一段时间的考察，觉得这个青年人不但业务能力很强，而且品行端正，有智慧，有开创精神，从内心也喜欢上了他。女儿小楣的婚姻一直是他的一块心病。这孩子不小了，在选择对象的问题上眼光又高，一直没有她看中的人。如果她能看中秋雁，说明这个小伙子定有过人之处。他是相信自己女儿的。女儿要去渔岛建生态园以及自己打算为渔岛捐赠一所希望小学，都是出自对秋雁的信任。

手机的连续响声把秋雁从沉思中唤醒。他一看，是叶雪楣的电话。

"小雁，你在哪？爸爸找你。"

"哦，我马上去公司。"他从沙滩上站起来，随手招了一辆的士，回到公司。

"董事长，找我有事？"

叶亚华丢给他一份材料，说："宝安工地出了点问题，你先去处理一下，回去的时间可能要往后推一推，行不？"

"行。我这就去宝安。"秋雁拿起董事长交给他的一包材料回到自己办公室先仔细看了起来。宝安的工程项目是一个高档次的商品房小区。规划、设计他都审计过，应该没有什么问题，施工是外地一农建队。难道是施工过程中出了问题？他火速赶到宝安。

果然是施工队的民工在闹事。施工队头头姓张，几天见不到人，这个月民工工资没发，民工不干了，罢工。

"张经理哪去了？"秋雁问罢工的民工。

"我们都找不到他，几天不见面，他的老婆都不知道他哪去了，我们饭都没得吃。你是公司的？你帮我们想办法。"民工围上来了。"请大家不要闹，我是公司工程部的，是董事长派我来处理你们的问题。请大家回到自己的岗位上，该做什么还是做什么，工地不能停工，好吗？"秋雁抬高嗓子对民工们说。

"我们不干，不发工资谁干？公司发我们的工资！"有人起哄。

"这样好呗，我答应三天之内解决你们的问题，保证不少大家一分钱，你们劳动了，公司应该给你们报酬。我叫孙秋雁，是总公司工程部的工程师，三天之后你们还没有领到工资去总公司找我。" 民工们看看这位叫孙秋雁的工程师说话还诚恳，互相交流了一下，最后答应了。

秋雁找到施工队财务室，询问民工的工资情况。会计人员告诉他，"施工队共有民工 92 人，每次工资开支总数在四十万左右。施工队每月能按时到总公司财务部结到工程进度款四五十万。上个月的工资款公司下拨了近五十万元，由张经理签字转到他自己的账户上去了。这位会计人员还提供了这么一条信息：张经理最近老去澳门，可能是去赌博！

秋雁一听，暗叫了一声：糟了！

他当机立断，迅速去当地公安部门报了案。

经公安部门侦查，证实张经理确实携民工工资款在澳门赌博。经与澳门警方联系，第二天就将他抓了回来。在公安人员的教育下，他答应将民工的款全部退给民工。他一边向家里人打电话，一边向朋友借，凑足了数量交给公安局。公安局按规定对他处以罚款，并拘留十五天的处罚

第三天，民工们拿到了工资。

秋雁考虑到姓张的要十五天后才能放出来，工地没有人负

责，工程质量不能保证。他自动留下来，吃住都在工地，与民工在一起。一边看图纸，一边检查施工质量。

民工们看到这位年轻的工程师说话顶用，又能在工地上和他们打成一片，所以干起活儿来很卖劲。

张经理放出来后回到工地。秋雁把工作进行了移交，还跟他进行了一个多小时的谈话，劝他戒掉赌，为了家庭，更为自己。姓张的知道这次是孙秋雁报的案，心中狠狠骂了一句："你这小子害得老子坐了十五天的牢，老子记得你！"秋雁并不知道这件事给自己埋下了祸根。

秋雁回到总公司向董事长做了汇报。董事长对他处理突发事件的能力和认真负责精神看在心里，没多久，通过董事会总公司任命孙秋雁为总经理助理，工资随之上升。这看来是一件好事，可是秋雁觉得进退两难。他清楚这是董事长对他的信任和培养，甚至他还想到这是叶雪楣有意把他留在自己身边，放在眼皮底下。自己已经打算辞职回到家乡去，为了不伤害叶雪楣的感情，他没有马上向董事长正式提出来，是想到适当的时候再离开。最好是等到她打消了追求自己的念头，或碰到更中意的男朋友就更好。现在看来，她不但没有放弃自己的意思，反而加紧了追求的步伐。这怎么办呢？

他明白自己在女孩面前是个弱智者。他只好服从总公司的安排，将自己的办公室搬到了叶雪楣办公室隔壁，履行总经理助理的职责，当然他主要还是负责工程技术部这一块。上班的第一天，他就向叶总请示回渔岛帮助建校的项目。因为这是老爸许诺了的，所以叶雪楣也不好拦阻。

叶雪楣叫手下人替秋雁买好去云江的飞机票，她亲自开着宝马送他去机场。

到了机场，车停稳后，坐在副驾驶位子上的秋雁随手推开车门正欲下车的一刹那，叶雪楣突然扑过去将他的车门紧紧拉上。

"叶总，怎么了？"秋雁一惊。

"我不让你走！"叶雪楣的眼睛里带着血丝。

二人对峙了几十秒钟，秋雁移开了视线。他内心十分痛苦，他真想紧紧抱住她，或让她狠狠地打自己几下。他握住她的手，轻轻抚摸着，想抚平她一颗受伤的心。

她的泪水流了下来，抽回自己的手，轻轻推了他一把："你走吧，飞机快起飞了。"

秋雁下了车，又转过头来说，"叶总，您保重！"

叶雪楣一直目送着他走进机场候机大厅。

第二十五章　渡口风波

鄱阳湖到了退水季节。天鹅岛的四周水退下去的浅湖面露出来，大片大片的绿地，附着肥沃的湖泥，湖草疯狂地长着，整个成了宽阔的草原。一团一团的湖菊和红花蓬勃地绽放起来，把渔岛衬托得格外美丽。来岛上旅游的人逐日增多，因渔岛在鄱阳湖中心区，从谷子包到岛上还得坐船才能到达。平时游客都是坐着木船或机帆船去岛上，谷子包有一支船队，七八条木船日夜不停地来回接送岛上旅游的客人。今年由于岛上接待条件改善了，去旅游的人比往年成倍地增长，靠七八只木船远远不够用。白鹤找到县上旅游公司，请求他们能调两条旅游船去谷子包码头接送游客。

水上旅游公司在鄱阳湖上有三条大船每次可以渡一千多人。除了鄱湖环游用外，有一条专跑吴城候鸟景区的路线。公司老总姓黄，黄总接待了白鹤。黄总说："两条船不可能。可以考虑给一条你跑天鹅岛。跑候鸟景区线路的客人蛮多，游湖的那两条船有时吃不饱，当下退水季节，水面缩小，我们可以抽一条出来去跑你们那里，一天来回达一万人次没问题。"

"那就先给一条吧。黄总，是不是今天就把合同签了。"白鹤向黄总提出了一个问题。"我的船大，跑你们那里的线路，两边的码头都要重修。"白鹤没有想到这么个问题，她考虑了一下。说：

"这样吧，谷子包这边的码头归你们负责修。渔岛那边的码头归我们负责修。不过要抓紧，争取早日投入使用。"

合同签了后。双方抓紧时间抢修码头。码头修好后，黄总指挥着一艘漂亮的"天鹅"号旅游船开了过来。靠在谷子包码头，准备游客上船。

突然从小渡船上冲出几个村民，手持木棒，挡住游客，不准他们上"天鹅"号游轮。

游客们一时不知发生了什么事情，一起哄闹起来。黄总听到岸上的吵闹声，立马赶上前去，指着持木棍的村民喝道："你们这是干什么，为什么不让他们上我的船？"

村民喊道："这是我们村的地皮，你抢了我们的饭碗，这条船一来，他们都不坐我们的船啦。我们世世代代在这里划船渡客，我们要吃饭不？"

黄总："游客愿意坐谁的船就坐谁的船，你们干涉得了吗？笑话！"

"没有你们的船他们自然要坐我们的船，你们把船开走，不开走，别怪我们不客气。"

"你们还无法无天了，要干什么，想打架？"

一位壮汉大吼一声："老子就要砸了你的船，咬老子的卵！"说着冲上游船抢起木棍就砸。

"砸，砸烂他的船！"其余村民一起冲了上去。

旅游船上的员工一起拿着工具纷纷冲了出来。眼看一场流血事件就要发生，这时黄总慌了，他只好奋力拦住自己的员工，跳到两支打架的队伍中间大声喊道："谁也不准打，打死了人要枪毙的。"两边的人都停了下来。

旅游船上有人已经报警了，公安小车飞速赶来，警察跳下车："怎么回事？"

黄总忙上前向警察说明了事情的经过。警察把那个带头砸船的村民带上了警车，并警告其他人，有理好好讲，谁也不准打架，谁违法抓谁。一场突发事件很快平息下来，谷子包的船民找到村主任。村主任立即赶到派出所将那位被扣的村民保了出来，然后登上游船找到黄总。

村主任对黄总说："今天闹事的都是靠渡船为生，你们一来他们就没有生意了，这是个实际问题。你们要考虑考虑，不然的话，矛盾还会发生。"

黄总："这事儿本来不关我的事，是对面岛上的白主任找到我们，要我们支援一条大船。我要事先弄明白了这么一个情况，谁还来找这个麻烦，你最好找白主任来交涉交涉。"

马主任给白鹤挂了个电话，简单地说了一下刚才码头发生的情况。白鹤说，我马上赶过来，请你叫黄总不要离开，三方共同商量一下。

白鹤赶到谷子包渡口码头，听取了黄总和马主任的讲述后，她思索了一下，说："这样吧，解铃还须系铃人。我们去村里，把那些船民全部召到你们村部。开个会先听听大家的意见。"

马主任："好。"

十几位船民全来了。白主任先做了介绍。然后对村民们说："大家有话好好说，不要胡闹。闹解决不了问题。"

船民说："我们要吃饭，别的不管。"

白鹤站起来说："乡亲们，你们的意见刚才马主任都跟我讲了，我理解你们。今天发生的事儿，首先我要做检讨，是我之前没有调查清楚，也没有跟你们村商量，在这里我说一声对不起。我们俩村亲上加亲，是一家人。"

她转了一下口气接着说："你们也知道。渔岛这两年变化也大，过湖参观的人越来越多。像从前那样光靠你们这几条小木船远远不够。你们看今天码头上聚了这么多人，他们都是去渔岛参观的。所以我们请了黄总的公司安排了一艘大船，这也是形势发展的需要。"

"他的船一来，我们就没有生意了！"没等她往下讲，船民中就有人说话。

"说得对呀，旅游船一来，小木船就没人坐了。我想问大家，这是什么缘故呢？"白鹤马上借他们的话反问了一句。

"旅游船快些啵。"有人回答。

"不光是快慢的问题，主要还是安全问题，这么宽的水面有不测风云，客人肯定是坐游船。"白鹤说。

"我们划了几十年的船，什么风浪没见过，翻船的事故没有过。"一老船工说。

白鹤："大伯、大叔，你们都是老舵手，船划得好水性也好，还会唱渔歌。我长年都是坐你们的船来来往往，特别是你们这几位上了年纪的，一年四季在风里来雨里去很辛苦。我有个想法，不知你们乐意不乐意？"

"有什么想法，我们听听。"有船工问。

"想把你们请到我们岛上去。"白鹤说。

"我们到岛上去做什么事，大伙儿都是自小划船，别的事干不来。"

白鹤："还是干你们的老本行。"

"划船？"

"对，划船。"白鹤继续对大家说，"我把你们现在十几条船全部重新翻新一下，打扮成观光旅游船。让游客坐你们的船，坐你们的小木船作环岛游。你们还可以唱唱渔歌给他们听听，保证很受游客欢迎。船票的收入全归你们，村里不要一分。这样，比你们现在划渡船既轻松又安全，收入肯定多。这样好不好？"

225

船民们没想到这位年轻的女主任会看中了他们，一时议论开了。

马村长："这怎么不好，收入比原来肯定要高。"

船民们经过合计后，都说："行！只要有别的事做，渡船就不驾了。"

白鹤："好。明天你们把船划过去，到村委会找我。就这样吧，谢谢大家的合作！"她与众人握了手，准备返回渔岛。

马主任看见她要走，赶忙拦住："怎么能走呢？在这吃顿饭再走。"

白鹤："村里还有好多事，下次邀您过去玩玩，我请客。"

马主任："你这样就不卖我的面子了，你从来没到过我们村委会来，空着肚子走？不行，干脆把大伙儿都留下来陪你喝盅酒。黄总，你也是我们的客人，一起吃顿便饭。刚才在码头发生纠纷，让白主任一来就圆满地解决了。中午我们喝杯团结酒！"

黄总连连点头："那是，那是。我们的游船在你这个码头，还仰仗马主任多多照顾。这样好呗，我先去码头安排一下，游客还在那里等，叫他们开船。回头我一定来陪白主任。"

白鹤也只好留下来，吃了饭再走。

马主任亲自到村部小食堂安排中午的饭菜去了。

白鹤从谷子包回到渔岛，今天的水路之争，让她想到一个问题，鄱阳湖上和周边的村民千百年来走的两条路，一条是在涨水期乘船走水路；一条是在旱季走湖滩的石板或沙子路。湖滩的石板路是古人用古板一块一块铺起来的，遇到港湾还要架座石桥才能过湖。沙子路是利用湖里颗粒比较粗硬的沙子填成的路，弯弯曲曲，高低不平，只能走人，不能行车。这样想从东边过湖走到西边往往要花大半天时间，水季完全依赖渡船。船少，遇上过湖的人多，只好坐在岸上等，等一趟至少也得一两个小时。对行人来说，多不方便呀！

她望着眼前茫茫的湖水，心中升腾起一个想法，如果在百里鄱阳湖上架起一座水泥桥，可以跑汽车，那帮湖区的人民解决多大的问题啊。

架一座跨湖大桥需要多少钱呀，这不是渔岛的力量能解决的，甚至也不是县财政力量能解决的，需要国家投资才能变成现实。

想着，想着，一种美好的情景好像就出现在自己眼前。她兴奋起来，立即将自己的想法告诉春鹅。春鹅听后连说那就太好了，对渔岛的发展有着重大的意义。春鹅提议，叫她把这个想法写成报告，先报县里，让县里上报省里，然后由省里向中央报告，说不定还真有效呢。

白鹤沉思下来，她摇摇头，说："国家投资几十个亿甚至上百个亿建一座跨湖大桥首先考虑的是经济效益，这样的大桥对湖区人民有利，对国家有多大利益。这不是我们这些小老百姓能想到的事。不过向县政府写个报告，反映一下渔村人民的愿望这倒是可以的。"

晚上，白鹤在办公室准备起草报告，正要提笔，想起了要把自己的这个想法告诉秋雁，听听他的建议。

"小雁吗？……嗯，……你不是说向公司请了假，回来一趟吗？……哦，哦，好的。今天告诉你一件事……"。她把在谷子包渡口码头发生的事简单讲述了一遍，接着说，"因此，我想如果在鄱阳湖上架一座钢筋水泥结构的跨湖大桥，那该多好啊！"

"你说什么？"秋雁立即打断了她的话。

"建一座跨湖大桥，我们就方便了。"白鹤把自己的想法重复了一遍。

"不行！"

“怎么不行？”白鹤不知白秋雁为什么反对。

“破坏了鄱阳湖的自然景观！你要知道鄱阳湖不但是中国而且是世界上自然生态最好的淡水湖，人类只有好好保护它才对，千万不能为了人类自己的利益去破坏自然。现在到处在搞什么经济开发圈，不顾保护我们的生存环境，总有一天是要后悔的。”秋雁语气很重，把白鹤满怀的信心和兴趣打消得一干二净。

白鹤刚想说什么，秋雁又说：“改善湖区人民的交通问题，办法很多。比如修环湖公路，可以修环湖高速公路。如果有条环湖高速，人们到哪里去也很方便嘛。”

环湖高速？白鹤真的很佩服她这位心中的白马王子。他的确比自己有知识，有头脑，而且站得高，看得久远。

她放下了手中的笔，撕掉了刚刚起了个头的报告，走出办公室，走到外面，对着浩浩湖水，叹了一声：

渔村人一辈子只能靠船！

第二十六章　渔村学校

秋雁带着渔村学校的设计图纸回到了家乡。

白鹤召集村委会所有的干部来村部听秋雁讲解设计意图。大家听后一致称好。

白鹤问财会，村部可拿出来建校的资金有多少？

财会室算了一下三年来进出的账目。生态园、酒店、博览村、环湖旅游、浴场、古战场遗址、文艺队、农家乐和旅游商品店上交的地税，除支出的外，账上还有三百八十万。如果扣除每月必发的人员工资，可用资金不足三百万元。

白鹤在村委会上说，我们要勒紧裤带挤出钱来建学校，我表个态：从这个月开始，每月从我的工资里拿出一千元，作为筹款借给学校搞建设，一直到学校建成为止。这笔借款也要等学校建成后归还。三百万资金远远不够，我们要向银行贷款，还要向岛上经济条件好的村民借。先开工，边建边筹款。

她这么一表态，其余的干部也只好表示让财务每月从自己的工资里扣，各人家庭的情况不同，有好的有差的，三百、五百不等。

白鹤这样做是让村干部为全岛村民做个榜样，带个头。果然，村民本来就渴望自己岛上有所学校。村委会一号召，都没有怨言，三百万多户除极个别困难的以外，都或多或少拿出了一些钱帮助村里建校。

村干部和全岛村民的集资款总数额超出一百万元，离整个工程的投资相差甚远。

白鹤只有求助银行贷款。她找到县银行行长，行长不冷不热，说这个项目不怎么好贷款。白鹤找县政府分管文教的副县长，副县长倒是很支持，拿起电话就帮渔岛说情。行长是外地人，加上银行又不归地方政府管辖，在电话中只是客套地应付一下，答应到渔岛去考察考察再说。

经白鹤再三邀请，行长推说自己忙，派了个借贷科科长跟着白鹤来到渔岛。

这位科长在岛上吃喝玩乐了两天后高兴地回到行里。行长听了汇报，感觉到渔岛具有还债的能力，同意先贷两百万元。科长立即通知白鹤派财务人员去银行办理有关手续。

科长替他们把手续办好了，但没有及时放贷，让渔村会计在县城等几天。会计晚上请科长吃饭，问哪家饭店好，科长指定了"凤凰楼"。凤凰楼是县城一家集吃饭和娱乐的酒店，价位很贵。会计摸摸口袋，自己钱带得不多，立即给白鹤打了个电话。白鹤在电话里说，你先在熟人那里借一点，一定要招待好，让科长满意，早日把钱打过来。

会计有了主任的指示，他就可以放开手脚。他到一位亲戚家借了三千元，加上自己身上千把元，吃一顿饭总不会要三四千块钱吧。

科长下班后赶来凤凰楼，会计一看只有他一个人，松了口气。让科长自己点菜，科长点了三个菜一个汤，野生脚鱼、牛鞭、湖莘草和一个鸽子汤。会计一看价格，九百多！九百就九百吧。他问科长喝什么酒？科长问他喝酒不？他说我从来不喝酒。科长说我一个人喝什么酒，不喝。实际上会计不但会喝酒而且酒量很大，他清楚在这种情况下喝酒不是茅台就是五粮液，一瓶一千多。他心疼钱。

两个人埋着头吃菜，吃完会计叫服务员来结账。科长对服务员说，再拿两条软中华和两瓶茅台来。两条软中华香烟一千四百元，两瓶茅台二千二百元，加饭菜九百元，共计四千五百元。会计心中暗暗叫苦，身上只有四千元。他怕在科长面前露馅，只好叫服务员稍等一下，由他结账，先送客人回去。

科长提着烟酒走后，会计只好打电话请亲戚送五百元钱来。

第二天早上一上班，会计就出现在科长的办公室门口。科长见到他，说拨款还要等两天，你晚上还在昨天的地方等我好了，不要守在这里。会计吓了一跳，昨天花掉了五千元，今天再去哪里有钱。自己身上只有回去的路费，他只好将情况向主任报告。

白鹤接到他的电话后立即叫春鹅带上一万元赶到县城，酌情处理。春鹅很气愤，说那科长太贪了，真黑！白鹤叫她快走，你气愤有什么用，两百万还在人家手中的，你先把这个人伺候好，让他早日把款子拨过来，这是最要紧的。我们等着这笔款子开工！

春鹅到县城已经是下午。她与会计会了面，会计把科长的态度跟她做了汇报。春鹅告诉会计，这笔款没有问题，肯定要拨的，只是科长想从中捞点油水，如果没批下来，科长是不敢这样做的。会计心想，如今社会都这样，他捞点油水就让他捞吧。他对春鹅说，今晚可能又要花五千元。春鹅拍了拍皮包说，带足了。

晚上，科长来到老地方。一进门，见多了一位女的停住了脚步。会计立刻站起来介绍，这是我们村委的杨主任，她分管我们。春鹅上前与科长握手："科长，这次多谢您了，主任特意要我来当面谢谢您，请上坐。"科长这才放松下来，他凑近春鹅，低声说，今晚我没工夫陪你们吃饭，我马上有事要走。关于你们那边款子的事儿，你们主任很清楚我们的行长是不同意的。是我去了你们岛上回来后

231

替你们说了很多好话才勉强同意，按照拿不到桌面上的规定，你们应该给我百分之二的酬金。你俩先商量一下，我先走，明天上午答复我，我在行里等你们。说罢，他转身就走。春鹅立刻把科长拉住。好，就按你的意思办，我负责！请把您的私人账号给我。你们的钱一到账，立刻就打给您。科长看看这位女主任很干脆，又坐下来拿了一张纸，写了个银行账号给她，然后告辞了。科长走后春鹅一屁股跌坐在椅子上，头上冒出粒粒汗珠。会计惊讶地看着她说，这么大的数字，你怎么一个人敢做主，不请示主任？

春鹅："不答应行吗？这家伙捞不到油水是不肯罢休的，说不定还会坏了我们的事。我身为村委会主管财务的副主任，只能我做主，不能让主任犯错误，将来出事了，该我一个人承担责任，我不想扯到别人头上。"

会计："那我也在场，我也有责任，这家伙这么干迟早要出事，我俩等着吧。"

"为了村里建校，坐牢我也甘心。"春鹅咬着牙说。

春鹅和会计第二天中午就回到了岛上。一查账，两百万的贷款已到了村里的账户。由春鹅签字，会计操办，汇了四万元给那位科长。

晚上，春鹅才将此事向白鹤说了。白鹤大吃一惊，这不是行贿吗。春鹅解释说，这叫对方索贿。

在第二天的村委会上，白鹤将银行的事儿跟大家通报了，当大家听到那位科长要了四万元回扣时，个个都很气愤。水生说可以告他。春鹅说："怎么能告，这是第一笔贷款，还想贷款不？这事是我做主的，也是我经手的，将来出来事由我承担责任。"

白鹤立即打断她的话："要负责只有我负责，我是村委会的一把手，怎么能要你负责呢。这件事儿我今天向班子成员通报一下，让大家心中有数，希望大家不要对外讲。群众知道了，说不定闹出了什么事，不好收拾。"

渔村学校工程项目开工典礼的那天，全岛像过年那样热闹，在工地上，村民把孔子的巨幅画像挂了起来，凡是有适龄儿童的家庭烧香放鞭炮，在孔子像前三磕头，求孔大师保佑自己的子女读书成名，最好成为像大师门下七十二弟子那样的贤人，名扬天下，受世人敬仰。

家家户户端来了刚刚做好的米粑（渔岛人习惯叫这种米粑为发粑），在工地硕大的场子上摆七八十张桌，唱着渔歌，吃着发粑，祝愿发达。其场面极为壮观。

开工后，凡是有劳力在家的农户每天都轮流前来做义工，这样一来，不但为工程造价省了一大笔钱，而且大大加快了工程的进度，全岛的村民都把建校当作自家建房一样上心。白鹤每天都要来工地看看，她对负责施工的工头反复叮嘱一定要保证工程质量，因为这是关乎祖国下一代的头等大事。

白鹤看到工地进度这么快，不出三个月教室、教师宿舍楼和办公室都可以完工。面临着暑假招生的问题。这时最要紧的事是老师还没有着落，她想到聘请几位高层次的教师，名师出高徒。

这天，她把村里的工作做了安排就去武汉，回到自己的母校"武大"。走进校门，她遇到了教自己汉语言文学的沈教授的夫人正买菜回来。

"师母！"她快步上前，恭敬地向师母打招呼。

师母站住，看着她。"你是？"

"我是六班的白鹤呀，师母您好！"

"哦，看我这记性！是小鹤呀，你不是毕业了吗？"

"毕业三年多了，今天回学校来看看。"

"在哪里工作呀？"

"回家乡去了。"

"你好像是江西的吧？"

"是，师母记性好，江西云江的，沈教授还好吗？"

"刚退，在家呢。走，上我家吃饭。"师母很热情。白鹤到附近的水果店提了一大袋水果，跟着师母来到了教授楼。

在班上，白鹤的成绩非常棒，文章也写得漂亮，深得沈教授的喜爱。沈老师见学生来访，特别高兴，叫老伴儿做了两个好菜，要好好跟白鹤交谈交谈。

沈教授以为像白鹤这样优秀的学生会分配到一个很好的部门工作，没想到她自愿回到乡下做起了主任。他刚一听感到惊讶，听了她的叙述后连称赞她有志气有理想是干大事业的青年人。

沈教授自己也是出身农村，20世纪60年代大学毕业，留校当起了老师，一辈子在武大。但他对农村还是很有感情的，特别对那些从农村考上来的学生很关注。当白鹤讲到渔岛千百年来没有自己的学堂，这次下决心建了所小学时，沈老师脱口而出："你做了件好事啊，好，好！"

白鹤趁机说出了此次回母校的目的，想为渔村学校找几位好老师。沈教授摸了摸自己的头，为难地说："现在这些大学毕业生都想留在城市工作，他们哪想到农村去"。

"老师，我们那里现在可不比城市差，成了中国最大淡水湖中的一颗明珠，是不一般的渔岛呢，要不，我邀请老师和师母一起去看看？"

"好，好。"师母听到白鹤的邀请赶紧答应。丈夫退下来后，成天闷在家里，脾气也怪了，动不动还使点性子，可能是不习惯退休的生活，到外面走走，让他开开心。

沈老师的确不习惯退休后的静寂，几十年的教师生涯，上课、改作业、与学生交流、读书写论文，一年四季都忙，没有多余的时间。虽说累但很充实。离开了讲台，课也不要上了，学生远离了你，甚至觉得课题研究也没有什么意义，心中空空的，总觉得不是滋味。白鹤说她的家乡那么漂亮，去看看吧，鄱阳湖虽说距离武汉不远，但也没有去看过。沈教授夫妇随着白鹤登上了天鹅岛，眼前的景色让老人移不开脚步，他们从来没见过这么大的湖，这么绿的草地，这么好看的花，这么多的鸟，还有这么好吃的鱼。沈教授因为患有轻微的糖尿病，在家不敢吃肉，医生叫他多吃鱼，武汉市场上鱼类很多，味道就是没有这里的鲜。

吃过午饭，白鹤领着沈教授来到渔村学校的建筑工地。已建起来的教室和办公楼一律只有两层，白墙红屋顶，坐落在绿树林丛中，格外醒目，宽敞的球场南端建起了三栋特别的房子，一栋平房，围了个院子，推开院门里面是各类花草。房子是木架结构，青砖黑瓦，典型的仿古渔村民宅，地面上铺的木地板，内墙面也是木板镶平的，涂上了原木颜色一体的油漆。面积足有一百五十平方米，宽敞、明亮。沈老师赞不绝口，他坐在堂厅中的木椅子上，羡慕异常，对老伴儿说："我俩要是有这样的房子住住，人也要多活几年。"

"老师，师母，如果您二老愿意，我们学校这栋房子就给你们住。"白鹤抢着沈老师的话头说。

啊？二位老人一起望着眼前这位学生，不明白她的意思。

"老师，是这样的，我们村委会研究了，新的学校建起来，马上要招学生，开学了，但是学校还没有找到合适的老师。有合适的老师愿意来这里工作，只要工作五年以上，我们就无偿赠送一套房子给他。旁边的另外两栋是每两户合一栋，这一栋是单独的，这栋房子是准备送给这里做校长的老师。您是我们国家教育界的名师，又刚好在武大岗位上退下来，如果愿意来我们这里任渔村学校首届校长，那真是渔岛的福气。"

"他这个书呆子，怎么做得了校长。"师母一听插了一句话。

235

"谁说我做不了？当年不是叫我做大学的校长吗？是我不做。"沈老师生气地顶回了夫人的话。她一辈子总是小瞧了他，他不服气。

白鹤跳了起来："老师，您同意了，太好了。"

"五年没问题，你看我这身子骨，别说五年再干十年也没问题。"沈老师满怀信心地说。

随后他叫白鹤陪着他把学校里里外外仔细看了个遍，边看边询问渔岛适龄儿童的人口和基本情况。

白鹤告诉他，这所学校目前是以办小学条件申报的。今后绝不只是办小学，要办初中、高中直至大学。业余时间还要办各种成人文化培训班，让渔村所有没念过书的人都能入学受到文化知识教育。

老师越听越来兴趣："你真是在搞教育体制改革呀，想法很好，我全力支持你。"

"老师，有您来办这所学校我就放心了，聘书明天就给您送过来。"

"行，我不走了，明天就开始工作，年近花甲来当一回小学校长。哈哈哈哈！"老师开怀地笑了，笑得是那么天真。

武大名师、中国汉语言学家沈教授，受聘鄱阳湖渔岛小学当校长的新闻，像飓风一般席卷了中国各种新闻媒体，吹遍了大江南北。

小小渔村小学一下成了万众瞩目的热议。沈教授又一次成了新闻人物。

随后的教师招聘就不是应聘者挑选学校，而是成了学校在挑选应聘者了。白鹤协助沈校长第一批招聘了两位名牌大学毕业生、两位城市中学来的数学和语文教师，师资力量不同凡响。

第二十七章　视频事件

　　秋雁协助白鹤建校三个月假期已满，只好准备回深圳，白鹤不想让他走："你不是说辞职吗？怎么舍不得那位董事长的公主？"白鹤故意激他。

　　"你说什么呀，谁舍不得她，我上次已经跟她打过招呼，说我要辞职。"

　　"真的？她同意吗？"白鹤急切地问。

　　"她没有表态。"秋雁故意隐瞒真情。

　　"她表不表态没关系，关键是你下不下决心，你是不是考虑到回来的收入比深圳低得太多了？"

　　"对我本人来说，收入多还是少不是根本问题，多就多花少就少花，何况现在村里干部的工资也不低，村里经济发展得好，大伙儿的收入自然会增加。父母在这方面也有考虑的，他们一辈子穷怕了，看到我在深圳拿到这么高的工资，当然不会同意我回来，我还得慢慢做他们的思想工作。"

　　"老人的工作怎么做法？我一下子又不能让你在村里工作也能拿到深圳那么高的工资，不过我想这一天离我们不会太远，你看春鹅、水生、兰兰他们多大的干劲，多大的信心，这就是希望。小雁，我真想你也能与我们一道回来干！"

"我不是一直在与你们一道回家乡建设工作吗？"秋雁伸出双手将白鹤的手紧紧握住。

白鹤看到秋雁的手是那么有力量，顿时一股热流涌进了她的心房。她顺势一倒，倒入了秋雁的怀抱。秋雁双手把她紧紧抱住。

一轮明月从湖面冉冉升起，如银子般的光洒在湖面上，湖水平静如镜，夜静得听得见对方的心跳。白鹤与秋雁坐在湖边的草地上，彼此心中都憧憬着未来。

秋雁告别白鹤回到了深圳。董事长叫他去宝安工地去催一催工程进度，因他前一起事故他处理得很好，总公司放心。宝安的楼盘销售得不错，客户手上拿着钱没现房。董事长急于要收回那里的投资开发新的项目。

秋雁收拾了几件换洗的衣服就赶去宝安。

宝安工程承建公司张经理向他汇报工程进度情况，提出增加室内装修单价，因为他原来是在老家请的装修公司，为了赶进度，只好在深圳请星艺装饰公司。星艺是广东著名的装饰公司，技术力量强，队伍大，时间可以提前一个月。但是他们的单价在深圳是最高的，比他原来请来的公司的价位高出百分百。

秋雁一算，好家伙，整个工程的室内装潢费几乎要增加一千万元，这不可能。我们公司与你有合同，标准不变，光提前完工，工期要我们增加这么大笔资金不合理。

这不是我要你们的钱，是人家装饰公司提出来的，提前工程工期是你们提出来的。你们不增加钱，我只好按我们合同上的日子交房。别的办法没有，张经理双手一摊，表示无奈。

提前工期是我们总公司的意见，可以考虑增加一些资金，但这样大的数额不合理。秋雁讲，要增加工程款的意见董事长在派他来的时候没有表态，是他自己从提前一个月把房子卖出去收回投资及利润进行再生产这样一个角度上考虑的结果，估计董事长也会同意。

两个人讨论了大半天没有结果，秋雁提出来要亲自跟星艺的老总面谈。经理说，要不你去跟他谈，他们说要多少你们同意就请他们干。他们不同意，那么还是原来的队伍干。我按合同交房子，别的我照顾不到。

秋雁在张经理的带领下，来到了广东星艺集团深圳的一家分公司老总的办公室。这位老总很牛，如果按亚华公司的要求交房，一分钱都不能少。

秋雁也不示弱，他丢下一句话："你不干算了，我们这个楼盘结束之后，马上要开工的是新城'春天的故事'。张总，走，找别人干！"

星艺老总听说"春天的故事"新城的项目是亚华集团做，为之一震，立马下位上前拉住秋雁："孙工，请留步，宝安的装修好说，好说！"

"春天的故事"新城是深圳市政府重大项目，建筑质量要求高得很，要建成深圳名片式的园区。星艺早就想把这个项目装饰工程拿到手，可以显示自己的实力。他们正在千方百计疏通打进这个项目的渠道，眼下门都没有找到，真是天赐良机，亚华集团的总经理助理孙工程师亲口告诉他，这个项目是他们拿到了手。

"孙工，如果春天的故事的装修工程给我们，宝安的工程我按你们的要求给你们做了，不加一分钱，就按张总跟我们谈的价格，行不？"星艺老总边说边给秋雁倒茶。

"我回去跟我们老板报告，星艺的实力老板也是知道的。老板催促宝安的工地提前完工，也是为了集中力量上新城这个项目。您听我的回话，如果老板同意了，张总明天就和您把宝安的合同签了，您早日开工。"

"肯定，合同一签我的人马上就开到工地去，您放心。"谈妥后，秋雁告辞，星艺老总强行留下他们吃晚饭再走。

秋雁看见主人很真诚，也不好勉强，只好和张总留下来。

深圳星艺老总姓冷，是位十分豪爽和热情的人。他立即吩咐办公室主任去珠江大酒店订个豪华包厢招待客人。

秋雁虽说出生在渔岛，可酒量并不好，平时在公司应付宴请，一般只能喝三五杯酒就不喝了，今天喝下五杯后冷总还不放过，再敬两杯。这两杯酒下去秋雁就坚持不住了，头晕得很厉害，冷总看他实在不能喝了，只好叫服务员把客人扶到房间里去休息一下。

服务员在十五楼替秋雁开了个单独的房间。秋雁倒上床就不省人事，呼呼睡了起来。冷总和张经理来房间看了看，认为只是喝多了点酒，没事。叫服务员和服务台说一声，安排个小姐来替客人按摩一下，好好伺候客人，多少费用不要管，全记在他账上。

冷总和张经理退出后，服务员招来按摩小姐，交代后自己也出去了。小姐进来后没多久，张经理来了。他不放心孙工，一进门就看见小姐在秋雁身上按摩。秋雁的衣服脱得只剩下一条裤衩，心中骂了一句：假正经，醉了酒还要玩女的！他摸出手机，偷偷将这个镜头拍了下来，很快就退了出去。

张经理回到宝安，把手机上拍的镜头翻出来看了看，心里一股复仇的火焰燃烧起来。你姓孙的上次害我被公安局关了十五天，还被罚了几十万元钱，今天你做这样的丑事，我也要让你曝曝光，让你的名声扬出去吧。他将这段视频发到微信群里。

这个视频在千千万万的手机微信群里疯狂地传播着。一天，无意中传到了叶雪楣的手机上。她怎么也不敢相信，这就是她心中的秋雁干的，她气得将手机重重地甩到地上，跌坐在椅子上。

公司的人员有事进来请示她，她愤怒地将他们一个个赶出去了。秘书进来，不知老板今天为什么发这么大的脾气，小心翼翼地进了她的办公室，看见地上摔坏的手机，秘书认得这是叶总的手机，便捡了起来，将甩出来的底板重新安装好，放在老总的桌子上。

过了好大一阵儿。叶雪楣拿起手机，跑到爸爸办公室，她打开手机上的视频将手机丢到爸爸面前："你看，你看，孙秋雁是个什么东西？！"

叶亚华大吃一惊："怎么了，秋雁怎么了？"

叶雪楣倒在爸爸的沙发上大哭起来，哭得很伤心。

叶亚华看过视频后走到女儿身边叫她不要哭，等他把事情弄清楚了再说。

叶亚华把女儿送走后，立即打了秋雁的手机。秋雁正在审查"春天的故事"新城设计图纸。他以为董事长为了这个事找他，便抱着一堆图纸来到董事长的办公室。

董事长的脸色很不好看，秋雁心里不知什么原因。

"董事长，您找我。"秋雁小心地问。

"你自己看吧。"董事长将手机推到他面前。

秋雁一看头上直冒汗，两脚不听使唤，瘫坐在椅子上，脸色煞白。

董事长没有看他，只顾看自己手中的文件，等待孙秋雁的解释。

秋雁认得那是叶雪楣的手机，肯定是她看到了后再来给她爸爸的。这是谁拍的，又在什么地方拍的呢？我什么时候干出了这一件肮脏的事？一连串的问号在他脑子里急剧地翻腾。

"董事长，请您相信我，我决不会做如此丑恶的事。我会去弄清楚，还我自己一个清白。"秋雁镇定了自己的情绪，将叶雪楣手机上的视频转到自己的手机上，然后走出了董事长的办公室。

他望着屋外的天空，他想不明白，自己从来也没有得罪什么人，是谁搞这样的恶作剧，目的是什么？为什么视频会出现在叶雪楣的手机上，故意挑拨我与她的关系，我要去跟她讲清楚！

他转身向总经理办公楼走去。来到楼下突然就停住脚步，现在我这样去辩白，能让她相信吗？依叶雪楣的脾气很可能把他赶出来。秋雁最不想看到那样的场面，他转身回头，向自己的办公室走去。当他走进自己的办公室，办公室里的几个女孩子都用一种奇怪的眼光看着他，肯定是她们都看到了那个微信视频！他低下头故意装作看图纸，急速走了出来，这时他想到，只有求助公安调查事情的真相。

公安人员认真辨认了视频上的房间，认定这是一间高级酒店或宾馆的单人间。他们问秋雁最近去过哪家宾馆或酒店？秋雁突然想到在珠江大酒店吃了一顿饭。自己当时喝多了酒，被冷总安排在酒店客房里休息。秋雁如实跟公安人员讲述了事情的详细经过，请求公安人员出面调查当事人及酒店的人员，帮他查清这件事情。他强调这是一件侵害自己人身权利的案子。

经公安调查核实整个案情是这样的。孙秋雁喝醉了酒以后失去了自控能力。冷老板为了讨好客人，叫了按摩小姐晚上照顾孙秋雁。小姐除了按摩还想趁机卖淫，孙秋雁的衣服是她脱的，由于孙秋雁一直沉睡，双方并未发生性关系，在小姐按摩的过程中被人用手机拍摄了。又据小姐提供，她在按摩的过程中有一个中年男人进来过。

公安再对拍摄的视频手机进行验证，很快找到了张经理的手机。张立即被传唤，在公安面前只好承认是他拍摄的，也是他发到微信群中去的,他当时认为孙秋雁与按摩小姐进行了卖淫交易。

按照刑事条例张已构成损害公民人身名誉罪，被判处有期徒刑一年缓刑一年，并向受害人当面道歉，同时在微信群进行辟谣和道歉。

这一件事情前后花了两个多月才平息。孙秋雁在这期间压力如泰山重，他怕见到叶雪楣，也怕见到公司里所有认识他的人，只好吃住在"春天的故事"的工地上。一直等到公安处理结果下来了，他才长长地松了一口气。拿着结果来到了董事长办公室，董事长看了后说了一句："今后喝酒注意点。"

秋雁退出董事长的办公室，径直奔向叶雪楣的办公楼。叶雪楣看了他送来的公安调查结论材料，便把材料往旁边一丢，仍然有气地说："一个闺男的身子竟让一双肮脏的手摸了，你这一辈子都洗不干净，讨厌！"

秋雁清楚，唯美的她是容纳不得一丁点污秽的。他低着头，拖着沉重的脚步，默默地走出了她的办公室。他不知道接下来将要发生怎样的变化。

下班，叶雪楣回到家中，灯也不想打开，一个人呆呆坐在沙发上。她极端痛苦，没想到在她心仪的男人身上发生了这样的一件事情！她气得将沙发上的枕头、衣服一件一件地向地上砸。

叶亚华回到家后随手打亮了堂厅的灯，看见地上丢满了乱七八糟的东西，不知道家里发生了什么事，连忙喊女儿的名字。女儿从沙发上爬起来，扑倒在父亲身上哭了起来。

叶亚华立刻把女儿扶到沙发上坐下，问她出了什么事？

女儿只顾哭，不作声，父亲急了："小楣到底出什么事儿，告诉爸爸，爸爸为你做主。"

"孙秋雁那个混蛋！"叶雪楣咬着牙骂了一句。

叶亚华明白了女儿的心思，自从孙秋雁出了那个事以后，女儿的情绪一直不稳定，对公司的事情也不上心。女儿是个感情十足的女孩，这也是自己从小把她太娇惯了。她看上了秋雁那小子，谁知这个时候偏偏摊上了这么一码子事，真是太糟糕！

"小楣，爸知道你还是为了小雁那件事伤心，事情公安部门已经搞清楚了，不关他什么事，只是他喝多了两杯酒，让别人算计了，事情已经过去了，不要老纠缠在心里，有空你跟他好好谈谈。我看他还是个好孩子，爸爸眼光不会看错，所以叫她做你的助手。阿姨呢，饭熟了吗？"

"阿姨在厨房，饭熟了吧。"叶雪楣擦干自己的眼泪，牵着爸爸走向饭厅。

孙秋雁回到自己的宿舍，把浴池放了满满一池水，倒上大半瓶沐浴露，躺了下去，双手在身上拼命地搓，他恨不得将那双肮脏的手在自己身上留下的污秽洗得干干净净。擦了又擦，搓了又搓，换了一池又一池的水。突然一个声音在他耳边响起了：你一辈子也洗不干净。

孙秋雁一下子瘫倒在浴池中，他很委屈，难道这是我的错吗。这些日子心身疲惫，他很想睡一觉，让那些揪心的事情消失在梦中，醒来依然阳光灿烂。深圳的天气真好，很快他进入了梦乡，第二天醒来，他才发现昨夜一丝不挂就倒在床上睡着了。他整理好自己的精神状态，驾车去了公司。

一到公司，董事长就把他叫去询问新城工地的事情，他一一做了汇报。董事长又问："你跟叶总汇报没有？"

他回答："还没有。"

"现在去吧，多向她汇报。"董事长是故意让他接近接近自己的女儿。

秋雁来到叶雪楣的办公室。

叶雪楣抬头看了一眼秋雁，什么话也没说，低着头一边放自己手中的文件，一边问："有事吗？"

秋雁坐在她对面，将新城准备开工安排方案详细做了汇报，最后提到第一工期的资金安排问题。

叶雪楣向他要了造价报表，在上面签了自己的名字，又递给他。秋雁问："还有事吗？"叶雪楣说："没有。"她的语气比平时冷得多。

秋雁退出她的办公室，下楼。叶雪楣突然从椅子上站了起来，跑到窗口，眼睛盯着孙秋雁走出她的办公楼，一直盯着他的背影在自己视线中消失，

她心中泛起了一种说不出来的味道。

第二十八章　鄱湖鱼宴

　　秋雁明白他的形象在叶雪楣心目中糟透了，他想趁这个机会辞职回到白鹤身边去，也许微信视频事件在这个问题上帮了自己的忙。这几天他在做好移交全部工作的准备，只是董事长眼下把这么重要的项目交给自己去管，辞职如何向董事长交代？说心里话，两年多来，在亚华工作是非常愉快的，得到了董事长的信任和重用。一个打工仔最看重的不是工薪而是老板的信任。想到这里，他刚提起准备写辞职报告的笔又放下了。思前想后，他还是决定帮董事长把新城工程开工后再走，这样会感觉到自己不亏欠人家的，走的时候也愉快。

　　他原来答应白鹤马上辞职回去，现在可能又要向后推三个月左右的时间，想想总觉得对不起白鹤，做人真难呀。

　　他拨了个电话给白鹤，说明暂时还不能辞职回去的原因，希望她谅解。

　　白鹤问他最近是不是遇到什么麻烦？

　　他心一沉，问："你怎么知道？"

　　"我没那闲工夫看网上那些乱七八糟的消息。是春鹅看到的，她告诉了我，开始还为你担心，后来看到姓张的道歉才晓得了真相。你这个人哪，一向比较慎重，怎么那一次喝许多酒，误事。"

秋雁还想在电话里解释什么。白鹤马上打断他的话说："我没有时间跟你计较这些屁事，你注意点就行，不要给我惹出是非来。你回来早三个月迟三个月没有关系。叶董事长帮了我们那么大的忙，你要替他站好最后一班岗。走，也要给人家留个好印象。"

本来秋雁就视频的这件事回去怎么好向白鹤交代，很担心她也会像叶雪楣那样，因为都是女人，特别在这个问题上计较。已经失去了一个女人的信任，如果再失去了白鹤，那将是他终身的失败。每每想到这里，他都有些害怕，害怕如何面对白鹤。尽管自己问心无愧，但那双肮脏的手玷污了他本来干净纯洁的胴体。白鹤是不是也会和叶雪楣一样看待这一点？

今天这个电话，让他解除一切疑虑，压在心上的包袱放下来了。他没有想到白鹤有那么大的胸怀，那么亲切，跟叶董事长一样，像大人对待犯错误的小孩那样。他感动得不知道对白鹤讲什么话，只希望她在电话中狠狠地骂自己一顿才好。他久久地把手机贴在耳边，想多听听她的声音。可惜她也许太忙，早早把手机挂了。

他现在协助叶雪楣工作反而轻松多了，没有了心理压力。原来无形中把自己卷到这两个优秀女人的情感中间，天天都提心吊胆，既怕伤害叶雪楣的感情，又怕让白鹤产生误会。他估计叶雪楣一定清除了在他身上的念顾，这样看来，姓张的无意间帮了他一个大忙。世上的事真怪，坏事却变成了好事。

秋雁并不清楚叶雪楣心中依然装着他。她恨只恨他不该出现这么一码子事，爸爸几次劝她都没能完全消除她心中的阴影。近来，秋雁跟她接近得明显少了，来找她汇报请示工程上的事，很快就离开了。她的自尊心特强，又不好主动打电话给秋雁或找他来。这都是自己的个性造成的，那件事本该不是秋雁自身的问题，他也是受害者。叶雪楣开始觉得自己有些过分了，不该对秋雁那么个态度。

中午，她吩咐秘书把孙秋雁叫来一块吃饭，找一个好一点的餐馆。

秋雁接秘书的电话，以为是有客人来。下班后，他来到"珠江鱼味"酒店，这是一个临江很雅致的小酒店。一进包厢就看见叶雪楣一个人坐在那里了。

"叶总，中午有客人？"秋雁问。

"没有。"叶雪楣盯着他回答。

"就我俩？"

"嗯。我请你呀，不行？"

"不敢，不敢！"他诚惶诚恐，不知叶总今天又要怎么了？他坐在她对面的位置上，替她倒了一杯茶。然后拿起菜谱，问："叶总，吃什么？今天中午我请客。"

"行，你请客，请我吃什么？"

秋雁了解叶雪楣的口味，说："吃鱼。"

"什么鱼？"叶雪楣故意问。

"湖州蒸鱼、糟熘鱼白，咱们两个人两个菜可以吗？"秋雁望着叶雪楣。

"不吃？"

"要什么？"

"鸳鸯鲩鱼和秋水芙蓉。"叶雪楣说。

秋水芙蓉是鱼席上的一道名菜，配料繁多，泡酸菜、鸡蛋、猪油、姜片、蒜米、葱花、大葱节、泡红辣椒、料酒、香醋、味精、胡椒粉、干细豆粉、花椒各适量加入鱼肉中进行烹制出来的鱼菜。

秋雁按照叶总的要求点了这两个菜。

过一会儿，菜上来了。秋雁请叶总先吃，叶雪楣吃了口就说：

"不好吃。"

"做得这么精致的菜不好吃？"秋雁惊讶地望着她，说："好吃呀，怎么不好吃？"

"没有你们那个岛上的鱼好吃。"叶雪楣放下了筷子。

"哦，叶总喜欢鄱阳湖里的鱼，我下次回去专给您挑几条好的来。"

"不。我明天就要！"叶雪楣的语气开始撒娇。

"我这就打电话，让他们空运，看明天到得了吗。"秋雁走出包厢拿起手机给白鹤打了个电话，最后小声加了一句是叶雪楣故意刁难他。

白鹤却说："这是好事呀！你替我调查一下深圳的市场，如果量大，我们可以用集装箱快运鄱阳湖的活鱼去你们那里卖，肯定能卖个好价钱。"

秋雁十分佩服白鹤的经济头脑。他立即答应专程去市场调研，然后马上给你打电话。

白鹤说："好，今天我就叫渔业队选几种鱼，飘鱼、中华刺鳅、鲢和翘嘴白，明天从飞机上运过去。"

秋雁关了手机，又回到包厢，跟叶雪楣说白主任今天就安排把那里的鱼选好，明天空运过来。

真的？叶雪楣没想到她在他面前故意撒娇的话，让他当真了。其实今天点的两个鱼菜味道很好，是深圳的名菜。她很兴奋，证明秋雁很在乎她，很听她的话。她就是这么个任性的女孩，希望她爱的人听她的话。

第二天下午五时，秋雁从深圳机场取回了白鹤托运来的鱼。一共六只篾桶装的。这种篾桶是由竹篾编织的，内外都用桐油反复油漆，不漏水。里面装上湖水，将活鱼放在里面，十天八天都没问题，仍然鲜活的。因为在运输途中篾桶不断摇晃，产生了氧气，所以鱼不会死。

秋雁叫了一部汽车将鱼全部拉到公司，叫叶雪楣来看。叶雪楣边趴在篾桶上观看，边用手拨弄着桶里的湖水，弄得鱼儿在水中奔跑翻腾。她像一个小孩子那样玩得很开心。

玩了一阵后，她问秋雁："这么多鱼怎么吃？"

秋雁说："每种鱼留一条下来给您尝鲜。其余的我送市场去替村里卖掉，顺路了解一下市场情况。"

"你去吧，这么好的鱼肯定有市场。"叶雪楣说。

秋雁把剩下的鱼拉到水产市场。与这里的销售人员交流后，对方认为成本太贵，利润不大。一连谈了几家，都没有兴趣。

秋雁很泄气，只好给白鹤打电话。

白鹤在电话中说："你真没有市场观念，你找他们有什么用。要找消费者，消费者说好，经销部就会找你呀。你把这些鱼送到餐厅去，不要他们的钱，让他们做成美味，给客人品尝。注意，你要把鄱阳湖鱼的特色跟餐厅老板讲足，讲到位，让他跟客人去替你做宣传。听清楚了吗，笨鸟！"

这个白鹤，她大学出来才两三年，什么时候学会了经济管理这一套？秋雁不得不服了她。

秋雁又把鱼拉到"珠江鱼味"餐馆，找到餐馆里的老板。

这是个香港老板，他看到这样的篾桶很惊奇，问秋雁的鱼是哪里来的，为什么用这种竹篾编织的桶装？

秋雁的解答更引起了店老板的兴趣，他把手伸进桶去，抓了一条翘嘴白起来，一下子感觉到这条鱼虽然不大，但力气很大，在他的手上用力挣扎。他明白这样的鱼生命力很强，尽管离开它生存的自然环境两天了，依然这么鲜活。

店老板是做生意的老手，对细节极为留心。他还发现这条鱼抓在他手上，并没有感到有胶状的液体感觉。深圳水产市场上的鱼抓在手上都有一种胶状的液体沾手，说明生长这种鱼的水域不干净。而鄱阳湖生长的鱼很干净，没有受到污染。

他很客气地把秋雁请到他的办公室，倒茶递烟。

秋雁说："不抽烟，谢谢。"

店老板问："你这鱼卖多少钱一斤？"

秋雁记住了白鹤的话，说："我们主任说了，这几桶鱼一分钱都不要，送给您。请您做一桌鱼席，帮忙做做宣传就行了。"

"这么多鱼，不要钱？"店老板几乎不敢相信，这样的客户大气，应该交上朋友。他取出自己的名片双手送到秋雁面前说，"老板贵姓？我们以后就是朋友了。"

"免贵姓孙。谢谢您，这是我的电话。"秋雁接过店老板的名片后，也从自己包中摸出一张名片递给对方。

店老板一看："您是深圳公司的，您也是帮您老家推销水产品？"

"我暂时在亚华公司打工，马上就回老家去，受村主任的委托来了解一下这里的市场。鄱阳湖是中国最大的淡水产区，鱼种类多，产量大。目前还没有销到深圳这边来，村里有这个计划，想打开这边的市场，让客户能吃到鄱阳湖的鱼。"秋雁如实把白鹤的想法告诉了店老板。

那我还是第一家啊！店老板的经营头脑飞快地转了起来，这真是一个绝好的机会，没想到人家送上门来了，可以做成我们店的招牌菜。

"孙工，这样吧。我明天试着做几个鱼菜，请您来品尝一下，看看地道不，明天晚上您带几位朋友来。"店老板发出邀请。

"好。"秋雁说声便起身告辞了。

第二天下了班，秋雁把叶董事长和叶雪楣请到了"珠江鱼味"餐馆，店老板为他们安排了一个最好的包厢。

三人刚坐定，女服务员就端了一盘刚刚烹制好的鄱阳湖青鲢往桌上一放，立一股香喷喷的鲜美之气漫延开来，萦绕鼻端，令人垂涎欲滴。叶亚华用叉子叉了一块鱼肉送入口中，一种令人心醉的美味溢满口腔，雪白的鱼肉不用牙嚼，在舌头上自动含化，慢慢地觉得酸甜苦辣各种味道交相融合在一起，非常美妙。

　　"来，来，来，你俩也来尝一尝，味道真不错。"叶亚华叫秋雁和雪楣一块吃。

　　"叶总，您先吃。您不是要吃我们那里的鱼吗，看看味道跟上次我们在这里吃的有什么不同。"秋雁做了个请的姿势。

　　叶雪楣夹了一块鱼肉尝了尝说："真还不同呢，鲜、嫩、淡淡的甜香，还有甜、酸味。比你们那里做得好，精致。"

　　秋雁也夹了一块放在口里，味道真不一样。他告诉两位顶头上司："这个店里的老板是很有头脑的经营家，他请来了潮州菜御厨的传承人、特级厨师专门做鄱阳湖的鱼席，很舍得花大本钱，要把这个菜做成他们的招牌菜。"

　　叶亚华点了点头，说："这个菜做得确实不错，在深圳起码我还没有吃到比它更好的鱼，会打响的。"

　　店老板很快投资新开了一家"鄱阳湖鱼宴"的酒店，没多久，这家"鄱阳湖鱼宴"新店声名鹊起，生意红红火火。

　　正如白鹤讲的那样，水产批发商果然看到了鄱阳湖生态淡水鱼市场的广阔前景，纷纷找渠道与天鹅渔岛渔业队取得联系，签订合同，购买鄱阳湖出产的鱼。渔业队捕捞的水产品远销深圳的价格比本地翻了两倍多，一年挣到了以往两年多的钱，既为渔民个人增加了收益也为集体增加了积累。

第二十九章　春鹅婚礼

春鹅要与夏鹭结婚了，本来是她盼望已久的喜事。可是为了婚礼的事，她跟父母发生了矛盾，她只好来告诉白鹤。

按照渔村的风俗，男女婚事要走许多程序。比如，首先要有媒人牵线。第二要过门，过门就是男方由媒人带着来女方家让女方父母看看，姑娘本人还不能与男方见面，只能躲在暗中偷看，也就是说男孩子即使来了对象的家中却见不到对方。只有当女方父母看中了男孩，女孩在暗中也看中了对方，女方家长才通过媒人告诉男方家长，选个日子，女孩到男孩家中去见他父母。如此一来一往"过门"的程序才走完。

"过门"程序走完后，第三就是"定亲"。定亲即是通报双方的亲戚，让亲戚们知道这两个孩子要结成夫妻了，现在当大家的面把他们的终身大事定下来。定亲要办酒，由男方出钱，把两家主要亲戚请来，让亲戚们认识两位新人。在"定亲"的宴席上，男方的母亲要拿出一个红包当面送给未来的儿媳妇，随后女方的母亲也要拿出一个红包送给未来的女婿。红包里的钱额不论多少，但男方家给女方的钱额一定要多于女方家给男方的。

"定亲"过后，第四就是"过礼"，即男方给女方家送去订婚的礼物。渔岛"过礼"送的礼物九斤九包共十八件。红枣、红糖、冰糖、桂花饼、发饼、瓜子、芝麻糕、桃酥、饼干等九种，每种一斤。各种糖果五包，每包不得少于一斤；另加荔枝、桂圆、龙眼、核桃等四包，共九包。每包也不得少于一斤。这十八包都用包装纸包好，上面都要粘红纸条，男孩挑着这十八包礼物送到女方家。这些糕点和果子都是给女方父母吃的，意在感谢父母养育之恩。女方父母接受了男方的礼品，说明他们将要把自己的女儿送给男方。

"过礼"之后，第五就是看日子了。即请算命的先生将男女二人的出生时辰放在一起测算。测出最好的日子为结婚的日子。看日子之前的准备工作是男方先将自己的出生时辰用红纸写好慎重地送到女方家去，同时向女方索求她的出生时辰。当女方把自己的出生年月日及时辰交到男方手上时，说明把自己的终身交给他了。男方接到女方的出生时辰时，必须有所承诺，则立即取出一枚金戒指亲自戴到女方手指上去。同时，男方的母亲拿出家中最珍贵的东西赠送未来的儿媳妇，或玉镯，或金项链，或祖上传下来的宝贵物件。表示眼前未来的儿媳妇即将成为男方家中的主妇。双方出生时辰送到算命先生进行测算，最后由算命先生确定良辰为成婚的日子，男方又将这个日子写在红纸上送到女方家，让她家做好准备。至此，这道程序才算结束。

第六道程序是登记结婚证，双方到民政部门登记，取得大红喜字这结婚证后，才能成为合法夫妻。

春鹅和夏鹭是自由恋爱的，两个人上了大学，即不需要媒人牵线，也不要搞那老一套，两个新时代的年轻人应该提倡新风尚。可是春鹅的父母坚决不同意，骂女儿念了几句书就忘掉了老祖宗，这些程序是老祖宗传下来的，以前渔岛嫁女都是这么办的，怎么到你身上就不要啦。父母把你养得这么大，哪能那么便宜把你送给别人家！

夏鹭站在春鹅一边，反对那样去做。他特别指出请算命先生这是迷信，作为现代有知识、有文化的青年就要抛弃这种落后的思想意识。什么日子结婚由自己定，选个有纪念意义的日子不好吗？五一、十一、春节都是好日子。可夏鹭的父母不同意儿子的说法，婚姻是大事，不能草率，更不能那么简单。按岛上的风俗办是尊重女方的家长，好让他们二位长辈放心，证明我们很看重他的女儿。该怎么办，还要怎么办，不能让人家说闲话。

　　白鹤听了春鹅和夏鹭的叙述后不同意他们的观点，她说："我们渔岛的婚俗很特别，只是古代留下来的一种文化遗产，现在老一辈还在，还能保持这种文化，如果这些老人都不在了，我们这一辈或者下一代都是提倡新风尚，老风俗就会消失。你们认为那些做法都是老一套，我不那么认为，我反倒认为那是对婚姻的敬畏和尊重。把夫妻关系夫妻感情看得很神圣，不像现在有些年轻人把婚姻和夫妻关系看得很轻率，随随便便，说结就结，说离就离，不顾及亲情，不顾及子女，这不是我们所追求的。当然，求算命先生定日子是迷信思想，要说服父母，这一点我同意你们。古老的文化风俗中也有糟粕的东西，随着文化知识的提高，人们自然会踢掉这些东西，这两三年我们岛上基本看不到算命先生，这就是进步。你们说你们都念的大学，我和秋雁也念过大学的。我将来和秋雁结婚，我们是要按岛上的婚俗来办，这样我不认为没有什么不好，不知道你们认不认同我的看法？"

　　春鹅和夏鹭本来是想请白鹤出面做父母的工作，没料到她却赞成父母的做法。既然白鹤都这么想，夏鹭就只好按岛上的婚俗办事，反正父母都同意春鹅家的意见。

　　可春鹅不干了。她说："我没有白鹤的境界高，什么文化遗产，这是什么文化？腐朽的文化！现在什么时代啊，二十一世纪了，我还那么古代。照白鹤说的，我们渔岛何年何月才能进步，才能赶上新潮流？我不赞成她的观点。她跟秋雁结婚，那她去做，她那么做，我俩不跟她一样，简单些，我再去做我爸妈的思想工作。"

"这样行吗？"夏鹭想了一个简单的办法，"你跟爸妈讲，定亲酒照办，媒人就不找了，其余的礼数我一次性拿钱送到你家去。我妈妈要送东西给你，那是老人家的心意，还是让她亲自送你家去。"

"行，我去跟爸妈讲。"春鹅回到家中，可怎么也讲不通。老人说："我的女儿是渔岛上百年才出来的一个大学生，很金贵，不能随随便便就嫁到别人家去。夏家要娶，也要隆重地来求。"讲不通，春鹅只好哭了起来，越哭越伤心，母亲心疼自己的宝贝女儿，只好上前来劝说。父亲晓得女儿的脾气，自幼看得金贵、娇气，最后只好让了一步说："大婚日子就由你们俩自己定，不请算命先生就不请，其余礼数不能少。鹭鹭这孩子理解错了我和你妈的意思，不是钱的事儿，钱多钱少没问题，眼下我家的经济条件不比别人差，穿不愁吃不愁，房子也改造了，多亏白主任领导有方，大家都过上了好日子。你告诉鹭鹭，按照以往的礼数办事，表明了他看重我的女儿，让我和你妈放心，就是这么个意思，没有别的。"

父亲的话说到这个份上，春鹅和夏鹭再争也无用啦，只好按父亲的要求行礼数。

首先要找一个媒人。从前渔岛是有专门的媒婆，哪家男丁看中了女娃，男方不便自己家的人登门说婚，只有请媒婆从中传达男方的美意。如果这种婚姻成了，男方是要给媒婆酬金的，叫看钱。如果没成，则不给酬金，所以媒婆接受了这桩业务后十分卖力。到女方家中把男方吹得天花乱坠；到男方家，又把女方吹得胜似仙女。力挺这桩婚事成功，最后她即得到男方的酬金，又能在女方那头捞到油水。新中国成立后，男女都自由恋爱，不要中间人，媒婆失业了。渔岛就临时请一位自己的亲戚代替媒婆，搞个形式主义。夏鹭父母请的是二姨去代替媒人领着夏鹭去春鹅家相亲，两家父母心中都有数，孩子已经生米煮成熟饭，不要媒人费什么口舌，做个样子就行。

第一道程序走过了，接下来是"过门"。也很简单，先是夏鹭到春鹅家吃了餐饭，第二天春鹅来到夏鹭家吃餐饭才回去。

定亲办得很热闹。夏鹭在兰兰的酒店定了个大包厢，将两家的亲戚都请了来，好菜好酒招待了一天，中午吃了还把他们留下来在晚上再吃一顿。在酒席上，夏鹭的爸爸取出个大红包当众人的面送给春鹅。春鹅接过后暗暗交给爸爸。春鹅的爸爸走出包厢，在自己的口袋里摸出个早已准备好的红纸包，再拆开夏鹭父亲刚才送女儿的大红包一看，里面装了一万块钱。他数出五千放进自己的红包中，走到酒席上当众交给夏鹭。

这算是双方家长当亲戚的面把儿女的亲事定下来了。

"过礼"让夏鹭出尽了洋相。夏鹭家买好了二十包吃食（本来只要十八包，夏鹭的父亲说杨家把一个大学生的女儿嫁到我家，我家要加倍感谢杨家，再加两包），用两个篾箩装上，箩盖上贴上红纸，叫夏鹭用扁担挑着送到春鹅家去。夏鹭穿得整整齐齐，挑着担子走出门就遇上了一群放学的小孩子。小孩子好奇，一齐围上前来，拉着贴了红纸的篾箩要看里面装的什么吃食。夏鹭边走，小孩子边跟着跑，吵吵闹闹，拉拉扯扯。夏鹭多年没挑过担子，一不小心，肩头一下子失去了平衡，扁担的一头翘起，另一头下滑，篾箩随之翻倒在地上，箩盖骨碌碌滚了好远。箩里的果食包倒了出来，糖果、红枣、糕点撒了一地。小孩子见到吃食，蜂拥上前，呼啦啦抢了个精光。夏鹭一边到地上去捡红包，一边吆喝着孩子们。小孩子抢到红包里的果子撒起脚丫就跑得老远去了。搞得夏鹭十分狼狈，一屁股坐在地上，望着孩子们跑得无影无踪了。

他只好回到家里，叫父亲重新去补购"过礼"的礼包。

过礼之后，就是看日子。夏鹭找春鹅商量，结婚的日子定在哪天？春鹅早想好了，八月二十八日。夏鹭不明白，这一天不是任何纪念日，也不是任何节日，你怎么选择了这天？春鹅说，八年前的这一天是父老乡亲们摆酒庆贺送我们上大学的日子，你忘了？夏鹭恍然大悟，怎么忘得了！

八年前的这一天，老村长召集各自然村族长开会，说自从盘古开天地，我们渔岛千百年来没有出一个大学生，今年一下子出了四个，也就是说我们渔岛一年出了四个状元，大喜事啊，这是龙王显灵，千年渔岛要翻身了。该不该好好庆贺一下？大家齐声呼应：该！

"该，你们回去通知各家各户，准备最好的酒菜，集中端到村部门前的场子上来，摆上一百桌，全岛男女老少都来，好好庆祝一下。"老村长一声吩咐，各家各户照办。这一天，渔岛从来没有过的热闹，锣鼓喧天，鞭炮齐鸣，渔鼓欢唱，震撼着每一个人的心灵。四位大学生的父母感到无限荣光和自豪，脸上溢满了喜气。四位即将踏入大学之门的学子看到这场面相拥而泣，流下了感动的热泪，这个场面让他们永生难忘。一个个期望的眼神，一阵阵鼓励的掌声，一句句叮嘱的话语，全部进入了他们的心肺。这个日子让他们一辈子都刻在记忆中。

春鹅把他们结婚的日子选在这一天，的确有着特殊的意义。夏鹭不得不佩服她。

距这个日子很近。夏鹭和春鹅先到民政部门领取了结婚证，按照渔岛的习惯，夏鹭将结婚的日子用红纸写好，郑重其事地送到春鹅家。尔后，双方才向各自的亲朋好友发去了大红请柬。

春鹅父亲早已把女儿的嫁妆准备好了。女人房间里的用物一律女方家自备齐全，这是渔岛的风俗。床上的被子、枕头、梳妆柜、镜子、木椅、木凳、洗盆，这些都要成双成对。还有为孩子出世准备的摇篮、围桶、小木车、小孩各种衣服、围兜。这许许多多的东西是要花笔钱的，实际上这些钱大部分是由男方事先送给女方家的。女方当然还要补贴不少，所以说渔岛养女儿是亏本的营生。

送亲的那天，罗爷领来了村里的文艺演出队。夏坡村三十多户，家家户户都忙着替夏鹭家办婚宴，主客席设在夏鹭家的堂厅里，其余就设在各家各户，共计六十多桌，酒菜均由夏鹭父母送过去，每桌二十个菜，统统一样。

早饭过后，夏家准备去杨家接亲。接迎的队伍足有四五十人。新郎官穿着崭新的衣服，披着大红绸巾，胸前戴着红花，走在队伍的最前面。新郎官后面是四人抬的大花轿。每个自然村都有一辆花轿，平时不用时放在祖祠里，用的时候要擦去灰尘，四面披上刺绣的红布，红布上绣着童子戏耍、凤凰求偶各种吉祥好看的图画。

花轿后面是文艺队，敲锣打鼓，文艺队还得配合两个鼓吹手，吹着刺耳的喇叭。文艺队边走边唱边吹。剩余的人就统统跟在后面，他们肩上都扛了一条木扁担，准备到新娘家抬嫁妆。只有伴郎走在新郎官的身边。

迎亲的队伍吹吹打打来到新娘家门口，新娘家点燃万字头的炮仗欢迎新郎官的队伍。这时，新娘家把新郎家的客人分别请到自家和邻居家中，上茶递烟，端出茶点，好生招待。

新娘自早晨就一直守在闺房，不能随便出门，换了结婚穿的新衣服和新鞋子，坐在床沿上。只有母亲和伴娘陪她。新郎官的迎亲队伍一到，意味着自己马上就要做别人家的人了，要离开父母，这时新娘百感交集，开始哭了。这叫作"哭嫁"。新娘边哭边对母亲叙说："娘啊，我的亲娘啊，您十月怀胎，千般辛苦，生出了女儿呀，洗三百日，您一把屎一把尿把儿抚养，白天背在您的背上下地干活，晚上让儿含着您的奶睡在您的怀里，是您一把奶一把汤把儿养大。儿是您的心肝肺，您是儿的暖窝窝。而今您老了，儿长成人了，都不能守在您身边伺候您，送一杯茶给您，送一口水给您，是儿不孝啊！"

女儿哭了一阵，歇了下来。这时该娘哭了。娘一把鼻涕一把眼泪地边哭边说："自古做女人生儿育女是天经地义哟。儿呀，娘已经把你养大成人，今天就要去做别人的女人，只盼你到了婆家孝顺公婆，夫妻恩爱，来年生个胖崽俚，好为夏家传宗接代。"接下来的内容一般是叫女儿在婆家如何守住女人的本分、如何相夫教子之类的教诲。

待外面锣鼓喇叭声响起，是告诉女方马上就要接亲了。这时，新娘和母亲都停止了"哭嫁"，伴娘拿出一块大红绸布盖住新娘的头。闺房的门被推开，新娘的兄弟（如新娘是独生女，则由堂兄弟）进来一把背起新娘准备出门。此时，伴娘将新娘脚上穿的那双鞋脱下来，替她换上一双新鞋，喻意是新娘嫁到别人家去不能带走娘家的财气。兄弟背着新娘出门后，万字头的炮仗点燃起来，在欢乐的音乐和爆竹声中，一直把妹妹送上花轿。

"嗨哟嗨哟，啵哟！"两位轿夫哼着号子把花轿抬了起来。新娘的兄弟一直守在花轿旁，护送妹妹去姐夫家。

接亲的队伍浩浩荡荡向新郎家走去。新郎依旧走在最前面，他的后面就是新娘的花轿，文艺队在中间，抬嫁妆的队伍走在后头，一路吹吹打打，热闹非凡。招来了沿途各村人群的围观和掌声。

新郎家张灯结彩，村里的大人小孩都拥到夏鹭家的屋里屋外，迎接新娘的到来。在欢天喜地的乐曲声中，新娘被新郎从花轿里抱了起来，径直抱进自家屋的堂厅。这时有人站在门口向拥挤的人群撒喜糖和红枣。

两位新人站在大堂中间，伴娘伴郎分别站在他们身边。一位村里的长辈高呼：

"请大家安静，安静！今天是良辰吉日，夏鹭同志和杨春鹅同志喜结良缘。现在他们的婚礼正式开始，请新郎新娘转身，一拜天地！"新郎、新娘转身面向屋外的天地跪拜三磕头。

长辈又喊："请二位高堂上坐！"新郎的父母穿着新衣坐在堂厅上座位的椅子上。长辈接着高喊："二拜高堂！"新郎和新娘立刻跪在父母面前恭恭敬敬地三磕头。拜毕，伴郎伴娘将二位新人扶起。

接下来长辈又喊："夫妻对拜！"新郎新娘转过身面对面站着，双方正准备弯下腰鞠躬。突然人群中响起了年轻人的起哄声："不行，不行，要他们亲嘴给大家看看！"人群一下子骚动起来。"好，好！"的呼声响起。新郎新娘极力挣扎着避开拥上来的人群，可是他们怎么用力也无济于事，只好任由人们推推扯扯。几个小伙子强行把新郎推倒在新娘身上，要他抱着新娘。夏鹭双手刚把春鹅抱住，就有人将他俩的头按在一起，"亲，亲，亲！"夏鹭在春鹅脸上亲了一口。"新娘要亲新郎，亲，亲呀！"人们又喊起来。春鹅十分不好意思地亲了夏鹭一口。"再亲一个！"新郎和新娘已经被欢闹的人群挤得大汗淋漓，伴郎和伴娘拼命护着新郎新娘一步步向新房退去。当他们挤开人群挪步到新房门口时，伴娘一把推开贴着大红喜字的房门。夏鹭趁势用力一把抱起春鹅进了房间，身后的伴郎赶快把守门口，伴娘把房门紧紧关上。

夏鹭将外套脱了下来，穿着衬衣又回到堂厅，他取出香烟敬送给堂厅里的男宾们。此时，拜堂算结束了，婚宴马上开始。一般亲友被请到村里的各家各户，主宾留在新郎家。堂厅摆了四张桌子，主婚者宣布"安座"，吹喇叭的吹鼓手调试好音调，吹起热烈的乐曲。主婚人喊："天上雷公大，地上母舅大。请母舅上坐！"夏鹭的舅舅便大大方方坐在首席的位子上。

"请新人在这边上坐！"送新娘来的新娘兄弟称作新人。春鹅堂兄弟被安排在与夏鹭的舅舅并列的主位上。这一桌安排的主要是新娘家的宾客。下首两张桌子安排的是夏家其他主要亲戚。

宴席开始，端上来的第一盘菜是炒熟的豆子，喻义多子。最后一个菜是一盘烹熟的整鱼，喻义年年有余。

菜酒上齐后，新郎新娘双双出来一桌桌地敬酒。敬完酒，下一个节目是"讨喜钱"。讨钱人仅限吹鼓手，他吹响喇叭首先来到首席的舅舅面前，舅父将早已准备好的红包赏给吹鼓手。吹鼓手收了钱后就来到下一个嘉宾面前吹，他在谁面前吹谁就要给赏钱，钱数不论，随嘉宾赏，十元、五元、百元都不等。吹鼓手到一桌桌的嘉宾面前吹，一直吹到最后一桌。吹鼓手得了一笔不小数目的喜钱，喇叭吹得格外嘹亮和喜庆。

婚宴从中午一直吃到晚上，因为人们晚上还不想走，要闹新房。闹新房让新娘吃尽苦头，青年男女三三两两分批闯到新房里来，名义上是到新娘的床上来寻找喜糖喜烟，实际上就是想占新娘的便宜，在新娘身上胡乱地摸捏。新娘又不能下床，更不能出去，只好穿着几层衣服把身体裹得严严实实的，不让别的男人摸着自己的身体。这一直要闹到下半夜，新娘缩在床上被他们折腾四五个小时，痛苦不堪，还不能作声。

上半夜闹新房的走了以后，下半夜的节目是"偷新房"。偷新房的人还是上半夜闹新房的那伙人。他们中有人闹完新房并没有走，躲在新房附近的偏避处，等待时机一人在新房中偷一样物件走，如枕头、衣服、镜子等。第二天凭偷的这些东西找新郎官换香烟吃。

因为有这样的婚俗，渔岛上新婚之夜新郎新娘是不会在床上行房事的。一是因为新婚太疲劳了，二是新郎时刻在防着偷新房的人。

两位 21 世纪毕业的大学生青年男女举行了一场土得掉渣的老式婚礼，立马成了大新闻，在互联网上迅速地传播着，一时成了热门话题。

渔岛上的婚俗自古以来都是这样一代一代往下传的，上千年或是几百年了，这里的人们都习以为常，谁也没感到特别。鄱阳湖周边和对岸的人从来没有对这里的婚俗另眼相看。今天，世界各地的网民见到了如此这般新奇的婚礼，顿时炸锅了，有很多人都说这种独特的渔岛婚俗是中华民族地域文化的珍贵遗产，是古老湖岛渔村文化留给我们的活化石。白鹤看到网民的强烈反响后，一个崭新的思路又打开了她脑海里的门窗。

她把村文化馆长找来，叫他着手搜集整理鄱阳湖天鹅岛渔村婚俗的资料，尽早向县文化馆非物质文化遗产保护中心申报非遗保护项目。她计划这一保护项目一旦批下来，立即组织一支渔岛婚俗表演文艺演出队，为天鹅岛文化演出队项目增加一个精彩的节目。

经过几个月的努力，县非遗中心批准了他们的申请，并向市非遗中心领导小组申请为市级保护项目。村委会将上了年纪、体力比较弱的村民吸收到婚俗表演队来，又解决了一部分收入低的村民经济困难，一举两得。这些村民表演起来十分卖力。

每场表演都获得了游客的喝彩和阵阵掌声。

到这时，春鹅和夏鹭才明白白鹤当初为什么同意他们父亲意见的意图。她是想让我俩替她做了一次免费的全国性的广告。想到这里，他俩对她一肚子气，尤其是春鹅，新婚之夜吃了那么大的苦，连一个大学生的尊严都丢尽了。这完全是落后的风俗，什么文化遗产，应该把它改革掉！夏鹭还是劝春鹅，反正我俩婚已结了。白鹅也是为村里增加收入，不要老放在心上记恨人家。

　　春鹅狠狠地捶了他一拳，你又没有做新娘，没吃到苦头，下辈子让你变女的，尝尝闹新房的味道，丑都让你丢尽了！你的老婆让那些流氓乱摸，我当时恨不得打他们几个耳光！我的父母没文化坚持老一套，没办法。她白鹤也是大学毕业生，她就不该那么说。我倒要看看她和秋雁结婚，按不按老一套，看看秋雁让不让自己的老婆给别人乱摸？

　　夏鹭知道老婆心中有气，懒得和她计较，反正她不懂白鹤。白鹤不但看得远，还看得比我们清，我服！

第三十章　明升暗降

一座小小的渔岛，千百年来无人知晓，更无外界人士光顾。因为出了四位大学生，五年多来却发生了翻天覆地的变化，变成了最美丽的水上奇葩、湖中明珠，名声传遍了大江南北。来岛上观光、度假的中外游客络绎不绝，渔村的收入飞速增长，成为全国在短时间内脱贫致富的典范。

这一天，由省政府一位副省长率领的全省建设新农村参观团来到天鹅岛。参观团由政府官员和投资企业家组成。

参观团在白鹤的引领下参观了渔岛的每一处景点和自然生态风景区，晚上住在博览村别墅。凯星房地产开发有限公司的钱老板晚上来副省长住的地方看望首长。

"老钱哪，这个地方怎么样？"副省长一边让座一边问。

"真是个养生的地方。"钱老板从皮包里拿出一只鼓鼓的信封，"这是您姑娘去美留学的一点零花钱。"

"上次你不是给了吗？"

"孩子在国外要钱花，一点小意思。再说这次黄湖滩的工程我赚了一笔，还不是多亏您打的招呼？"

副省长再没多说什么，将信封装入了自己的皮包。"手下在搞什么项目？"

"省长，今天我在岛上边转边想，如果在这里搞块地皮，在这里建个度假村，肯定卖个好价钱。在城市里住哪有在这里住舒服。"

"这倒是个好主意，我明天跟这里的县委书记打个招呼，叫他们划块地皮给你，建好了。我也来这里住住，这里的景好、水好、空气好。"

"那要您费心了！"钱老板恭敬地为副省长点烟。

第二天，副省长就跟陪同来的县委书记打了个招呼。县委书记感到很为难，"省长，这里为了保护自然生态，他们不再让新建房屋。"

"建几栋别墅，破坏什么生态？这么大的一块空地，我看不要说得那么严重。"副省长有点不高兴。

县委书记只好说："我跟村里的同志商量商量，看看能不能松动松动。"

参观团离开天鹅岛后，县委书记把白鹤找来，转告了副省长的意思。白鹤回答："绝对不行！"

"不要把话说死了，你同村里的同志再商量商量一下。"县委书记提醒她。

"不用商量，这是村委会和自然村主任共同的认识。这个头不能开，上面那么多领导，一人打一次招呼，岛上的土地就没有了。"白鹤的口气很坚决，在土地这个问题上不能让步，这是关系到渔岛的长远利益。

县委书记看着白鹤，心想："你这个刚走出大学门的女孩，不知道社会生活的厉害，初生牛犊，不知天高地厚，什么人也敢不买账，老虎屁股也敢摸。你一个芝麻大的村委会主任，在人家省级领导面前连只蚂蚁都不是，随时叫你走人。我一个县委书记都不敢得罪他啊！"

县委书记不好再说什么，只好向市委书记汇报。

市委书记亲自考察过天鹅岛，对白鹤这个大学生村官很赞赏。如果不是省里的领导出面，他肯定是支持白鹤的做法，面对副省长，他当然不好表态，只好让县委书记跑一趟省城，征求一下副省长的意见。我们在另外的地方划一块地皮给那个房产公司开发，价格优惠点，看他同意不同意。

县委书记说："这真是个好主意，两面都照顾到了，估计没问题。"他直接从云江市乘车赶到省政府。

副省长听了汇报后，很是不愉快，我一个堂堂的副省长发句话都没用？被一个毛孩子顶了回来，岂有此理！

县委书记怕副省长坚持要天鹅岛的地皮，弄得自己为难，赶紧将市委书记的话说了。副省长听了，稍稍压了压自己心中的怒火，说待我问一下钱老板，他说可以就让他直接跟你联系好了，我不管！他手一挥，让县委书记走人。

县委书记小心翼翼地退出了副省长的办公室。

钱老板是房地产开发的老手，他对当前各地的土地行情了解得很。不仅云江市范围内，就是全省任何地方的地皮都没有天鹅岛的那块地皮有前景。如果在那里建几十栋别墅，国内境外的有钱人都会出高价购，土地成本低，利润高，赚他个几十个亿没问题。他不相信一个副省长还能被一个小村长卡住了。他带了一笔重金再次登副省长家的门，坚持要渔岛上的地皮。

副省长拨通了云江市委书记的电话，先故意向他询问白鹤的情况，市委书记介绍后，他说："像这么优秀的青年应该让她挑重担嘛！怎么还让她待在村主任的位子上，调到县里甚至你的市里哪个部门培养培养嘛。"

市委书记连连应是："对，对。现在我们这些老家伙都年纪大了，要年轻人接班哦。……行，行。"

生姜还是老的辣，他不动声色地打个招呼，没过几天就让白鹤离开了村主任的岗位。县委组织部一纸调令将她调到县妇联担任副主任职务。

白鹤接到调令傻了眼。她找到县委组织部领导一再说出自己不想进城工作，如果想在城市工作自己当初不会从省城回乡了。

组织部部长说："这是上级领导培养你，让你将来挑更重的担子。你在农村工作已经三年多了，基础打得好，有成就。希望你不要辜负领导的培养。这样吧，你先到县妇联去报到。"

白鹤知道这位领导完全不明白她的志愿。就反复强调自己这一辈子就是想改变家乡的落后面貌，立志带领乡亲们奔富。别的没有奢想。

组织部部长看她很固执，提醒她：你是共产党员，应该听从组织安排。

白鹤知道没有商量的余地，只好将调令塞进口袋，回岛上去了。

她下了渡船，踏上渔岛的土地，松软的沙石道路让她想起了三年前从省城回到家乡踏上这条路的心情。那时她满怀抱负，眼前一幅美丽的图景随着她的理想徐徐铺展开来。那时自己是豪情万丈啊！仅仅三年，就要离开，离开这块播种青春梦想的土地，说什么也舍不得离开半步。

她迈着沉重的步子，走到了村委会的办公室。春鹅、水生他们都在。"主任，听说你要调到县里？"

"是呀，村里的工作先交给春鹅，大家要支持她的工作。渔岛的建设已经拉开了局面，面貌有很大的改变。但离乡亲们的愿望还差很远，希望大家齐心努力，相信你们比我干得好。组织上调我去县妇联，说实话我是不愿意去，但我是党员，首先得服从组织上的命令。也许哪一天我又回来与你们一起战斗。"

"白鹤，你不能走！我能力小，主持不了全村这么一个大摊子的工作。大家都很清楚，我们渔岛这么两三年变化很大主要靠你领导得好。你一走，我好像没有主心骨。"

"杨主任的观点我赞同，你一走我们大家都没有主意了"。水生附和道。

"话不能那样说，渔岛的变化是靠大家的努力。我一个小女子有多大能耐？今后，村委会的工作只要紧紧依靠全岛群众就不会有多大的困难。今天不说了，明天我去县里报到。"

白鹤离开渔岛的第三天，钱老板带了一队人马来了。他找到村委会临时主持工作的杨春鹅，谈兴建度假村项目的事。春鹅知道上次他来，白鹤没有答应，便一口回绝了他。钱老板奇怪了，前任是一个女的主任硬是不卖土地，现任又是一个女的，还是不肯卖。"你们这里这么多空地，我投资开发，搞活你们的经济，这不正是你们需要的吗？"

春鹅说："我们这里没有一寸空地，所有的土地都种有庄稼和生长着植物，这就是我们渔村人赖以生存的条件。你开发了我们怎么生存？请你理解。"

钱老板抽了一口烟，说："你不要把问题说得那么严重，现在全国哪个地方不是靠卖地搞房地产赚钱，对于各级政府来说土地是最大的资源，可以给他们既创造了政绩又饱满了口袋子。我看，他们那里的人照样生存，甚至比原来贫困的生活要好得多了，没有像你说的不能生存的问题。你守着这么一个湖心小岛，不晓得外面的天地，人家生活得可滋润呢。"

任凭钱老板怎么磨嘴皮，春鹅就是不张口。钱老板无奈，只好去县里找县长。县长已经从书记那里知道他的来头，只能先好酒好肉招待，一谈到土地问题。她和书记都学着市委书记的办法，请钱老板放弃渔岛的地皮，任凭他在县城附近选一块地皮搞开发，县政府给予优惠政策。

人往往是这样，越得不到的东西越想要。钱老板一口咬定要渔岛上的地皮。他走的时候丢下一句狠话："你们不卖我的面子，副省长的面子也不卖，下半年省里换届他就是省长了，看你们还想不想再在这个位子待下去！"

县长到了书记的办公室。"这姓钱的小子凭两个臭钱，太狂了，拿熊副省长压人，也不知道他是怎样巴结了熊副省长的？"

县委书记听了她与钱老板见面的情况汇报后，沉默了一分钟，说："这真是一件头痛的事。县委、县政府多次表态支持白鹤同志建设新渔村的思路，作为榜样在全国宣传。人家干得好好的，上面一句话我们不得不把白鹤同志给调走了，这等于让我们自己打了自己一个耳光。他现在还只是个副省长，如果真的当上了省长，我们这些小芝麻官顶得住吗？省里是有风声传来，他可能会当省长的。我俩要是不答应他，他动一动脑筋把你我调个位置，安上他的人来，还不是按他的指示办事。你说呢？"

"这么说，我们还只有让步了，把渔岛的土地划一块给姓钱的去发财？渔岛的工作怎么做，村里不同意怎么办？"县长说。

"村干部还不是听我们的。县里答应了，他们有什么办法。"

"万一村民不同意呢？"

"群众还不是听干部的，干部怎么说他们就怎么做。你在县里当了这么多年的领导这一点感受都没有？"

"那倒是，中国的老百姓是最好说话的。渔岛是出了几位大学生才改变了面貌，才晓得保护那里的自然生态。如果像以前那么穷那么落后，村民还巴不得有人去开发呢。"县长也是大学毕业生，懂得白鹤她们的理想和事业。"书记，我担心的是渔岛现在这么好的生态环境，姓钱的一搞房地产开发势必要破坏那里的环境，我们当父母官的怎么向后人交代呀？"

"你这个担心我也有过，也考虑过。姓钱的开了个头，往后还有人要来，白鹤她们的心血全付了东流。所以我刚才说了这是件头痛的事情。市委书记昨晚跟我通了电话，说熊副省长给他打电话说的就是这件事。他是第一个支持白鹤她们建设新渔村的，现在又是自己把她调离了村委会，这是哪码子事呢？肚子里比吃了苍蝇还难受！他还说，我们能拖尽量拖，不能马上让姓钱的去挖岛上的土地。"

"也只有这个消极的办法。"县长轻叹了一句，告辞了。

市委书记昨天晚上接到熊副省长的电话，说钱老板到了县里，县里的领导不欢迎企业家去投资开发。问你们那个县还想不想把经济搞上去？市委书记知道这句话的分量，他忙向副省长解释不是不欢迎而是非常欢迎，只是开发的地点在商量。他再次向副省长承诺：云江市打算拿出除天鹅岛以外最好的土地按最优惠的政策给钱老板。也希望副省长做下钱老板的工作，因天鹅岛已经全国闻名，弄得不好网络舆论影响太大，好事会变成坏事的。

市委书记是个有智慧的人，他最后这一句话是提醒副省长，马上换届了，外面传说您不是要晋升吗，谨慎为妙。果然，这句话起作用，副省长把电话放下了。

与云江市委书记通话后，熊副省长立即把钱老板找来了。"老钱哪，我看天鹅岛的地皮你就算了吧，他们村干部不同意你硬要会引起麻烦来的。"

钱老板一听，不明白其中的道理。"那有什么麻烦，我又不是不给钱，我投资帮他们搞建设，这不是符合中央的建设新农村的精神吗？"

"你不懂。天鹅岛已经在全国闻名了，他们扯上什么保护鄱阳湖的生态环境，在网上一披露，事情不就弄大了。我看这样，你明天去云江市直接找市委书记。他让你在云江市附近选一块最好的地皮搞个楼盘，同样会赚大钱，当前房价看涨呢！"

"真可惜！"钱老板见堂堂的副省长都搞不定一个小小的村干部，眼睁睁地丢掉了一块到嘴里的肥肉，不免感叹了一声。

"有什么可惜，将来有你发财的机会，你好好干就是了。"

"肯定，肯定。跟着您就是遇上了菩萨，全托您的福！"钱老板边说边弯腰替副省长点燃一支烟。

第二天，副省长给云江市委书记打了个电话。已经做通钱老板的思想工作了，叫他不要去打扰天鹅岛了，你们就在市区附近选一块地皮让他去开发吧。市委书记连连说好，感谢省长对下面工作的理解和支持。欢迎熊省长来云江视察指导工作。

第三十一章　千年古曲

　　白鹤被调任县妇联副主任，但并没有马上去妇联上班，她想抽个空去深圳看看秋雁。

　　秋雁接到她的电话，很吃惊。你怎么调离了渔岛呢？你当初省政府机关都不愿待，还去什么县级机关，是不是有什么别的原因？

　　白鹤说，这次县委调她事前没找她谈话，组织上安排的，我自己不想去，部长要我服从组织上的命令。说实话，我准备辞职回家，跟你一样不要那只铁饭碗。

　　我支持你！秋雁在电话里斩钉截铁地说。"我也马上辞职回去，和春鹅她们一起好好做一个渔村的农民。你走后，村里谁在接你的工作？"

　　"春鹅暂时代理一下，等村代表会选举。"

　　"她行吗？"

　　"应该没有问题，她本来就是副主任，还有水生他们协助她。"

　　"为什么在渔岛建设最需要你的时候把你调走呢，县领导的意图是什么？"

　　"我也不清楚。县委、县政府的主要领导都对我的工作很支持，他们说是培养我，让我将来担负重要的担子。你是最了解我的，我只想干自己的事。秋雁，我们此生能把青春和年华都奉献给渔岛的今天和明天，我就满足了。"

"对。这是我们的梦想，当然应为之奋斗。你这几天来深圳也好。我陪你走走，特区的建设很快。什么时候动身？"

"明天坐火车去。"

"你买好了票告诉我，我好去车站接你。"

"好。"

白鹤没有想到这次深圳之行给她的思想打开了一扇大门。她原来去过深圳，那时只是参观一下中国第一个特区，看看它的经济发展，没有用心去了解它的历史。这次在秋雁的陪同下，她突然发现深圳与天鹅岛有着惊人的相同之处：　曾经都是渔村！

深圳曾经是一个荒凉的边陲小镇，一部人在务农，大部分人靠湖上捕鱼为生。

天鹅岛是一座内陆湖的湖心小岛，少部分人种粮食，大部分人下湖捕鱼为生。

深圳犹如沉睡了千年的一只大鹏鸟，在二十世纪八十年代醒了，展翅高飞，成为中国经济最发达的城市之一。所以深圳被誉为鹏城。

天鹅岛犹如一只藏在芦苇中的天鹅，才刚刚开始飞出芦苇，展示它无比的美丽。

她发现二者最不同的是深圳的原貌已经消失了，原生态的植被、山岭、河溪以及渔村的古村落消失了，代之以现代化的建筑在这块土地上耸立起来。而天鹅岛尽管增加了一些新的楼房和酒店，原生态基本没有遭到破坏，三百多栋分散的渔民旧宅经过规划重建，让出了四分之一的空地，长满了渔岛特有的草木。岛上的人口没有增加，收入翻了三番。空气质量居中国之最。这是上千万人口的深圳无法相比的。

在深圳转了两天之后，她问秋雁一个问题："中国在一块荒芜的土地上造了深圳这么一座现代化的城市有什么意义吗？"

两天来，秋雁开着车陪白鹤把深圳的主要建筑看了个遍，想让她开开眼界，也想让她感受一下经济特区的建设速度。深圳速度就是中国新时代建设速度的代表，这就是改革开放的成果，举世瞩目。它的意义还用问吗？

秋雁坐在对面望着她，不知如何作答。他总担心自己的理念赶不上白鹤，白鹤提出这样人人都明白的问题肯定是有她不同的看法，他想听听她的认识。

果然，白鹤没让他回答自己便讲开了。"当年为了迅速让国家富强起来，让人民过上温饱的生活，国家采取经济改革开放的政策无疑是唯一的途径。深圳在这个时候崛起，经济的腾飞，让全国人民看到了光明看到了前途,因为这不但是经济改革的成果，同时也是对外开放的实验田。从这个意义上来讲，它具有历史性的。但是从长远意义来看，它的洋化给全国各地树立了一个标杆，很多地方都模仿它，这就给我们这个古老的民族带来了正负两个方面的后果：一个是经济看起来飞速发展了，吸收了西方先进的经济建设理念和管理理念；另一个是，与此同时跟进来的西方文化的入侵给中国青少年一代的世界观人生观起到了颠覆作用，使他们丢弃了中华民族几千年的优秀传统文化和道德观。这一点现在越来越多的人能看得清楚。所以，我不欣赏深圳模式，我们的渔岛建设一定要有自己的理念和立场，要经得起几百年几千年历史的检验。今天我们参观了世界之窗，那里展示的外国的文化和节目不见得比我们的鄱湖渔鼓好，我敢说，哪天让我们的鄱湖渔鼓在这里演出，观赏的游人一定比他们的多。你如果有兴趣可以找世界之窗的老总谈谈，替我们开辟一个专场试试看。"

白鹤一番理论让秋雁振聋发聩，他大学毕业时向往的就是深圳这座现代化的城市，在这里工作三年来使他爱上了这座跳动着经济时代脉搏的特区。这里的建设日新月异，引领着时代的潮流。他常梦想着自己的家乡什么时候也像深圳一样经济发达那该多好啊。

可在白鹤看来，外商的引进，城市的扩张，却导致了西方糟粕文化的入侵和生态环境的破坏。也就是说，短暂的经济繁荣背后隐藏着长远的危机。从理论上来说也许是这样的，但当时中国很穷，设立特区给予最优惠的政策，才能吸引大量的外资来帮助中国搞活经济，才能带动中国的经济发展。那个时候仅靠自己国家的力量是不可能那么快把经济搞上去的，这是现实。如果不正视这个现实，那就不是唯物主义者。随着外企外资的涌进，一些外来糟粕的东西带进来侵害着中国的青少年一代，这倒是不可忽视的现实，同时也说明我们缺乏强有力的抵制能力，我们的教育没有抓上去。

秋雁对白鹤说出了以上的想法和对她提出的问题的认识。

白鹤笑了笑说："我不是历史虚无主义者，更不是在纠结过去。我是在总结过去，提出今天我们应该怎么办。我们今天的建设今天的发展不能盲目，不能只顾眼前利益，要考虑祖国的将来，要有长远的眼光。渔岛的发展要成为当年深圳，在中国树一面旗帜，要让世人瞩目。但是我们不能像深圳这样，在建设理念上甚至与它相向而行。我们不是建设一个现代化的渔岛，而是要建设一个具有强烈中国传统文化元素的渔岛，建设一个自然生态世界样板的渔岛。让人们向往的再不是像深圳这样的城市而是鄱阳湖天鹅岛。小雁，这就是我这次来深圳的最大收获，希望得到你的认同。"

"你的抱负和志向我打心底里佩服，但是要想实现你的理想，现在来说有多难啊！你知道吗，你为什么突然被调离了渔岛呢，就是因为你没有买那位省领导的账，抵制了钱老板来渔岛搞房地产开发。尽管市、县两级领导都支持你，在上级面前他们还是无能为力的。这就是现实，你能生活在真空里吗，能生活在梦想之中吗，不能！"

白鹤早已知道了自己被调离渔岛的原因，她之所以没有去县妇联上班是有她自己的打算，"我已下了决心，辞掉公务员职务，裸身回到渔岛，我本来就是渔民的女儿，再回去当渔村的农民，这个谁也阻拦不了我。春鹅是好样的，她抵制了钱老板，我回去支持她，让她多一分力量，还有渔岛上千名村民，共同保护那一块美丽的土地。我不相信权力大的就可以不顾广大人民群众。秋雁，跟我回去吧，我们一起干吧？"

"好，我早就打算辞掉这里的工作，回去跟你干。我这人在情感上太脆弱，不像你那么坚强，老板对我那么好，丢下手上的工程，一走了之，总感觉内心不安。等我把新城规划设计完成了，放心地走，人家也不好阻拦我。"秋雁被白鹤深爱家乡的情结感动了，他不好意思地说。

白鹤有些生气了："我看你是舍不得离开你那个老板的千金！"

"你说什么呀，谁舍不得她呀，再说，人家是富二代哪能看得上我这个泥腿子出生的穷汉子。"

"耶，耶，耶，照你的说法，如果她能看上你，你还会真的跟人家跑了。真不知羞！"

"不跟你扯了，你专钻我的字眼。说正经的，你叫我联系世界之窗的老板，让罗爷他们来深圳演出的事，我跟他们怎么谈条件？"秋雁想起白鹤托他的这件事，故意岔开白鹤的话题。

"条件很简单。罗爷他们在他们那里演出一不要灯光舞台，二不要媒体广告，给一个场子让罗爷的文艺队在游客中间表演。留不住观众，不要世界之窗一分钱，吃、住、行我们自己负责。如果能吸引游客且得到较好的社会效果，那么演出的收入五五分成，甲方还要管罗爷文艺队的住、吃、行。这是我的意见，回去我跟春鹅他们商量一下，估计没多大的问题。你先按我这个意见跟他们谈，谈成了再让村里与他们签合同。"

"行"秋雁点了点头。

第二天白鹤准备回去了。走之前她提出要礼节性地去拜访一下叶董事长父女俩。秋雁怕她见到叶雪梢心里生出是非，便撒谎说董事长和总经理都回马来西亚去了，还有几天回。

白鹤发现秋雁脸色有些不自然，知道他不想她与那个叶总见面，也就不再强调了，算是给了他一个面子。

中午秋雁把白鹤领到"鄱阳湖鱼宴"用餐。店老板听说是天鹅岛的女大学生村主任，特地亲自招待。店老板一见到白鹤，满脸笑容迎上前去握着白鹤的手说："哎哟哟，真是鄱阳湖的水养人呀，白主任这么年轻漂亮有为，了不起啊！"

"哪里，哪里。您这个店装饰得有特色，生意还好吗？"白鹤抽出对方紧握住的手，说。

"白主任光临鄙店，蓬荜生辉呀，先坐，请用茶。来，这是云南的普洱，十五年的，养颜。"店老板将服务员泡好的茶亲自端一杯送到白鹤手上，最后又给秋雁端了一杯。

"谢谢！"白鹤坐下来，问："鱼宴的生意还好吗？"

"还不错吧。现在想来我店里吃鱼宴的客人，基本上都要提前两三天预订。就是成本比较高，水的运费贵。"店老板说。

"成本高，你卖的单价也高。深圳不比内地，这里有钱的人多，这些人只要合口味，再高也愿意消费。我们就是要赚这些人的钱。"白鹤直话直说。

"那是，那是，来。尝尝我们的手艺。"店老板用筷子夹了一块服务员刚端上的翘嘴白鱼肉放到白鹤的盘子里。

白鹤尝了一口，称赞："味道纯正。你们的厨师不错。"她放下筷子，对店老板说，"我们那里还有一种珍贵的鱼种叫银鱼，浑身透明，肉质细嫩。我们那地方老百姓传统的吃法是炒鸡蛋，很受欢迎。我有个想法，把银鱼清蒸，每盘放几片我们那里庐山产的云雾茶嫩叶在上面，出锅时会散发出一种特有的清香。建议你们不妨一试。"

"这倒是一种新鲜的创意。好，我们马上做。"店老板接着询问了庐山云雾茶的特点，白鹤一一介绍，他牢牢记在心间。

送走白鹤，秋雁抽时间找到世界之窗的总经理洽谈渔岛文艺队来深圳表演的相关事宜。因为白鹤交代的合作条件对世界之窗没有任何经济负担，所以双方谈得很愉快，甲方世界之窗盼望乙方天鹅岛的文艺队早日进驻深圳。

秋雁给白鹤打电话，希望春鹅带罗爷他们来深圳，与甲方签正式合同。

春鹅接到白鹤转告秋雁的电话后，先把"鄱湖渔鼓"的录像资料快递寄给了秋雁。秋雁找深圳的电视台转播一下，先看看反应。

秋雁的同事小黄有个同学在电视台当副台长，他通过小黄找到副台长帅红。帅红看了样片，很感兴趣，她说："深圳的前身就是一座渔村，这里的渔村传统文化中不乏渔歌之类的文化遗存，但像'鄱湖渔鼓'这样原生态的地域文化真不多见。"便一口答应近日在专题栏目中播出，请老同学小黄和秋雁关注。

经过音乐编辑的制作，"鄱阳渔鼓"在深圳电视台文艺专题节目中播出后，获得了前所未有的收视率。

随后，春鹅带罗爷和五名队员来到深圳。世界之窗的余总因看了电视的专题片，对引进"鄱湖渔鼓"这个节目充满了信心。

果然演出的第一天，游客们都看得不愿离去。很快合同签下来了，春鹅可不像白鹤那么大方，她咬定四六分成，甲方得四，乙方得六，且演出人员在深圳的住宿、吃饭由甲方承担。

由于各地来深圳世界之窗旅游参观的客人每天都成千上万，所以"鄱湖渔鼓"这个节目逐渐传到全国各地。特别是那些外国游客看后觉得太神奇了，纷纷找到世界之窗的老总，提出要邀请罗爷去他们的国家去演出。

白鹤和春鹅她们都看到了这是让天鹅岛走向世界的绝好契机。村委会将家中的演出队调到深圳，由罗爷的徒弟罗东东带队在世界之窗坚持演出。罗爷一行人则由世界之窗和天鹅岛各派一人共同领队，随团翻译由甲方临时配备，赴东南亚和欧美一些国家作巡回演出。

三个月的国外演出，获得巨大成功，场场爆满，特别是所在国的华人举着大横幅标语，欢迎祖国的亲人前来演出。各国的媒体都报道和介绍了"鄱湖渔鼓"这一最具中国特色的传统文化节目。

沉睡了千年的鄱阳湖古老曲艺终于走向了世界，展示出灿烂的文化魅力。这就是白鹤此次深圳之行的意外收获。秋雁从内心佩服她惊人的智慧，他下了辞职回家乡的最终决心。

秋雁他自己也说不清楚，促使他下这个决心到底是白鹤对他的诱惑还是家乡对他的吸引。反正他决心放弃叶老板对他的优厚待遇，回去做个农民。

第三十二章　第一书记

　　白鹤回到县里，径直来到县行政办公大楼。她很不情愿走进这栋新的建筑，预约、登记、出示证件，如此麻烦。她在念县中的时候，上街常常经过县委县、政府办公楼前。那时的县委、县政府办公楼在老街上，两层青砖瓦房。老百姓进进出出，很方便。老街拆迁改造，县政府在县城东面地段划了一块四百亩的地皮，原来的农户搬走了，田地都平整了，建造了一栋八层楼高的水泥钢筋行政办公用房。县委、县人大、县政府、县政协四套班子以及下属各局、科、办都集中搬到了这楼大楼里办公，有利于群众来办事。

　　白鹤是从大机关下来的，省政府大院是七十年代的建筑，占地面积很大，但房子很一般，青砖瓦，两层的、三层的、四层的、五层的都有，政府各部门、各厅局除公检法外其余单位都在一个大院里办公。

　　这几年各地经济发展了，市、县首脑机关突然刮起了大盖办公楼之风。这么个小县也盖起了如此气派的办公大楼，主楼占地面积一万平方米，本来六层足够办公用，因国家规划设计部门有硬性规定，七层以下不设计电梯，领导叫设计八层。地面上设计七层，地下一层做停车房，可以建电梯。主楼的两边是两层的会议室和机关食堂，还有警卫用房。大楼的正面挖了一条人工小河，有人叫作"金水河"。河上修了五座汉白玉的"金水桥"，跟北京天安门一样。"金水桥"的前面建了一个大理石的塔座，塔座上是旗杆。每天上班前大楼的工作人员排着队看着五星红旗在国歌声中冉冉升起。国旗塔座的前面是一个宽阔的广场，广场两边是花园。花园里种的是四季都能开放的鲜花。广场四周移栽的是常青树。广场的中央还建了一个大喷泉。晚上众多的大妈都到这里来跳舞，是一个锻炼身体的好去处。

行政中心建起来还不到一年，县委书记就被纪委带走了。据说此人从开发商那里拿走了四百多万，然后送给熊副省长，想换一个位置。有风声传来，那位副省长不仅没能转正，反而被双规了。现在的书记是从外地调来的，他来之后不到大楼里去办公，把旁边的附楼重新装修了两间办公室给他用。因为就在会议室旁，他说这样方便些。

白鹤被任命为县妇联副主席，妇联也在这栋大楼办公，她一直没来上班，她有她的想法。

今天她进了大楼，来到县委组织部部长的办公室。

部长正在翻阅文件，见她来，立即放下手上的文件，说："小白，我正要找你呢，听说你还没有去妇联上班？"

"是，"白鹤坐到他的面前，从包里拿出一份报告，"部长，我是来递交辞职报告的。"说完，便将辞职报告送到部长面前。

"辞职？"部长拿起她的报告扫了一眼，问："你有什么想法？"

"部长，您知道，我当初从省政府机关要求回家乡就是想待在农村，做点自己想做的事，不想再进机关，请组织批准。"白鹤说出了自己的想法。

部长心里很清楚，白鹤从省级机关主动要求回乡这一举动受到了各级政府的表彰,全国很多新闻媒体都作为先进典型报道过。这次把她从农村调上来,实在是市、县两级领导的无奈之举。把她安排在县妇联任职也是为了培养她,像她这样的典型是县里的一块招牌,将来还是要重用她。现在她本人提出辞掉公职,这事他不能做主。便说:"这事我做不了主,只能请示县委领导才能答复你。"

"好,我等您的回音。"白鹤起身告辞了。

她走出县委大院,顿时觉得轻松多了。自从回到家乡,每天同自己最熟悉的土地同呼吸、共命运,同最要好的童年伙伴共同奋斗,用学得的知识重新描绘家乡的蓝图。尽管目前离自己心中的目标还差很远,但这几年家乡在自己手上发生了巨大的变化,每每看到乡亲的脸上露出的笑容,她感到无比欣慰。她认定了自己此生就是渔岛的儿女,不管外面的世界多么精彩,她都不稀罕,只想用自己的青春年华,去装点鄱阳湖这颗灿烂的明珠。她深深地爱上了生她养她的这块土地,离开了它,好像一只离群的孤雁,六神不定,只有一踏上渔岛才感觉心中踏实了。她记得大学毕业后在省政府工作时,回到家中父亲一边庆幸一边叹息道:"小鹤,你几位从岛上去念大学的崽俚,都离开了穷得叮当响的农村,这辈子再不要吃苦了,这是我和你妈送你念书的愿望,在外好好干,将来你们的子女再不要回农村了。话又说回来,岛上念了书的人都走了,农村还是从前那么个样子,何时翻得身啊?"

父母永远是无私的,自己千辛万苦送孩子去读书,目的是想他们将来离开贫困的农村,进城过上幸福生活,而他们自己却依然守望着自己脚下这块土地。在他们的心中何尝不盼望这块贫瘠的土地有朝一日长出黄金?作为渔岛上的新一代,如果念了书只顾自己进城过上好日子,把父辈依然丢在贫困之中,那我们还算渔岛的子孙吗,还对得住养育了我们的父母吗?白鹤的确是这么想的，绝不是唱高调，她心地很善良，犹如她的父母。她在决定写辞职报告的时候就考虑到此举给自己断了后路，将来只有靠自己的双手去创造新的生活。她深信如果秋雁和夏鹭都回来，她和春鹅几位同伴齐心合力，一定会把家乡的面貌建设得更好。想到这里，她开心地走出行政大楼，踏上返回渔岛的大路。

大路上，她又想到刚才部长说要请示县委书记那句话。当前的形势，县委领导没有理由不批准她的报告，上级不是正提倡国家机关干部辞职下海创业吗？市里的行政机关和各县都有不少公务员已经辞职下海创业了，有几位副县长下海后自办公司搞得风生水起。

可白鹤没有想到县委还真的不同意她辞职。县委书记跟组织部长考虑的是同一个问题。白鹤是在全国已经有影响的人物，辞职肯定给县里带来负面影响，不好。县委决定让她回渔村去担任党总支第一书记，她要回去就让她回去，继续带领村里的领导班子把渔岛的工作做好。同时她县妇联副主任的职务仍挂着。

白鹤接到县委的通知，觉得难以理解：一个小小的农村村党支部还要安排一个什么第一书记职务，那么原来的总支书记呢，不是成了二把手吗？渔岛村总支书记是个老党员，辈分也比自己高，怎么好工作？再说她辞职后不想在村里担任什么领导，计划与秋雁、夏鹭联手组建一个国际贸易公司，把鄱阳湖的水产品销售到国际市场上去。

她接到通知又直接去县城找到县委书记。县委书记说，组织上是为了爱护你，你要懂得县委领导们的良苦用心。再说，任命你去担任第一书记是为了加强党对建设新农村工作的领导。老支书文化比你低，思想也赶不上年轻人，你好好与老支书合作，把村里的党建工作抓上去。你原先是大学生村干部，现在是县妇联副主任下乡挂职当村总支第一书记，这都是我们这个新时代的新生事物。像你这样有抱负的青年人就是要接受新生事物，走在时代前面。

白鹤不愿听他口头上讲的这些大道理，只好告辞了。

白鹤回到渔岛并没有马上去村党总支去履行第一书记的职责，她去了水产研究所。

研究所叶所长正在鱼池边观察鳗鲡的生长情况。白鹤走上前与他打了个招呼，所长托着水中翻滚的小鳗鲡鱼对白鹤说："岛上的水质真好，看这些小鱼长得多快。"

白鹤看着水池中密密麻麻的小鱼欢快地游着、翻滚戏耍着，十分可爱。她只晓得渔民一直把这种小鱼叫作白鳝，是一种传统名贵鱼类，也是世界上最名贵的鱼类之一。它的生长过程极为奇特，先是在海水中产卵成苗后，又游入淡水成长。白鳝鱼的营养价值非常高，被称作是水中的软黄金，它的肉、骨、血、鳔均可入药，有着神奇的食疗工效：脾虚、暖肠、祛风、解毒、养颜、愈风、疹湿脚气、腰肾间湿风痹、治恶疮、暖腰膝、壮阳、治小儿疳劳、妇人带下等疾。白鹤这几天在脑子里转的是人类饮食在今天经济发展的时代不仅仅是果腹，还要如何吃得好、吃得健康，越来越多的有钱人追求的是食品质量。鄱阳湖有极其丰富的食物资源，尤其是水产品。越来越多的人懂得吃肉不如吃鱼，吃鱼不如吃虾，吃大鱼不如吃小鱼，小鱼的营养更丰富。像白鳝这样的小鱼，只要把它的珍稀特性宣传出去，肯定能卖得好价钱。她今天来水产研究所的目的就是为了这件事。

她与叶所长一拍即合，水产研究所建立专门网站向全球推介鄱阳湖鳗鲡鱼，水产研究所提供鳗鲡鱼由白鹤即将组建的国际经贸公司负责销售，双方利润按比例分成。

此后，白鹤带着兰兰和天鹅大酒店里的红案厨师赴北京，拜访中国饮食协会副会长、中南海御厨高师傅。高师傅的父亲是丰泽园为中央领导人做菜的高级厨师。当年毛泽东最喜欢吃他烹制的鱼肴，他去世后，由他的儿子继承了这一特技。高师傅做过白鳝鱼这道菜，他烹制的柠檬蒸鳗鲡鱼不但味道鲜养，而且是一道不可多得的药膳，尤其是老年人食用后有益心血管、补肾、润肠、通血、养阴补虚之功效。

白鹤把天鹅酒店的红案厨师留下来，要他跟高师傅学烹制白鳝鱼菜的手艺。自己和兰兰返回渔岛。她叫兰兰把走访高师傅得来有关白鳝鱼这道美食的所有资料做成专题片在网上不断发布。

现代网络真是个好东西，花最小的成本，收到了最大的效果。世界各地的网民都关注到中国鄱阳湖鳗鲡鱼宫廷御膳这条信息。但关注还只是初步认识中国古代宫廷有这样一道美食。白鹤清楚这离他们的需求还有一段距离。她让兰兰首先在渔岛大酒店把这道菜做起来。酒店的红案厨房从北京学习回来后，精心烹制了鄱阳湖鳗鲡鱼菜，作为酒店招牌菜亮相。但由于成本太高，价格很贵，一般游客只看看不敢买。只有那些有钱人才敢尝鲜，一个月来，酒店在这道菜上亏损近万元。兰兰考虑到酒店的经济效益，只好下架。

白鹤与兰兰分析了鳗鲡鱼菜亏损的主要原因是服务对象问题。一盘菜上千元一般食客是不敢问津的，必须找有钱人去消费。白鹤问兰兰，到她们酒店里来点这个菜的客人一般是哪类人？兰兰告诉她："外地游客很少，有的也只是问问，看看而已。游客中点这个菜的大概只占百分之一，都是些有钱人。绝大多数是当地一些老板请客时点的，市、县各部门的领导在酒店吃这个菜，做东全是搞工程项目的老板。"白鹤听后随口说了一句：那这个菜成了腐败菜！

她马上给夏鹭打了个电话，叫他抽空去广州的大酒店和餐馆去调研一下，看广州有没有鳗鲡鱼菜。

几天后，夏鹭回信，广州出名的大酒店和餐馆几乎见不到这个菜。美食街有几家小店有这个菜，传统的做法，价格不是很贵，销售情况一般。

　　得到夏鹭的信息后，白鹤与兰兰商量立即去广州开家分店，专营鄱阳湖鳗鲤鱼御膳菜。广州有钱的人多，且广州人追求饮食的质量和高端。只有让这个菜在广州这个码头打出名才能有影响力。到广州开分店，兰兰考虑到投资不小，起码上百万。广州的店面都是黄金的价位，酒店一时拿不出那么多钱。白鹤说，可以找一家小型店面合作，我们先不考虑利润，只要不亏就行，让利给合作方，主要目标是做招牌菜。兰兰只好同红案厨师南下，寻找合作者。

　　兰兰他们在夏鹭的带领下，跑遍了广州中心区的十几条主要街道，试问了二十几家位置很好的小酒店，这些店的老板都不大相信凭这么一个菜能赚大钱。晚上回到宾馆，夏鹭想起了一位在做汽车配件生意的老乡朋友，生意做得很大。他拨了这位朋友的电话："高总吗？是，是。有一件事想打听一下，上次你在一家酒店请同乡会的人吃饭，那家酒店叫什么名字呀？"

　　夏鹭记得当时在酒席上，高总把酒店老板请来介绍给大家，说这位老板跟他是铁哥。这家酒店在天河路，位置很好，交通方便，客户很多，酒店的菜也做得不错。

　　高总问什么事，夏鹭简单地把兰兰一行来广州想找合作伙伴的事跟他说了，想请高总出个面。高总爽快地答应明天中午就在这家酒店请兰兰吃饭，见面时再聊。

　　第二天中午，兰兰一行来到天河路财富大厦旁的一家酒店。酒店的名字叫"四海为家"。老板是湖南农村的，七年前南下广州谋业，三年前租了个店面办起了这个酒店。来这里吃饭的多是外地打工的人，因这位小伙子人缘好，结识了不少在广州创业的外地老板，生意火红，近两年赚了不少钱，常常寻思着扩大自己的业务。经兰兰经理一介绍，他对鄱阳湖这种小鱼感兴趣了。双方在洽谈的过程中存在比较大的分歧。兰兰要求酒店专营鳗鲡鱼菜，并将店名改为"鄱阳湖宫廷鳗鲡鱼御膳坊"。店老板认为单一经营一个菜要冒很大的风险，他的酒店一年纯利近百万，一旦改招牌换项目亏损了算谁的？做饮食业靠大众比较稳妥，尖高端只能靠极少数食客，没把握。洽谈未能成功。兰兰离开酒店后就给白鹤打了个电话，白鹤很坚决地说：目标要盯着有钱人的腰包！找富豪们常去的酒店或餐馆。

第二天，兰兰让夏鹭带她去找广州五星级大酒店或著名餐馆。夏鹭告诉兰兰广州市五星级酒店和高档的餐馆很多，老牌的有白天鹅酒店、香格里拉大酒店，新的有广州大厦珠江大酒店、香江大酒店等等。这些酒店他都没有进过，怎么与人家搭话？

提到广州大厦，兰兰想起了她接待过一位春江老乡赵总。赵总还给了她一张名片，记得赵总的集团总公司在广州大厦。她立即打电话给酒店，让办公室小田把赵总的名片找出来拍照后发她微信上。

小田很快发来了赵总的名片，兰兰按名片上的手机号码拨通了赵总的电话。赵总很客气，叫兰兰一行乘地铁去他公司见面。

见面后，赵总知道了他们的来意，很热情地给他们介绍与大厦珠江大酒店的老板认识。因赵总的集团公司与珠江大酒店同属一幢大厦，接待客户总是在酒店吃饭，所以跟酒店老板很熟。酒店老板是香港人，姓林。林老板仔细听了兰兰的介绍后，对宫廷御膳鳗鲡鱼这道菜很感兴趣。他的酒店平时高档菜是以海鲜为主，很少有淡水湖的鱼类菜，小鳗鲡既有海洋生长的特点又有淡水生长的特点，很有意思。他提出可先让兰兰酒店的厨师在他的酒店烹制一盘出来尝尝。兰兰和厨师商量后，同意林老板的建议。

这次洽谈算是有了进展，兰兰他们当即乘飞机回到春江。到家后，厨师筹备原材料和佐料。兰兰向白鹤通报了她与珠江大酒店林老板接触的情况。白鹤叮嘱她这一炮一定要打响。

准备工作就绪后，兰兰带着厨师肖师傅直奔广州。林老板将他们安排在酒店客房部住下。肖师傅要他带自己去厨房看看。

肖师傅来到酒店大厨房看了一下，问："酒店有没有小厨房？"

林老板说："没有。"

肖师傅摇了摇头："这厨房不行。"

林老板惊奇，他这厨房很干净，尽管人员多，但酒店对员工的卫生要求很高，佐料、油料都专门采购，不准购进地沟油。他反问肖师傅："怎么不行？"

肖师傅回答："气味浓了。"

林老板走进厨房当然闻到了空气中的油味，"那有什么关系？"

肖师傅郑重地对林老板说："做宫廷御膳，要求特别高，厨房要求无菌，空气要干净、无异味，一切用具都要先消毒。保证做出来的菜绝对安全和原汁原味。"

林老板一听，感觉肖师傅是位很认真的厨师。他回到办公室，把后勤部长找来，叫他把六楼那间小厨房临时让出来。这间小厨房是专供招待省部级以上领导来店用餐使用的，一般人不知道，从不对外声张。小厨房的厨师是潮州人，特级职称，海鲜菜做到了顶级。林老板查了查纪录，近三五天没有高级官员来，所以他决定将秘密小厨房先借给肖师傅用一用。

肖师傅走进小厨房，先将窗门打开，同时打开抽风机。然后用清水将厨房用具和四周墙壁擦洗干净，待闻不到一点海鲜的味道。他才将鳗鲡鱼、佐料、油料及工具拿了进来。穿上白工作服，戴上口罩，开始工作。

林老板想进来看看这位肖师傅怎么烹制宫廷菜的。走到门口，肖师傅不让他进，说怕带了灰尘进厨房。林老板只好退了出去，心里想：什么灰尘不灰尘，分明是怕人家学了他的手艺！

肖师傅从早上八点钟进厨房，十一点半就做好了四个菜一个汤：百果素烧鳗鲡鱼、金龙戏玉珠、鳗鲡酥、荷叶蒸鳗鲡和当归鳗鲡汤。

菜端上桌，林老板眼前一亮，从来没见过这么精致的菜肴：百果烧鳗鲡犹如众星捧月，金龙戏珠两条金灿灿的小龙在欢快地玩耍着一颗耀眼的珍珠，鳗鲡酥像千千万万束阳光洒落在沙坡上，荷叶蒸鳗鲡更让人联想到杭州西湖中那碧波荡漾中的莲花，美不胜收！

林老板立刻叫手下人将这几个菜拍照下来，他要做宣传。

当晚，林老板就邀请了副市长来酒店尝肖师傅做的宫廷鳗鲡菜。

这位副市长是位美食家，走遍天下也尝遍了天下美食。今天他吃了这桌鄱阳湖的小鱼菜后感觉就不一样了，连连称赞。当晚林老板就与兰兰签了合同。

林老板打出了"鄱阳湖鳗鲡宫廷御膳"的招牌菜后，果然凡来珠江大酒店用膳的大老板和地方官员都点了这个菜。特别是那些台湾、香港和外国有钱人闻风来酒店品尝这道特殊的美味。没半年时间，鄱阳湖鳗鲡鱼在广州各大酒店成了抢手货。

兰兰跟白鹤商量，等资金积累到一定的时候，天鹅大酒店就要着手在广州设立自己的"鄱阳湖宫廷御膳鳗鲡鱼"专卖店。

第三十三章　富裕之后

　　白鹤刚吃完饭，正准备去村部就被邻居一阵激烈的吵闹声惊住。她转身走进邻居二苟的家，只见二苟老婆倒在地上又哭又骂。二苟见白鹤进来便一溜溜地跑了。

　　白鹤把倒在地上的茶花扶起来，"茶花嫂，你与二苟又为什么事吵架了？"

　　茶花从地上爬起来，愤怒地说："剁头的东西，他在外面赌博，输了钱跑来逼我要。我不给，他还动手打了我。主任，你要为我做主呀！"

　　"在哪赌？"白鹤问。

　　"整天整夜跟黄毛、曹四他们打牌，屋里的事不问。店里我一个人忙里忙外，没个帮手。这日子怎么过？"

　　二苟和茶花夫妻俩开了个农家乐，这几年赚了些钱。二苟满足饭饱之后就走上了歪道，跟村上的伙计们赌上了。

　　白鹤让村干部和党员到各村调查一下，看看全岛赌博的人有多少？结果让她吓了一大跳。几乎每个自然村都有不少人员参加赌博，有个别的干部和党员也参加了赌博，每到晚上，各家各户都传出了麻将声，赌资有大的有小的。输赢有的一场下来高达三四千元。

这种现象不得不引起白鹤的深思，她把村党总支成员和村委会干部都召集来开一个联席会。会上她开门见山地讲了目前全渔岛存在普遍赌博的现状，请大家讨论讨论：该怎么办？

春鹅说：这个风气要狠狠刹一下，请派出所上门查，抓到了就罚款，罚得重重的，看他们还赌不？

老支书有不同意见：打牌的情况有两种，一种是妇女和老人，闲得没事，打点小牌消磨消磨时光，这一类人要做做工作，叫他们不要玩钱，就不能算赌博。还有一种就是像二苟这样的年轻人，他们的牌打得大，目的是靠这个赢钱，思想要不得，是要杀一杀歪风。

会上很多人提到由于赌博，弄得夫妻吵架打架，影响孩子学习，影响正常的工作和生活等不良现象时有发生，建议村委会要采取强有力的措施扭转这种现状。

白鹤提出："赌博的事天鹅岛派出所是要管的，按治安条例该罚的还是要罚，但罚不是目的，只是起一个震慑作用。主要是要教育，老支书说得对，有些人打牌的目的不是为了赢别人的钱，是业余时间没地方去玩，这一点要引起我们的重视。我们要建立健康有益的文化娱乐场所，要丰富村民们的精神生活。人的生活无外乎两种，一种是物质生活，一种是精神生活。为什么以前贫穷的时候我们这里没有赌博这种现象呢？还不是那时人们的肚子都填不饱，哪里还有心思和精力去赌博，去想歪心思？那时只有把全部心思和精力用到维持基本生活方面去。现在不同，现在物质生活充足了，不愁没钱买米买油，有的村民甚至物质生活比城里人都富裕，新房子、车子、现代化的家电都有。可是他们的精神生活空虚，特别是年轻人找刺激。我在村民中调查时，还听到除赌博外，还有许多不良现象，如有的去城里嫖娼等。最近村里建设的重点要放到文化项目上来，每个村要建立文化室、图书室、娱乐室、健身房。党支部要建立党员学习阅读室。我准备和沈校长商量，在我们岛上建立一个渔村大讲堂，请各行各业的专家来给村民讲课，传授知识。村部拿出五十万资金出来，为这些文化项目购买设备和图书。"

村委会决定这项工作由赵长生具体负责抓。春鹅建议罗爷的文艺演出队大部分时间应在岛上演出。因为罗爷的名气大，各地邀请他们演出的帖子不少，能为文艺队挣得丰厚的收益。有的提出重新组建一支文艺团队，理由是渔岛不光只有罗爷的渔鼓这个曲目，还有高腔和花鼓戏。高腔是个古老的戏剧，也列入了国家非物质文化遗产名录，被专家称为中国戏剧的活化石，只是这一二十年来没人演也没有人看，渔岛还有一些上了年纪的人都会唱。白鹤、春鹅小时候看过这种戏，戏腔拖得很长，声音高昂，内容一般都是历史故事，如《女郎探母》《寒窑试妻》等。经大家讨论，同意重新组建一个渔村剧团，建团经费由现有的文艺队承担。演员工资还是采取基本底薪加提成，按演出场次计算。

今天的会从上午一直开到晚上，整整开了一天。白鹤散会后心中还惦记着茶花夫妻早上打架的事，她来到茶花家，只见茶花和小孩在家，便问："二苟呢"

茶花告诉她，二苟刚才被派出所叫去了。

白鹤随即安慰了茶花几句，叫她不要再与丈夫吵，村里正在设法解决村里赌博的现象。说完她转身去了天鹅岛派出所。

一进派出所的门就看见二苟和黄毛、曹四、孙武羊四人站在公安人员前做笔录。

所长见白鹤来了，连忙让座，问："主任有事吗？"

白鹤坐下做了个手势，说："没事，来了解一下他们几个人打牌的事。你们先办案吧，我坐一会。"

所长从办案人员手中拿过笔录看了看，然后对二苟四人说：

"你们这几个年轻人哪，正事不干，迷上了赌钱的事，这叫什么？这叫自己作践自己！你们回去每人写一份悔改书，自己去贴到村部，保证从今以后洗手不干，好好学习，听到没有？"

二苟他们齐声回答："听到了。"

随后，办案人员按规定对他们四人做了处罚：每人罚款三千元。

四个人走后，白鹤对所长说："今天对他们罚款是必要的，不出血不晓得肉痛，让他们长记性。但罚款不是目的，主要是要教育他们。我今天来是想跟你们商量个事。"

所长马上问："主任您说，要我们做什么？"

白鹤："我想请你们下各村摸个底，了解一下全岛参加赌博的人员有多少，还有去城里嫖娟、偷窃干坏事的人有多少。把这些人一个一个查实后，统统叫到派出所来办学习班。在短时间内要刹住这股歪风邪气，要把这些人的思想教育过来，不能让他们越滑越深。这是一项十分重要的工作，是把我们渔岛建设成为一个文明、美丽的新农村的重要任务。拜托你们了！"

"主任，你放心，我们马上拿出工作方案。尽快着手把学习班办起来。"所长说。

白鹤从天鹅岛派出所出来，天已经大黑了。可眼前的渔村却灯火辉煌，前方渔村大酒店的霓虹灯闪烁着光芒。一条条农家乐小街热闹非常，喝酒的、购物的，穿着各色服装的游客把渔村小街挤得熙熙攘攘。

位于渔岛中央的生态园一片宁静，树木丛中不时闪着银色的灯光，犹如天上的星星撒落在绿波之中。情侣成双成对地漫步在林园的石板小路上，给人留下亲昵的背影。

眼前的景象真令白鹤心情舒畅，过去的贫穷一去不复返了。渔村人多少年的梦想正在他们这一代人手上逐渐变成现实。

第三十四章　精准扶贫

天鹅岛派出所经过认真核查，发现全岛有二十一位青年人沾染上了赌博、嫖娼、盗窃、打架等恶习。于是将他们全部叫到所里办学习班。学习班共办了三天，第一天要每个人当众把自己所干的丑事坏事彻彻底底地揭露出来。第二天先让他们自己讲干的这些坏事丑事后给家庭带来的后果，同时讲出给自己心里造成的伤害，然后针对这些坏事大会进行批评和教育。第三天集中学习有关法律知识，人人在大会上进行表态，每人写一份保证书，保证从今以后洗手不干，改掉恶习，做一个好青年。

在学习班宣布结束时，白鹤赶来了，她听了派出所所长介绍三天来的情况后，对大家说："大家首先要感谢公安干警同志帮助了你们，把你们从一条危险的道路上拉了回来。你们想想看，如果你们再在这条危险的道路上走下去,将会是一个什么样的结果。家庭破裂、妻离子散，自己说不定还会被劳改被判刑，毁掉了自己美好的人生。我希望大家牢记教训，按照你们自己保证书上写的那样，争取做一个新时代的好青年。大家有没有信心？"

"有！"大家齐声答道。

"好。"白鹤停了一停，又说："我今天来是给大家带来一个重要的任务。村党总支和村委会昨天开了一个会，我们天鹅岛脱贫了，富裕了，但是我们周边还有不少村子的人还处在贫困之中。我们要去帮扶他们，让他们跟着我们一道走上共同富裕的大道。大家还记得对岸谷子包吗，那里有二三十户从天鹅岛逃荒迁去的渔民，我几次到谷子包，看见那里还很贫穷。年轻人都跑到外面去了，家里留下老人、小孩、妇女，田地大多荒芜了。村里决定，由我本人带队，组建一支青年扶贫大队。这支扶贫大队的队员就是你们二十一位渔岛青年。现在征求你们的意见，大家愿意不愿意？"

大家一听，都愣住了，你看我，我看看你，不知道如何回答。

白鹤看了看他们的表情，就改变口气说："可能大家还不知道扶贫是什么意思。扶贫是党中央的号召，就是去帮助贫困地区的农村发展经济，增加收入。他们有什么困难，我们尽自己的力量去帮助他们脱掉贫困的帽子。我们去谷子包扶贫的具体做法是在座的每个人帮扶一户人家，第一期帮助二十一户。我们住进他们家，了解情况，找出贫困的根源，找出潜在的资源，帮助他们发展农副业经济生产，让他们能获得比原来多得多的经济收入，改变落后面貌。"说到这里她又停了停，最后说："这样吧，你们今天回去跟家里人商量一下，看看有没有困难，凡是愿意的明天早上八点钟带上行李到村委会报到，集中去对岸，好不好？"

大家回答："好！"

令白鹤高兴的是，第二天早晨八点钟，二十一位青年一个不少，全部打着背包来到了村部报到。

出发前，春鹅将一面"天鹅岛渔村扶贫大队"的红旗交给孙二苟。二苟举着队旗站在了队伍的最前头，大家跟在他后面排好队，等待村主任的出发令。白鹤站在队伍的最后头。

春鹅一声令下："出发！"这支由平时行为不端的渔村青年，经过洗脑，自愿投入扶贫队伍，雄赳赳气昂昂向新的工作地点出发了。

谷子包村委会举行了热烈的欢迎仪式。仪式后，村主任宣布一对一扶贫名单：

孙二苟住李世林家；

赵元亮住李世鹏家；

刘和木住李世球家；

徐秋生住吴先明家；

徐水旺住刘小年家；

黄金水住刘细仔家；

杨秋秋住王八松家；

杨水庆住王喜胜家；

刘东林住胡吉祥家；

刘四珊住吴其伟家；

付华东住刘三内家；

叶渔住唐兴旺家；

叶金为住胡燕生家；

陈世桂住胡海龙家；

陈春水住黄家旺家；

刘先河住陈世风家；

刘江海住陈七妹家；

夏小涛住陈寿福家；

夏雨住贾九斤家；

夏山湖住贾桃贵家；

赵小强住刘雨峰家。

宣布完后，由谷子包村二十一户主人领着扶贫队员去了各自的家，先安顿下来。白鹤住村部，与村委会干部共同领导扶贫工作。

孙二苟随李世林老人来到李家，这还是一栋土砖墙的低矮瓦房。进得门来，屋内打扫得还算干净，中间一张方木桌子，几条木凳摆在木桌四周。李世林喊道："鹅女，孙同志来了！"

鹅女是李世林的老伴，她一边应着一边从厨房端着大碗茶一拐一拐走了出来。"孙同志，喝茶。"

孙二苟见老人一脸沧桑，一只右腿向外弯得厉害，走一步身体晃得严重。他慌忙上前接过老人的茶碗。"大娘，不客气，您歇着，我自己来。"

李世林把孙二苟的行李拿到东边的房间，这间房原是他儿子住的房间。儿子和媳妇外出打工去了，房间空着，正好安排孙同志住下。

从两位老人口中，孙二苟了解到老人家有一个儿子两个女儿，女儿都出嫁了。有两个孙女，一个七岁一个四岁，大孙女上了小学，小孙女在家由奶奶带着。李家是单传，老人盼望儿子能生一个男孩，好有男丁传下香火，前两年抓计划生育，在家生不下第三胎，让儿子带着媳妇外出打工，希望儿媳能在外地偷偷生下个男孩。所以二人外出三四年了很少回来，留下家中的李世林靠种几亩田地维持着四口人的生计。

孙二苟问："李伯，你儿子在外打工常寄些钱来吗？"

李世林："两个人在外也只是干干粗活，收益不高，孩子上学的费用是他们负担，平时也有钱贴补家中。苦日子过够了，慢慢熬。"李奶奶在旁边补充："一个季度也寄些钱来给我治病，孩子比不上别人家，在外自己生活也艰难。"

了解到这一家人的状况，孙二苟心中猛然升起一种说不出来的味道，想想自己有两个钱就日日夜夜去赌博，把钱丢到赌博桌上。人家生活如此困难，一个钱掰作两个钱用。看看屋内没有一样像样的家具，桌台上放的还是一台旧的小电视机，除此外再无一样电器。

赵小强扶贫的刘雨峰家更为贫困，刘雨峰老伴前年病逝，丢下老伴和四个儿女，大儿子是个痴呆，二女儿出嫁了，三女儿无钱念书，跟前村里的青年外出打工了，最小的是个儿子正在念小学。一个年上花甲的男人在农村带着两个儿子靠种庄稼为生，自己长年患上了风湿病，无钱治疗，拖着带病的身体下田地作农活，回家还要抢时间为孩子做饭。大儿子痴呆，怕他出门掉入水中，刘雨峰每天出门都要把大门锁上，把孩子关在屋里，常常孩子屎尿都拉在身上。

三天后，白鹤把全体人员招到村部，让各人把了解到的扶贫对象的生活、生产、家庭状况一一做了汇报。有的队员还讲到自己看到扶贫对象家中实在贫困，或多或少每人都拿出了一些钱送给他们，帮他们解决燃眉之急。

白鹤说："刚才大家谈的情况跟五六年前我们渔岛渔户家的情况差不多，渔村由于靠政府的政策支持靠大家的努力，同心协力找出渔村的资源，发展经济，才脱了贫，走上了富裕道路。我们今天来这里扶贫仅仅抱着一颗同情心，给一点钱解决他们眼前的困难是远远不够的。我们大家要动脑子，想办法，充分利用谷子包的资源，大力发展生产，开发新的农业项目。刚才大家讲的各家各户拥有的责任田地总共加起来有三百多亩，这就是一笔不小的土地资源。由于近年来年轻人都外出打工了，三分之二的田地都荒废了。我们要帮助他们把这三百多亩荒废的土地利用起来，不一定种稻子和麦子，可以种别的经济作物。

因队员们从调查中了解到农民为什么不愿种粮食作物，主要原因是种粮食作物成本高而卖出去的价格低，效益不高。

白鹤向谷子包村委会提出了一个大胆的设想：全村组建一个集体股份农庄，每户用责任田或土地入股，年终按股份分红。土地集中后统一计划经营，村民有劳动能力者聘到农庄干活，拿月薪。股东会为农庄领导者，领导生产。另聘请技术人员帮助农民进行科学种植，全农庄分三大块，一块种植有机稻谷和其他粮食作物；一块种植有机蔬菜；一块养殖土鸡和土猪。只要我们严格地把控不用农药和化肥，不用化学饲料，生产出来的产品肯定是有客户找上门来，到时这些安全、有机、生态的农产品绝对可以卖到高价。现在城市居民最闹心的是吃不到安全食品，特别是日常生活中的蔬菜含农药和化肥，家禽饲养用化学药剂，吃下去损坏人的肌体。

村主任提出，农庄组建后开展生产首先要一批资金，这笔资金从哪而来？村里很穷，没钱，农户自己也拿不出钱来。这是我们村最大的困难。

白鹤想了想，说："这个问题我也考虑了几天，启动资金七八十万，一年的人工工资五六十万，加起来一百三四十万。全村五十五户，每户两万多元，最困难户二十一户，就是我们二十一位队员扶贫的那些农户。我表个态，这二十一户的投资由我们二十一位队员每人承担一万元，我个人拿出三万元。村里其他三十四户每户先集资一万元。据我们了解他们还是拿得出来的，村里还可以找银行贷点款，先凑个几十万把生产搞起来。"

村主任见白鹤如此表态，非常感动，人家这么大方支援我们，作为村干部再不行动太丢人了。他当即表态："白书记为我们谷子包脱贫描绘了光明的前景，我们村委会举双手赞成，我马上召开村委会，拿出实际行动支持建立农庄，尽快脱贫！"

村主任立即叫会计通知全体村干部到村部开会。会上他详细介绍了白鹤的设想计划。有的村干部对每户拿出一万元来集资有顾虑，没有看到效益先投一万元人家干不干？村主任说，这就要我们这些村干部各家各户去做工作，外村的人都拿出钱来扶持我们，我们自己帮自己还有脸不肯拿出一点钱来？在座的五个村干部现在就下去，一人包七户，去做工作！村主任是个年轻人，脾

300

气有点大。

经过村干部的反复工作，村民们基本同意筹集一万元投资到新的农庄，他们知道白鹤是一个能人，因此对农庄期望值很高。

在扶贫队的大力支持下，村委会决定正式建立鄱阳湖幸福农庄。农庄管理委员会与村委会两块牌子一套人马，村主任兼任总经理。

一周后大家的钱凑拢，加上扶贫队员凑的钱总共有五十八万元。白鹤协助管委会划分三百亩土地种植的计划：一百亩种优良稻谷，一百亩种蔬菜和瓜，另一百亩种红薯。稻谷、蔬菜一律使用有机肥。有机肥来源两个方面：一是从渔岛收集鸟类，一是养猪和鸡，用猪粪和鸡粪。猪的饲料用红薯藤和红薯。谷子包的北面是山，土鸡每天赶到山上去放养。农庄成立三家分公司：粮食生产销售公司、蔬菜生产销售公司和家禽养殖公司。

二十一位扶贫队员负责帮助帮扶对象修缮和整理好现有的房屋，打造二十一家农家乐，供来农庄旅游和客户吃饭和留宿。农庄设立"生态食品知识大讲堂"，每天向来农庄的客人讲解有机食品对健康的意义。

农庄从县农科所和市农科所请来专家，指导农民种子种植和科学饲养。

农庄利用现代网络大做广告，吸引了周边城里的人纷纷前来，来客先进入村部的大讲堂，听专业人员讲关于有机食品的知识后，再由人领着参观蔬菜大棚。大棚里的瓜菜长得青翠欲滴，挺拔饱满，煞是逗人喜爱。

客人们最逗的是参观猪栏。当大栅栏的门一打开，一大群黑色的土猪你挤我，我挤你，奔跑着冲出栏栅，纷纷钻入山林。猪在山林中跑的跑，拱土的拱土，觅食的觅食，戏闹非常。

这一年风调雨顺，谷子包换了崭新的面貌。粮食作物丰收，蔬菜供不应求，土猪土鸡虽然成本过高，到年终还是赚了不少。除人员工资外，每户按土地入股分红最少的也有两万出头，年初的投资全部收回。这一下，让农户看见了光明，在外地打工的青年男女都不想再外出了，要求回来做工。这一来就出现了一个新的矛盾，劳力过剩，农庄因实行科学经营，一人顶两人用，全村青年男女回来，自然岗位不够。这时尽管扶贫队员全部撤去，还是多了三四十余人。

村主任盘算着这三四十个青年男女长期在城市打工，对城里的生活有了经验，他与村委会其他干部商量，让这些人回城去开辟两三家农庄产品销售市场。众人合计后，认为这是个好办法，让农庄的农产品打进城市去。

回村的青年共有七十三人，管委会安排了四十五人留在农庄工作，余二十八人被村主任招到村部开会。村主任向大家谈了村里的想法，年轻人表示只要村里安排再次进城创业没有意见。村委会将他们分为三组：第一组、第二组各十人去市区注册一家农庄菜市场；第三组八人去县城新建一家农庄菜市场。第一组指定陈建华负责，徐木生和朱丹丹协助；第二组由胡中锋负责，刘和平和孙小妹协助；第三组由叶江南负责，李媛媛和李亚东协助。各组尽快进城开展工作，选择地点，承租场地，登记注册公司。先拿出方案，所需资金上报农庄管委会，由农庄筹备。村主任最后强调，希望大家好好工作，一定要把农庄的生态食品宣传到城市人心中去。

谷子包村脱贫富裕起来了，村民们不忘渔村的大力扶持，特别是那二十一户人家对进驻他们家的渔村青年怀着十分感激的心情，逢时过节都要捎信请他们来自己家做客。这二十一位渔村青年也把他们当作自己的亲戚相待，两村结下了长久的友谊。让白鹤开心的是通过这次扶贫使渔村二十一位青年从此彻底变好了，丢掉了恶习，人人都争当先进，精神面貌焕然一新。

白鹤从谷子包村的变化看到了农村改变面貌的前景。农村有两大资源，一是土地，一是劳动力。自从改革开放初始，农村青年向往城市生活，拥向城市打工谋生赚现钱，看起来增加了家庭的收入，一部分改变了贫困的面貌，但是农村的土地无人耕种，特别是人口多、劳力不足的农户依然处于贫困之中。农村短时间内出现了贫富差距拉大的现象，广大农民不能从根本上脱贫。

谷子包村出现了前所未有的好兆头，证明了只要最大限度地发挥现有土地的使用功能，让农民看到自身的优势，吸引外出的劳力回乡创业，通过劳动生产出优质、有机的农产品，将这些农产品再次推向城市，吸引城里人来消费，从而获得了丰厚的收益。只有这样，农民才能用自己创造出来的剩余资金逐步建设新的住房、学校、医院、托儿所、养老院以及文化设施，真正过上幸福生活的愿望。

想到这里，白鹤心头升起一种无限欣慰的甜意。突然她想到远在异乡的恋人，便摸出手机，拨通秋雁的电话，要他赶快辞职回来……

2018 年 4 月 2 日完稿于九江
鄱阳湖之滨